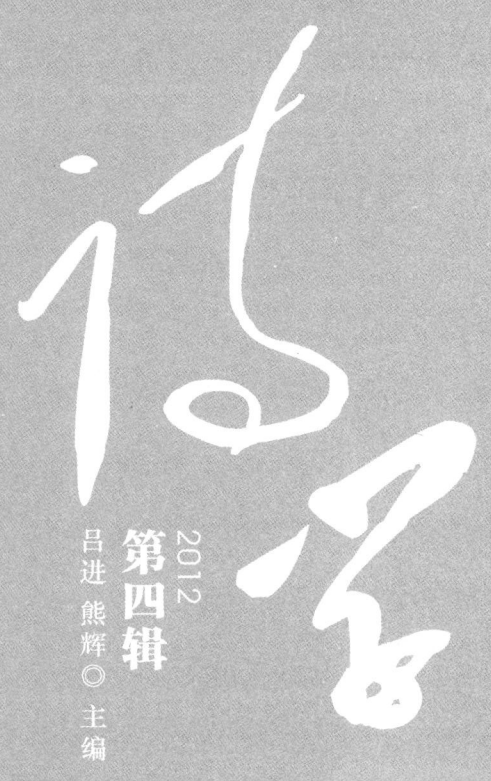

诗学

2012 第四辑

吕进 熊辉 ◎ 主编

四川出版集团　巴蜀书社

## 《诗学》编辑委员会

主 任：吕　进
主 编：吕　进　熊　辉
委 员：陈本益　代　迅　古远清　蒋登科
　　　　梁笑梅　陆正兰　骆寒超　毛　翰
　　　　蒲华清　邱正伦　王　珂　万龙生
　　　　熊　辉　向天渊　杨本泉　张传敏
　　　　张立新　许世旭（韩国）　岩佐昌暲（日本）

# 目 录

**卷首语**
一群人诗意的坚守 ················· 吕　进　熊　辉（1）

**纪念何其芳百年诞辰**（主持人：熊辉）
诗体重建视角下的何其芳 ····················· 吕　进（7）
精致的姿态
　　——何其芳文学史观的系谱学阐释 ·········· 向天渊（14）
试析何其芳翻译诗歌的深层动因 ················ 熊　辉（34）
"变色"与"色变"：文学史叙述中的何其芳 ········· 白　杰（42）

**"中国现代诗学"栏目**（主持人：张传敏）
为胡适发疯至死的女子
　　——兼谈胡适两首诗作的解读 ·············· 陈漱渝（54）
现代诗语的"机密"：能指与所指的离散张力 ········ 陈仲义（68）
一个华裔诗人在美国写诗的经验 ················ 非　马（85）

重庆《小诗原》与新诗"七月派" ……………………… 辛文纪（93）

**格律体新诗研究**（主持人：万龙生）
何其芳的现代格律诗理论及其深远影响 ……………… 万龙生（99）
再论"对称原理"在新诗节奏格律体中的统摄作用 …… 孙逐民（124）
硬币的两面 ……………………………………………… 方红辉（135）
当代汉语诗坛二元格局中的诗体重建 ………………… 王端诚（137）
浅谈格律体新诗和传统诗词的关系 …………………… 陈仁德（149）

**研究生论坛**（主持人：梁笑梅）
论新诗节奏的审美原理 ………………………………… 林泽南（155）
"兴"与"象征"辨析 …………………………………… 林少雄（171）
90年代新诗"边缘化"现象解读 ……………………… 李胜勇（187）
分离与融合
　　——莱辛、苏轼诗画观比较研究 ………………… 徐若冰（203）
内迁诗人作品中的抗战重庆 …………………………… 朱抒宇（217）
论当代生态诗歌的传播策略 …………………………… 吴　凡（234）

**音乐文学研究**（主持人：童龙超）
流行的颓废情怀：论林夕歌词的传播 ………………… 黄笑愉（250）
王独清前期诗歌对魏尔伦诗歌音乐观的接受 ………… 聂　兰（264）

**重庆诗人访问记**（主持人：吕进）
谁此时没有房子，就不必建造
　　——诗人何房子访谈录 ……………………… 刘　艾　徐小峰（277）

瓷器和密林的舞动
　　——重庆诗人雨馨访谈录 ················· 荆宏侠　郑慧婷(291)

**诗学序跋**(主持人:张立新)

兵气拥云间
　　——朱增泉三部诗集总序 ······················· 吕　进(305)
诗人黄亚洲
　　——序黄亚洲《没有人烟》······················ 吕　进(311)

**卷首语**

# 一群人诗意的坚守

## 吕　进　熊　辉

一种诗歌观念的形成和固化,除需要有勇气的开拓者之外,一群人甚至几代人的坚守与倡扬更是不可或缺。如此这般,曾经的"先锋话语"抑或"不经之谈",才能在契入历史的同时呈现出自身的发展轨迹。

每年六月,中国新诗研究所既洋溢着丰收又弥漫着离愁。毕业暨授位典礼上,看着学生脸上灿烂的笑容,内心涌起一股蜜意,是为他们寒窗苦读之后的收获由衷地高兴,也是为新诗研究所培养了又一批文化人才和教育工作者而自豪。当往日的生活片段伴随着感伤的音符出现在眼前时,无法阻止的离别便横亘在彼此不愿分离的心间。明日天涯,怀揣着同学的情谊和老师的祝福,中国新诗研究所的学子将创造怎样的诗意人生?其实,几年的研究生学习生活,同学们得到的有丰富的知识和处事之道,中国新诗研究所的治学风格和学术精神也深深地对他们产生了气质型影响。不管走到哪里,也无论身居何处,新诗所学人都业已成为坚守诗意和励精图治的符号。二十六载之后,三百五十多名新诗所校友散布全球各处,让中国新诗研究所的布景成为诗学界蔚为壮观的奇迹。此去今年，岁月山高水长，还会有多少人会加入新诗所学人的群体，还有多少人会成为熠熠生辉的诗坛之星？结果不言而喻却又值得期待。

炎热的暑期即将来临，中国新诗研究所从东风楼再次搬回了荟文楼，这不是一次简单的物理位移，而是一次新诗研究所学人心路历程的回顾与展望。在整理历史资料的时候，中国新诗研究所举办的各种学术会议、来访的各类诗人学者以及出版的期刊资料等，这些历史的碎片将人带入清晰的历史现场。臧克家的题字、冰心的祝贺、旅美学者叶维廉与吕进的会晤交流、已经千古的韩国学者许世旭的讲学等等，每每看见发黄的照片和一触即损的报纸，心里就会升腾起沉重而欣喜的情愫。中国新诗研究所一路走来，虽然遇到或还将遭遇诸多不愉快的事件，但新诗研究所的学人们始终能够"守住梦想"，那些光辉的瞬间足以定格一个时代的诗歌盛况。与此同时，内心的忧思也油然而生，新诗所二十六年的成就已经达到了难以超越的高度，在未知的旅程中，我们何去何从？回想起来，新诗所校友无论走到哪里，见面后聊得最多的还是在新诗所学习的日子，最后都会关心地询问新诗所的近况。从这个角度来讲，中国新诗研究所早已不是驻所工作人员的研究所，也不是我们人生旅途中可有可无的驿站，她是整个新诗所学人想起来就温暖的家。也正是如此，不管新诗所学人分居何处，只要我们秉承中国新诗研究所的学术思想，坚守自己的学术立场和品格，未来的中国新诗研究所依旧会枝繁叶茂。

今年是著名诗人何其芳的百年诞辰，作为重庆文化界的杰出代表，他在中国现当代诗歌创作和理论界享有盛誉。中国新诗研究所处身重庆，自然应该在具备世界眼光的同时，关注重庆本土诗人以及从重庆走出去的诗人。因此，本期《诗学》刊发了中国新诗研究所学人的四篇文章，各有深意而又眼光独到：吕进先生的文章主要探讨了何其芳的诗学思想对当前诗歌形式建设的重要启示；向天渊的文章是对何其芳文学史观的初次探索；熊辉的文章首次接触到了何其芳的诗歌翻译问题；白杰的文章则是对何其芳文学形象与文学史形象的探究。本期的"现代诗学"栏目显示出宽广的视域，陈漱渝先生的文章是对开白话诗风气之先的诗人胡适的"外围"研究；陈仲义先生的文章则是用西方的诗学理论研究中国新诗话语；辛文纪先生的文章是对诗歌史料的研究；美国诗人非马的文章则探讨了流散诗人的创作体验。立足本土与放眼华文诗歌是中国新诗研究所坚持的理念，本期继续推出了"重庆诗人访问记"，访谈了何房子和雨馨两位青年诗人，从他们的话语中可以看出一代诗人成长的焦虑与执著的奋斗。"格律体新诗研究"栏目主要刊发了五篇对现代格律诗研究的文章，其中既有诗人思想的研究，也有普适性的理论探讨。

中国新诗研究所设置了音乐文学历史与理论研究方向，在全国范围来讲都属少有的研究领域。相应地，《诗学》设置了"音乐文学研究"栏目，本期刊出了中国新诗研究所学生研究林夕歌词的文章，是流行的大众文化与高雅的诗歌艺术的统一；而对王独清诗歌音乐性外来影响的探讨，加深了我们对歌词之外的诗歌外在音乐性的认识。中国新诗研究所本年度的毕业论文依然有很多研究诗歌的选题，这期"研究生论坛"刊发了六篇文章，是本届研究生诗学思想的集体展示。很多精辟的诗学观点往往来自于对诗歌作品的研究和解读，因此那些认真撰写的诗集序跋，无疑时时会有诗学思想的闪光。本期"诗学序跋"刊发的两篇文章，可以让我们发现更多鲜活的诗学思想。

感谢有关方面和读者、作者对我们工作的支持和关心。本期

《诗学》出版之际,中国新诗研究所举办的"第四届华文诗学名家国际论坛"也即将开幕,在此,特向来自世界各地的华文诗学名家表示热忱的欢迎,和着巫山红叶的秋韵,让我们共同祝愿这次诗歌盛会取得圆满成功!

## 纪念何其芳百年诞辰

**主持人语（熊辉）：**

何其芳是中国现当代诗歌史上著名的诗人，他在北京大学读书期间便在《现代》等杂志上发表诗歌和散文。1936年他与卞之琳、李广田的诗歌合集《汉园集》出版，他的散文集《画梦录》于1937年出版，并获得《大公报》文艺金奖，1945年出版了诗集《预言》和《夜歌》。何其芳不仅创作了大量优秀的诗歌作品，同时也致力于建构中国新诗格律理论，是中国新诗史上少有的将诗歌理论和实践融为一体的诗人，何其芳的诗歌作品和理论早已成为学界研究的重要对象。

今年是何其芳先生的百年诞辰。2012年4月6日至8日，由西南大学中国诗学研究中心参与主办、重庆三峡学院文学与新闻学院承办的"纪念何其芳百年诞辰国际学术研讨会"在重庆三峡学院隆重召开。中国新诗研究所是国内最早从事新诗研究的实体单位，在建所26年的历程中，我们秉承吕进先生开创的"上园"道路和"转换"观念，成为中国新诗研究版图上独具特色的高地。一直以来，西南大学中国新诗研究所的师生都在不间断地从事着何其芳研究，取得了诸多可喜的成绩，不断彰显诗人的历史意义和当下启示。本期《诗学》选登了几篇中国新诗研究所学人研究何其芳的文章：吕进教授的论文《诗体重建视角下的何其芳》，主要探讨何其芳的诗歌创作和理论对当下诗体建设的积极意义；向天渊教授的论文《精致的姿态：何其芳文学史观念与方法的谱系学阐释》，主要探讨何其芳文学批评体现出来的历史观和方法论；熊辉教授的论文

《试析何其芳翻译诗歌的深层动因》，主要探讨何其芳译诗与自我情感表达的关联；白杰先生的论文《"变色"与"色变"：文学史叙述中的何其芳》，主要讨论了何其芳的文学史地位与作家角色的转换。

特设"纪念何其芳百年诞辰"栏目，以示中国新诗研究所对伟大诗人的纪念！

# 诗体重建视角下的何其芳

吕 进

  诗体重建是摆在新诗面前的美学使命。巴渝之地的诗歌资源非常丰富多彩。尤其是三峡地区，是一片神奇的诗歌沃土。到了20世纪，新诗诞生，三峡地区这个诗歌之都又为新诗发展史相继推出众多闪闪发光的名字，何其芳就是最负盛名的一位。今年是何其芳诞辰100周年，在诗歌重建的使命面前我们更加怀念先行者何其芳。

  百年新诗发展到了今天，必须在"立"字上下功夫了，必须坚决地推行"破格"之后的"创格"。时不我待。

  重破轻立，一直是新诗的痼疾。新诗需要在个人性与公共性、自由性与规范性、大众化与小众化中找到平衡，在这平衡上寻求"立"的空间。当年梁实秋在《新诗的格调及其他》一文里说过："新诗运动的最早几年，大家注意的是'白话'，不是'诗'；大家努力的是摆脱旧诗的藩篱，不是如何建设新诗的根基。"重破轻立最明显地表现在诗体建设上。长期以来，不少诗人习惯跑野马，对于形式建设一概忽视甚至反对，认为这妨碍了他们的创作自由。新诗是"诗体大解放"的产物。在"解放"后的第二天,从"诗体解放"到"诗体重建"本是合乎逻辑的发展。胡适讲得好:"我们若用历史进化的眼光来看中国诗的变迁,方可看出自《三百篇》到现在,诗的进化没有一回不是跟着诗体的进化来的。"的确,翻翻古代诗歌史就会发现,"风谣体"后有"骚赋体","骚赋体"后有五七言,五七言后有"诗余"——词,词后有"词余"——曲。

如果说,散文的基础是内容的话,那么,诗的基础就是形式。爱情与死亡,诗歌唱了几千年,还是有新鲜感,秘密正在于诗的言说方式的千变万化,诗体的千变万化。

新诗之新绝不可能在于它是"裸体美人"。对于诗歌,它的美还在衣裳。新诗的内容必须形式化,"裸体"就不是"美人"了。新诗,一定有自己的诗体。应当说,没有诗体就没有诗歌。

诗的本质是无言的沉默。以言传达不可言,以不沉默传达沉默,以未言传达欲言,要靠诗歌特殊的言说形式。这形式依靠暗示性将诗意置于诗外和笔墨之外,这形式带有符号的自指性,它是形式也是内容。散文注重"说什么",诗歌更看重"怎么说"。诗的审美表现力和审美感染力,都与诗体有关。作为艺术品的诗歌是否出现,主要取决于诗人运用诗的特殊形式的成功程度。

回顾新诗的历史,闻一多"勒马回缰写旧诗",臧克家"老来意兴忽颠倒,多写散文少写诗",在新诗人中,绝不是个别现象,这反映了新诗人对形式的困惑。其实何其芳至少早在1944年就注意到了这一问题,并开始了他的思考。他写道:"中国新诗我觉得还有一个形式问题尚未解决。从前我是主张自由诗的。因为那可以最自由地表达我自己所要表达的东西,但是现在,我动摇了。"这是先行者的敏感和智慧啊!

中国诗歌的三千年历史上,最早兴起的是自由诗,但是最有成就的是格律诗。严格地说,中国古代诗歌传统就是格律诗传统,中国几千年诗歌培育出的读者就是格律诗读者。所以,自由诗基本是百年新诗的单一诗体,这显然是一个大缺憾,给新诗的发展带来许多负面效应。新诗百年仍未在中国大地上立足,不能不说,新诗在诗体上的单向发展是一个重要原因。废名当年曾在《新诗应该是自由诗》里宣称:"我们新诗就应该是自由诗,只要有诗的内容,然后诗该怎么做就怎么做,不怕别人说我们不是诗了。"这毕竟是新诗早期之论。但有人至今居然还坚持说,"自由"就是新诗的特点,想怎么写就怎么写,是诗人的权利,这至少是不负责任之论。闭眼不看新诗当下的困境,闭眼不看诗人当下振衰起弊的努力,还固守这种"理论",还生活在废名的年代,实在令人费解。

对于任何艺术,都没有无限度的自由。自由体新诗也有文体边界。何其芳有一句话:"文学艺术没有什么绝对自由的形式,只有比较自由的形式和由于作者运用得熟练而成为比较自由的形式。"自由诗需要提升与规范,需要守住诗之为诗、中国诗之为中国诗的"常",守住新诗文体的几何学限度,守常而后求变,才会是中国诗歌之变。与自由诗并肩而立的应该还有格律体新诗,这不独中国,而是全世界的诗歌现象,无论欧美,还是亚非。与篇无定节、节无定行、行无定顿的自由诗相比,格律体新诗寻求相对稳定的有规律的格式和韵式。

倡导现代格律诗最有影响的是闻一多。新诗对旧体进行"破",闻一多则是对新诗进行"破"后之"破"的第一人。闻一多将新诗从"爆破"推向"建构",从"破格"推向"创格",将新诗推入了第二纪元。闻一多以"三美"为核心的现代格律诗理论,至今对于中国格律体新诗建设保持了一定影响。何其芳说:"你不能不承认他(指闻一多——作者按)用这种方式也写出了一些好诗。这是一个很有意义的事例：证明新诗里面的格律诗是可以创造成功的。"

将格律体新诗建设继续推向前进的代表性人物是何其芳，他的格律体新诗理论是长期思考与实践的成果。

对于新中国的现代诗学，20世纪70年代以前是政治论诗学时期。在引进社会历史批评方法、努力创造新时代的新诗学的同时，却在诗与政治的关系上，走向了极端，使得诗学的独立性、诗评家的独立人格都走了样。诗学成了政治的应声虫，诗评家的依附性人格随处可见。在新时期以前，现代诗学的成就非常有限。在今天看来，这个长长的时期，给后来者留下的诗学遗产并不多。随着政治环境的日趋反常，现代诗学的正面建树越来越少。何其芳在这个时期是个亮点。作为有诗歌创作成就、有宽阔文化视野的诗人，何其芳有更多的文体自觉，对诗的本质、诗的文体有比同时代人更多的敏感与思考。可以说，何其芳是能够进入诗的内部对诗进行艺术观察的为数不多的当代诗评家之一。

何其芳对于现代诗学的贡献主要有两个：一是他在1953年在北京图书馆主办的讲演会上提出的诗歌定义；一是他在1954年发表了《关于现代格律诗》一文。前者主要是就自由诗的形式问题发表意见，后者则是提出了现代格律诗的构想。

中国是一个有几千年诗歌传统的国家。新诗作为中国古诗的对立面出现，彻底否定古诗，是不正常的，在世界上没有先例。新诗只是中国诗歌的现代形态而已。何其芳说："中国是一个诗的国家。如果没有适合它的现代语言的规律的格律诗，我觉得这是一种不健全的现象，偏枯的现象。"在《再谈诗歌形式问题》一文中，何其芳又说："要解决新诗的形式和我国古典诗歌脱节的问题，关键就在于建立格律诗，就在于继承我国古典诗歌和民间诗歌的格律的传统,而又按照'五四'以后的文学语言的变化,来建立新的格律诗。"

闻一多注重从西方诗歌的借鉴,何其芳则更注意从中国古诗里汲取营养。也就是说,闻一多的诗学观是空间的,而何其芳的诗学观既是空间的,也是时间的。闻一多注重诗歌诗体的严整,何其芳则更注意严整中的变化。也就是说,闻一多的艺术追求是秩序,而何其芳的艺术追求更注意秩序中的多样。这是对闻一多的继承与发展。

对于现代格律诗,何其芳提出了三个要素:现代口语,比较整齐、比较鲜明的顿数,规律化的押韵。

在中国新诗人行列中,何其芳是有很高的中外文学修养的诗人。他对中国古诗词,尤其是晚唐五代艳冶精致的诗词读得很多,《赋学正》、《唐宋诗醇》就是他最早的文学启蒙读物。他对"五四"以后的新文学一见如故,冰心的小诗曾经令他醉心。他先后迷恋过泰戈尔、英国浪漫派及其后的维多利亚时期诗歌(最先是从徐志摩、闻一多的作品那里获得间接影响)、法国象征派诗歌(最先是从戴望舒的作品那里获得间接影响)、英美现代派诗歌。何其芳自幼博闻强记,他的阅读范围也不限于诗。他是屠格涅夫、陀思妥耶夫斯基等的小说及易卜生和莎士比亚等的戏剧的知音读者。许多诗人都坦诚从何其芳那里汲取过艺术营养。公刘把艾青、何其芳、公木列为对他影响最大的三位诗人。而台湾诗人痖弦写道:"中国新诗方面,早期影响我最大的是30年代诗人何其芳,《山神》等诗便是在他的强烈笼罩下写成。何其芳曾是我年轻时候的诗神,他《预言》诗集的重要作品至今仍能背诵。"20世纪70年代末期出现的朦胧诗人,也较多地谈到了何其芳和他的《预言》。这样一位有文学修养有影响的诗人是持有一把较高的诗歌尺规的。

对于格律诗的三要素，何其芳还在诗歌创作里进行探索。试读他的《听歌》："我听见了迷人的歌声，/它那样快活，那样年轻，/就像我们年轻的共和国/在歌唱她的不朽的青春；/就像早晨的金色的阳光/因为快乐而颤抖在水波上，/春天突然回到了园子里，/花朵都带着露珠开放。"这首诗写于1957年。用现代汉语写成；每节四顿；每节一韵，双行押韵，是何其芳现代格律诗理论的体现。何其芳的《赠杨吉甫》、《夜过万县》、《张家庄的一晚》、《悼郭小川同志》等等都是这样的作品。他的这些作品未必首首成功，但是我们应该记得列宁的话："判断历史的功绩，不是根据历史活动家有没有提供现代所要求的东西，而是根据他们比他们的前辈提供了新的东西。"有人曾将何其芳和臧克家两位诗人作过比较，认为在艺术风格上两人"恰是两个极端"："一柔一刚，一精一粗，一润一干，一甜一辣。如果说臧克家的诗是火，何其芳的诗便是水，臧的诗如某种矿物，带有尖锐的棱角；何的诗如某种植物，绿荫荫的柔曼曼的，随风摆，顺水漂。臧诗雄壮美如火箭升空，何诗则如雨后天空七彩的虹。"这个比较虽然有些不足，但大体上可以认为是确当的。何其芳的格律体新诗的实验也是如此，多的是植物的柔曼，似水的柔情。

当下一些人质疑格律体新诗的前景，何其芳却从不怀疑格律体新诗的未来。他说："在将来，现代格律诗是会大大发展起来的；那些成功地建立了并且丰富了现代格律诗的作者将是我们这个时代的杰出的诗人。"何其芳还更具体地预见，随着艺术探索的进展，在将来的某一天会有较多的人习惯欣赏和写作的基本格式出现，而这，正是格律体新诗成熟的象征。他说："将来也许会发展到有几种主要的形式，也可能发展到有一种支配的形式。如果要我来预先设想，将来的支配形式大概是这样：它既适应现代的语言的结构与特点，又具有比较整齐比较鲜明的节奏与韵脚。"

当然，何其芳当年没有考虑到，要建立一种像古代五七言那样的固定诗体的时代已经过去，现代人需要追求的是能够自由抒发现代情感的无限多样的格律体新诗。对于增多诗体，早期的新诗人刘半农在《我之文学改良观》有最早的论述。他对于增多诗体的三个具体途径的论述至今仍具有重要的价值：自造或输入他种诗体，并于有韵之诗，别增无韵之诗。

格律体新诗一定要反对形式的单薄、单一与单调。对于现代读者，只有丰富多彩的诗歌形式才会满足他们丰富多彩的审美需求。因此，致力于增多诗体，是中国新诗诗体建设的必要前提。

在何其芳之后，格律体新诗已经走了一段路程。新诗的诗体重建正在缓步前行，借用何其芳的诗句，就是："在人忽视里绿了，在忍耐里露出蓓蕾。"

# 精致的姿态
## ——何其芳文学史观的系谱学阐释

向天渊

一

何其芳（1912—1977）有多篇文章论及文学史问题，1958 年曾奉命主编"十年文学史"、1959 年开始组织编纂《中国文学史》①，但他自己并未独立写出文学史著作，这或许是学界注重他的文论与批评，较少探讨其文学史观的重要原因。文学理论、文学批评与文学史（尤其是后两者）之间具有复杂而微妙的关系。对此，韦勒克、沃伦在《文学理论》中曾设专章进行过艰难的辨析。不过，该章中如下两段话却显出少见的简洁与明快：

---

① 前者于 1963 年由作家出版社以《十年来的新中国文学史》出版，署名"中国科学院文学研究所《十年来的新中国文学史》编写组"；后者共三卷，于 1962 年由人民文学出版社出版，署名"中国科学院文学研究所《中国文学史》编写组"，何其芳只列名提意见者中。参见卓如《何其芳传》，中国三峡出版社，2012 年，第 361—364 页。

文学理论不包括文学批评或文学史，文学批评中没有文学理论和文学史，或者文学史里欠缺文学理论与文学批评，这些都是难以想象的。①

"文学史家必须是个批评家，纵使他只想研究历史。"反过来说，文学史对于文学批评也是极其重要的，因为文学批评必须超越单凭个人好恶的最主观的判断。一个批评家倘若满足于无视所有文学史上的关系，便会常常发生判断的错误。②

由此说来，研究文论家、批评家何其芳的文学史观不仅必要而且可能，因为这三个方面本来就密不可分。

众所周知，何其芳从事文学创作、批评与研究的年代，是一个非同寻常的特殊时期，这就决定了"何其芳研究"必然超越单纯的文学视野。从既往研究来看，文艺心理学、社会心理学、心态史等视角比较常见，也颇有成效。其主要贡献就在于发现了何其芳创作、文论、批评以及人格中的一系列矛盾现象，并从不同维度进行了力所能及的描述与分析③。不过，这些研究似乎仍有让人慊然之处。论者虽然意识到，在何其芳文学创作、批评与研究的背后，隐

---

① （美）勒内·韦勒克、奥斯汀·沃伦：《文学理论》，刘象愚、邢培明、陈圣生、李明哲译，江苏教育出版社，2005年，第33页。

② 同上，第39页。

③ 代表性的著作主要有何锐、吕进、翟大炳著《画梦与释梦——何其芳创作的心路历程》（贵州人民出版社，1995年）、贺仲明著《暗哑的夜莺——何其芳评传》（南京师范大学出版社，2004年）、王雪伟著《何其芳的延安之路——一个理想主义者的心灵轨迹》（河南人民出版社，2008年）等，论文有郝明工《锦瑟尘封三十年，几度追忆总凄然——试论"何其芳悲剧"》（1989年）、程光炜《何其芳、卞之琳和艾青四十年代的创作心态》（1993年）、孟繁华《精神蜕变的自我苦斗——何其芳的心灵冲突与话语方式》（1996年）等。

藏着一只由多种相互纠缠的力量聚合而成的"权力"之手，但对这只手的具体面貌及其在型塑何其芳创作风格、文艺观点与话语方式中的具体作用，未能给予更加细致、深透的阐释。

有关"权力"的研究由来已久，方法与学说可谓五花八门，当代法国历史学家、思想家米歇尔·福柯（1926—1984）的"系谱学"①，应该是迄今最具影响力的一种。福柯和一般历史学家的不同之处在于，他更加注重所谓历史发展过程中的断层、分裂、罅隙等非连贯、非逻辑、非正常现象，试图揭示这些传统史学之光未曾照耀过的黑暗死角背后之错综复杂的权力网络。他尤其关注所谓"知识、权力与身体"三者之间相互为用的隐秘关系。尽管"系谱学"仍有种种局限，但其对文学研究尤其是对文学史研究的启示已经引起普遍关注②，或许我们也可以将它借来一用，试图通过对何其芳文学史观之矛盾与罅隙的考察，略微窥探那只权力之手的神秘面容，初步展示何其芳在官员与学者、政治正确与文学正义之间左右摇摆，在反讽与悖论中进行学术创造与人生抉择的艰难历程。

---

① 学界普遍认为，20世纪70年代，福柯的思想与方法发生了从"考古学"向"系谱学"的转变；考古学与系谱学在"打破连续性"这一思想神韵上是一致的，但也有明显的区别："考古学仅将自己的考察对象局限在话本本身，系谱学则将话语与权力的运作联系起来，更多地强调话语的物质条件。"（王治河：《福柯》，湖南教育出版社，1999年，第73页）王德威也指出："'宗谱学一词源出于尼采，在傅柯的理论体系中，它一方面是'考据学'的修正，另一方面也是其延伸。"（王德威：《导读二："考据学"与"宗谱学"》，米歇·傅柯著、王德威译《知识的考掘》，台湾麦田出版有限公司，1993年，第42页）

② 仅就当代中国而言，对此予以探讨的著作至少有戴燕著《文学史的权力》（北京大学出版社，2002年）、李杨著《文学史写作中的现代性问题》（山西教育出版社，2006年）、朱国华著《文学与权力：文学合法性的批判性考察》（华东师范大学出版社，2006年）等。此外，日本柄谷行人自称并未受到福柯、胡塞尔、德里达等人影响的《日本现代文学的起源》（1980年，中文版2003年），也被认为"是一部以'知识考古学/谱系学'方法研究文学史的典范之作"（李杨：《文学史写作中的现代性问题》，第7页），在我国也同样受到关注。

## 二

既然文学理论、文学批评与文学史彼此关联，描述何其芳的文学史观，就必须参看他的全部论说文字，要加以阐释，还得旁涉他的随笔、散文等。稍加梳理，我们可以将这些论著再细分为四类：一是直接发表有关文学史看法的，如《文学史讨论中的几个问题》（1959年6月—1960年2月）、《正确对待遗产，创造新时代的文学》（1960年8月）、《少数民族文学史编写中的问题》（1960年9—10月）等论文；二是批判性质的文章，主要收入《没有批评就不能前进》（1952—1958）；三是研究性论文，主要收入《西苑集》（1949—1951）、《关于现实主义》（1942—1947）、《论红楼梦》（1953—1957）；四是随笔性质的论著，如《梦中道路》（1936年6月，收入《刻意集》）、《还乡杂记》（1936—1937）、《关于写诗和读诗》（1953—1956）、《诗歌欣赏》（1958—1961）等。

很明显，这些论著集中发表于20世纪50年代，何其芳那时的主要身份是新中国的文化官员①，如他自己所表白的那样，此一时期所写的议论文字大都属于被动写作②，对他而言，更加强烈的愿

---

① 何其芳1953年2月从中央马列学院调任北京大学文学研究所副所长，主持日常工作，1955年机构改名为中国科学院哲学社会科学学部文学研究所，1959年7月至1977年7月，何其芳担任该所所长；此外他还是中国文联委员，中国作协理事、书记处书记，全国政协委员、人大代表，《文学评论》主编等。

② 早在《西苑集·序》中，何其芳就写到："为《关于现实主义》作序的时候……我是想这样发表了我的意见以后，暂时停止写这类文字，集中业余时间去从事创作。然而事与愿违，两三年来迫于需要，仍然主要是写了这样一些议论性的文章。"（《何其芳全集》第3卷，河北人民出版社，2000年，第3页）而在1957年1月在《答关于〈红楼梦〉的一些问题》中，他还说："我是不喜欢搞理论的，在整风以前从来没有写理论文章，可是现在的工作岗位决定了我天天要搞理论。"（《何其芳全集》第7卷，第50页）

望是诗歌或文学创作，而不是批评与研究，但我们却不能据此认为，这些文字仅仅是言不由衷的应景之作①。不难看出，在这些论著中，何其芳总是极力维持思想认识与批评原则的统一性与连贯性，但由于受到政治正确与文学正义（即文学规律）这两种力量的博弈，他在以下几个主要方面的坚持显得力不从心，具体观点自然也出现诸多罅隙与矛盾之处。

第一，以马列主义毛泽东思想为指导。何其芳于1938年8月31日抵达延安，同年11月加入中国共产党，此后，经过三年多"忏悔式"的思想改造，他在认识上彻底臣服于毛泽东思想，在情感上也无比崇敬毛泽东，毛泽东可以说就是他的"精神之父"。在《毛泽东之歌》（1976—1977）中，他对自己思想转变的历程做了具体的描述与分析。其中有两处值得注意：一是延安文艺座谈会前夕的1942年4月下旬的一天，毛泽东约何其芳、周立波、曹葆华、严文井等人谈话，何其芳"当时是有着一种小孩子见到长辈的心情的"，谈话结束后，他感觉"似乎从幼稚的少年时代长大了许多"；二是延安文艺座谈会期间，当毛泽东做了开场白讲话（即《在延安文艺座谈会上的讲话·引言》）之后，何其芳"感到那是一些很新鲜、很重要、平时自己没有想到、一听就终身难忘的问题……第一次感到和认识到小资产阶级知识分子必须经历从一个阶级到另一个阶级的变化，必须到工农兵中去向他们学习，同时也学习马克思列宁主义，来改造自己的思想感情。"而在讨论期间，何其芳有关"小资产阶知识分子的灵魂是不干净的、迫切需要改造"的发言，

---

① 1953年7月27日致杨吉甫的信中，何其芳写到："创作是我的第一志愿，研究是我的第二志愿；第一志愿不能实现，能够认真做十年八年研究工作也是好的。"（《何其芳全集》第8卷，第56页）

被别人指责为"带头忏悔"①。但何其芳的意见却渐成主流②。可以说,从此之后,何其芳对毛泽东及其思想的信仰从未改变,他在1976年2月3日致杨慧中的信中写到:

> 我参加革命以后,一点是真正要革命,还有一点是在延安整风以后,真正相信马列主义、毛泽东思想,并愿意努力学习,实践。学习不好,实践不好,也犯不少错误,但我的信念从未动摇。③

这段话应该是真诚的肺腑之言。用福柯"圆形监狱"的比喻性说法,类似何其芳这种对马列主义毛泽东思想的自觉信奉,就是被长期的"权力之眼"所凝视的结果,即"一种监视的目光,每一个人在这种目光的压力之下,都会逐渐自觉地变成自己的监视者,这样就可以实现自我监禁"④。

正因为这样,他在1942年之后开始写的议论文字,总是极力坚持马列主义尤其是毛泽东文艺思想。比如:坚持以革命现实主义、社会主义现实主义、积极浪漫主义去批判资产阶级、小资产阶级以及封建主义文艺思想,坚持以阶级分析方法去阐释、评判几乎所有的文学作品,坚持大众化、为工农兵服务、为社会主义服务的文艺方针等。

不过,在某些具体问题上,他仍有自己独到的见解,甚至还对

---

① 参见《何其芳全集》第7卷,河北人民出版社,2000年,第408、414、416、436—437页。
② 参见朱鸿召《延安日常生活中的历史:1937—1947》,广西师范大学出版社,2007年,第110页。
③ 《何其芳全集》第8卷,第120页。
④ 严锋译《权力的眼睛:福柯访谈录》,上海人民出版社,1997年,第158页。

某些文艺方针隐约表达出不满之意。比如，北京出版社1956年出版了《何其芳散文选集》，其选文篇目中"应该"多选和"应该"少选的文章恰好颠倒过来，何其芳在自序中对此现象予以"自责"：

> 在那些时候，由于否定了过去的风格而新的风格又还没有形成，由于否定了过去的艺术见解而新的艺术见解又还比较简单，只是强调为当前的需要服务，只是强调内容正确和写得朴素，容易理解，而且由于没有从容写作的时间，常常写得太快，太容易，这也是一些原因。现在看来，只讲求艺术的完美和不讲求艺术的完美，都是不行的。①

正如司马长风所指出的那样，何其芳"话虽然是批评自己，但无形中批评了'政治第一'的标准。透露了政治要求与艺术良心的冲突；也透露了他对早期抒情散文顽强的爱惜"②。

第二，批判继承、古为今用。这虽然不是何其芳个人的创见，但他在文学批评与研究中是始终坚持这一立场与原则的。首先他从理论上对"批判继承"做过比较深入的探讨，集中在《正确对待遗产，创造新时代的文学》一文中，在肯定"我们都知道对待文学遗产的正确态度应该是批判地继承"的前提之下，对为什么要批判地继承、怎样才是批判地继承进行了具体论述。但我们也可以看出，他的理论依据主要是毛泽东、马克思、恩格斯、列宁、高尔基以及陆定一、周扬的相关论述，基本上是"我注六经"的话语方

---

① 《何其芳全集》第7卷，第30页。
② 司马长风：《中国新文学史》（下册），昭明出版社，1978年，第160页。

式。不仅如此，他还将此一问题提到一个非同寻常的高度，即"怎样对待文学遗产，不仅是一个和文学发展有关的问题，而且是一个和全国人民思想教育有关的问题"①。这自然是有意地向政治意识形态靠拢。

当然，文中也针对20世纪50年代简单粗暴地否定和不加批判或批判不够的两种对待文学遗产的偏向给予了剖析。在1961年他还以札记的形式写到：

> 矫枉必须过正，关于对待遗产，反"左"时强调肯定，反"右"时强调批判，似有些曲折，这是难免的。事物没有直线式的发展，只要强调肯定时不是废除批判，强调批判时仍然有所肯定，就可以了。②

这可以看作是何其芳的有感而发，因为忽左忽右的政治局势确实让人无所适从，如此一来倒可以立于不败之地。

"古为今用"也是当时文艺界热衷探讨的话题。何其芳从一开始，就自觉地将"古为今用"作为自己文学批评与研究的目的。在《论〈红楼梦〉·序》中，何其芳说：

> 我之所以有志于研究中国文学史，最初的出发点倒是为了现在的。1942年延安整风运动以后……我又还感到我国文学史上的许多杰出的作品还不曾得到足够的估价，科学的说明；如果在这方面能够研究出一些结果来，对于

---

① 《何其芳全集》第5卷，第257页。
② 《关于文学遗产问题》，《何其芳全集》第7卷，第95—96页。

创作，对于文学爱好者，以至于对于提高民族自信心，都会大有益处。我是抱着这样一些想法来从事古典文学的研究的。①

他对文学遗产的认识作用、审美教育作用做过论述，但同时也指出："运用文学遗产也应该有鲜明的革命目的。这正是我们现在所说的'古为今用'。"② 显然，这是对主流意识形态有关"文艺工具论"、"文艺武器论"的直接回应。

第三，以历史主义与具体分析的原则去评价作家和作品。何其芳在1950年就指出文学阐释应该坚持"历史的观点"，不过他是针对当时用今天所能达到的思想高度去要求古代作家和作品中的人物的错误做法，从反面入手谈这一问题的。他认为："用这种简单的、过左的、没有历史的观点、没有分析的看法来对待文学遗产，是可能发展到否定一切的。"③

1955年，在批判胡适"根本的文学观念"即"历史进化的文学观念"时，何其芳通过论析，将胡适的"历史的方法"定性为"反历史反科学的主观唯心主义和历史唯心主义的方法"，而与之相对的则是"我们的历史主义的观点"，即"在辩证唯物主义和历史唯物主义指导之下的观点"，虽然也"认为许多新事物是从旧事物发展而来，但又必须认识新事物和旧事物之间有着本质的差异"④。而且，在解释历史演变的原因时，不能像胡适那样"万不能承认历

---

① 《何其芳全集》第3卷，第215页。
② 《何其芳全集》第5卷，第242页。
③ 《谈讲解文章》，《何其芳全集》第3卷，第82页。
④ 参见《何其芳全集》第4卷，第65—66页。

史事实有'最后之因'",应该用"生产方式和阶级斗争来解释历史"①。今天看来,何其芳的分析与批判有合理之处,但总体上却未能做到以理服人,先入为主的意识形态痕迹历历在目。此后在《文学史讨论中的几个问题》(1959—1960)一文的第四节"关于评价过去的作家和作品的标准"中,何其芳结合具体事例反复强调应该采取历史主义的观点②。

不过,我们也应看到,囿于时代环境,何其芳在关于评价历史人物的问题上,也曾表现出与上述主张相矛盾的地方,比如在《评〈谢瑶环〉》(1965年12月)中,他针对吴晗《论历史人物评价》中提出的"依据当时当地的标准",即"在评价历史人物的时候,必须把这一人物放在他所处的历史时期,和同时代人比,同他的前辈比;而决不可以拿今时今地的条件和道德标准来衡量古人,因为假如这样做,就会把历史搞成漆黑一团,没有一个卓越的可以肯定的历史人物了"。显然,这种观点与何其芳的一贯主张是一致的,但何其芳却说:"在我国封建社会里,'当时当地'既没有无产阶级,又没有马克思主义,主张只能用'当时当地的标准',就是不要无产阶级的马克思主义的标准。"③ 这种批判明显属于强词夺理,相当程度上是迫于政治的压力所致。

实际上,坚持批判继承、坚持历史主义,也就意味着具体问题得具体分析。在何其芳看来:"马克思主义的批判精神就是具体分析的精神,就是要区别精华和糟粕。"④ "对中外文学遗产的评价都是这样:要具体分析,要实事求是,情况是很不一样的,不是隐蔽

---

① 参见《何其芳全集》第4卷,第65页。
② 参见《何其芳全集》第5卷,第208—218页。
③ 参见《何其芳全集》第7卷,第199—120页。
④ 《何其芳全集》第5卷,第257页。

它们的消极方面,也不是故意抹杀它们确有的成就。"①

正因为坚持历史主义和具体分析的原则,加之何其芳毕竟是由文学家转型为文学批评家、研究者的,在对古代作家、作品的研究与评价中,他才有意识或者潜意识地同当时流行的二元对立思维模式与评价方式保持了一定的距离,智慧地提出诸如"典型共名"、"中间型作家"、"带中间性的作品"等颇具启发性的见解,最大限度地捍卫了文学自身的特征与规律。

第四,古今中外的优秀作品是当前文学创作的必要资源。何其芳笔下的"文学遗产"不仅指中国古代文学、民间文学,还包括外国文学和中国现代文学。对此,何其芳打过恰当的比喻,这就是在长篇讲稿《诗歌欣赏》中所说的:

> 我国各民族的群众诗歌是一个海洋。我国古代诗人的诗歌又是一个海洋。"五四"以来的新诗由于时间还不长久,大概只能算是一个湖泊吧,然而也是一个幅员并不太小的湖泊……还有一个十分辽阔并且充满了奇异的景物的海洋,那就是外国的诗歌的海洋。②

这里所谓的"诗歌",完全可以替换成"文学"。此外,在《正确对待遗产,创造新时代的文学》中,他也明确指出:

> 我们的许多作家都是从我国的古典文学和民间文学吸取了营养,也从外国的进步文学得到了益处。从作家对待

---

① 《何其芳全集》第7卷,第97页。
② 《何其芳全集》第4卷,第447—448页。

文学遗产来说，这种情况也是主要的，而且是应该继续肯定的。①

今天看来，这些观点仍然没有过时。至于它们的思想根源，我们可以从《毛泽东之歌》中发现一些踪迹。在该文的第八节里面，他列举了毛泽东《新民主主义论》、《论联合政府》、《论十大关系》以及《在延安文艺座谈会上的讲话》等一系列论著中有关"古今中外法"的论述，认为"这是他一贯的思想"。其中还生动地记叙了毛泽东的口头讲话："我讲了一个'古今中外法'，就是：屁股坐在中国的现在，一手伸向古代，一手伸向外国。"② 这个三十多年之后仍然记忆犹新的政治伟人的讲演细节，对何其芳的影响无疑是巨大而深刻的。

上述何其芳有关文学遗产的种种观点，就这样在政治正确与文学正义的较量中，左右摇摆着、矛盾着。想必他的内心也因此而纠结着、痛苦着。

## 三

由于何其芳在诗歌、散文中表现了真挚的思想与情感，研究者们给予了"何其芳式的诚实"这一肯定性评价③。作为学者的何其芳，竭力维持上述一贯的立场与原则，与同一时期众多文人普遍的

---

① 《何其芳全集》第5卷，第260页。
② 《何其芳全集》第7卷，第431页。
③ 何锐、吕进、翟大炳在《画梦与释梦——何其芳创作的心路历程》中指出："《预言》中的一些诗篇之所以为人民所喜爱，是因为这些诗都表现出了'何其芳式的诚实'，这在爱情诗中尤为突出。"（第48页）

无原则、无坚持相比，同样配得上"何其芳式的诚实"①。

不过，即便是"何其芳式的诚实"，在那样的年代，也不可能是完美统一、毫无罅隙的。早在1954年，胡风就通过分析指出："我很愿意改造自己……但我却不能按照何其芳、林默涵同志等所解释的'马克思主义'和'毛泽东思想'，也就是他们自己独出心裁所建立的理论改造我自己。""林默涵、何其芳同志无论提问题或论断问题，没有一次是从实际的具体历史条件出发的，绝对地脱离了实际，没有一丝一毫的历史感受。"② 虽然，这些言论带有鲜明的时代烙印，但也不能说是无端的指控，至少从形式上看是条分缕析、言之凿凿的。

实际上，对"何其芳式的诚实"，我们还可以细分为诗人的诚实、学者的诚实、官员的诚实以及战士的诚实等，其内涵与方式是有所区别的。而何其芳的独特之处，恰恰就在于，他总能"认真"地履行每一身份所应有的职责，结果就是某种诚实大体上总能够与某种身份相符合、相统一。但也仅仅是大体而言，如果再做具体分析，我们又会发现，即便是同一身份的诚实，在不同场合下，也有程度差异甚至本质区别。在此，我们仅就官员的诚实、学者的诚实以及二者的关系稍作分析。通过这种分析，我们可以加深对何其芳文学批评与文学史研究的认识与理解。毕竟，何其芳所批判的文学现象，在当时也可以或者已经被视为是现代或当代文学史的一部

---

① 杨义、郝庆军认为："在文艺批评空间日趋萎缩的岁月，他以自己的真诚和踏实，为理论的创新性铺路垫土，身体力行。"（《何其芳论》，《文学评论》2008年第1期，第6页。）1945年毛泽东批评何其芳"柳树性多"，主要指他在思想政治工作中的原则不强，是就工作方法和性格特征而言，不能以此来否定何其芳创作情感上的真诚、学术立场上的坚持。

② 参见《关于解放以来的文艺实践情况的报告》（即《三十万言书》），《胡风全集》第6卷，湖北人民出版社，1999年，第288页，着重号为原书所有。

分了。

作为文学研究所的主要负责人,何其芳无疑兼具"官员"与"学者"的双重身份。在那一时期,几乎所有的学者都无法躲避学术批判运动,何其芳更是如此。不过,同样是批判,对胡适、胡风、冯雪峰、丁玲,与对俞平伯以及其他一些人或事,无论是情绪、心态还是话语方式,都具有明显的差别。

由于胡适当时身处美国,对他的批判或许有杀一儆百之目的,但却只能隔山打牛,态度、观点与方式似乎只是表明批判者的立场与觉悟,对被批判者不足以造成直接的损伤。但对胡风、冯雪峰、丁玲等的批判,则很不相同,批判者的观点、立场、方式等,与被批判者的命运密切相关。尽管何其芳个人并不能左右这些批判的大局与走势,而且,他的批判也并非出于邀功请赏,但一旦参与,他那被毛泽东表扬过的做事"认真"[①]的干劲与态度就充分显现出来了。对胡风的批判,最能说明这一点。

1952年7月,何其芳被周恩来亲自点将强行拖入批判胡风的行列[②]。何其芳不负使命,在同年12月11日的胡风文艺思想讨论会上做了发言,题为《现实主义的路,还是反现实主义的路》。从1953年《文艺报》发表的正式文本来看,何其芳除了将胡风和他的支持者定性为"一个革命文艺界内部的反对派"之外,还反复指出,胡风的现实主义是"直接和毛泽东同志的《在延安文艺座谈会上的讲话》相反的"、"是反毛泽东的文艺方向的、反社会主义现实主义的"[③]。对此,他有自己的论证,其理论依据主要是《在延安文艺座谈会上的讲话》,衡量的标尺也是"毛泽东同志所说的社

---

[①] 参见《何其芳全集》第7卷,第462页。
[②] 参见李辉《胡风集团冤案始末》,湖北人民出版社,2003年,第105—107页。
[③] 参见《何其芳全集》第4卷,第13、17、28页。

会主义的现实主义"①。这样的批判，可以说完全臣服于意识形态权威之下，政治话语压倒了学术话语。被批判者胡风的感受是："有的同志，如何其芳同志，用他的意思解释了我的几处文字，把问题提到了我是存心反对党的严重程度。"②而且胡风还多次质疑何其芳断章取义的批判方式，其中最严厉的一次是这样的："林默涵、何其芳同志引用对方的文字，确定问题的时候，没有一次把他们引用的文字片段和整篇内容联系起来考虑过，只是鲜血淋漓地割了下来，绝对地脱离了问题本身的实际内容，没有起码的责任感；这是使人吃惊的。"③

就在胡风的《关于解放以来的文艺实践情况的报告》（即所谓《三十万言书》）中"针对1953年《文艺报》刊载的林默涵、何其芳批判胡风资产阶级文艺思想的两篇文章而作的反批判"的内容（该报告的二、四部分），被题为《胡风对文艺问题的意见》，于1955年1月30日，以随《文艺报》第1、2期合刊免费附送的方式公开发表，另两部分小范围内送阅之后，何其芳于当年11月又针对性地撰写了他所有批判文章中最长的一篇：《胡风的反动文艺理论批判》。这是一篇类似"落井下石"的文章④，其中充满着强烈的政治火药味，在重复已成定谳的"胡风反革命集团"、"向党进攻的意见书"之后，从文艺的阶级性、文艺为政治为人民服务、民族形式、现实主义、主观战斗精神等多个层面进行批判，但贯穿全文、随处可见的是诸如猖狂进攻、反对、污蔑、诋毁、造谣、诽

---

① 胡风曾明确指出："何其芳同志的理论总是这样勇敢的，他总是这样勇敢地以毛泽东思想的正确阐释者自任的。"（《胡风全集》第6卷，第284页）
② 参见《胡风全集》第6卷，第131页。
③ 同上，第288—289页，着重号为原书所有。
④ 王雪伟在《何其芳的文学之路》中说："何其芳或者自愿或者上命难违"，向胡风"扔了几块大石头"，这篇文章应该是其中最大的一块。

谤、歪曲、伪造、胡诌、破坏、仇恨、欺骗、妄图、任意、肆无忌惮等上纲上线的词语,而这些词语的对象主要是马克思列宁主义、毛泽东同志的讲话、党的文艺方针、革命文艺运动、无产阶级、劳动人民、鲁迅等等,毫无疑问,这是在置对手于死地。

当然,我们可以说这种鲜明的政治意识形态话语方式,是特殊时代的产物。但实际上,如此严苛的话语之所以产生,除却时代背景,还包括个人恩怨、宗派斗争等潜在动因。我们知道,就在胡风将《三十万言书》上交中央之后,文艺界发起了"《红楼梦》研究批判",周扬、冯雪峰、林默涵、何其芳处于风口浪尖,胡风及其朋友们看到翻盘的机会,展开了对周扬等人的大规模反击,胡风"原本指望借助毛泽东的支持,把周扬他们击败,没料到,形势变化莫测,射出的箭,方向忽变,折向了自己"①。而在《三十万言书》中,胡风对周扬、林默涵、何其芳的反批判也是异常尖锐的,几乎将此前他们对胡风的指控全部返还,如果这个意见书被认可,周扬等人的后果也是不堪设想的。亲历其事的何其芳难免惊魂未定,加之此前他与胡风的个人私怨、周扬们与胡风们的帮派恩仇②,都促使何其芳只能以过当防卫来求取自身平安。

此外,在《保卫党的原则,保卫社会主义的文艺事业》(1957年8月)中,何其芳对丁玲的批判也完全超越文艺争鸣而直达政治批判;稍后的《冯雪峰反党反马克思主义的文艺思想和社会思潮》(1957年8月),与对胡风的批判如出一辙,同样是定性在先,论证在后。如此批判,表面上是战士、官员的职责全方位压倒了学者的良心与诚实,而暗中却隐藏着各种势力的复杂纠葛与多重较量。

---

① 参见李辉《胡风集团冤案始末》,第167页。
② 胡风在《三十万言书》中对诸种历史恩怨有详细的描述。

但另一方面，我们也要看到，何其芳对其他一些人和事的批判则相对理性、平和得多。比如，在《没有批评就不能前进》（1954年11月）中，他虽然指出"俞平伯对于《红楼梦》的研究仍然是用的资产阶级唯心主义的观点和方法"，但有关"自传性质的小说"、"色空观"、"两美合一"以及其他"微言大义"的批驳，仍以学术话语方式为主；既说俞平伯"在研究《红楼梦》上……完全可以确定是受了胡适的影响的，和胡适的观点和方法基本上是相同的"，又说："他和胡适在政治上是很有区别的：胡适的身体和灵魂都出卖给美帝国主义了，而他却在新中国做着古典文学研究工作。"结尾时，何其芳还做了自我批评，尽管只是点到为止，但足以表明自己并未与俞平伯划清界限，并隐约传递出同事的温馨之情与领导的关怀之意[①]。再比如，对杨沫的小说《青春之歌》，他更是敢于仗义执言，直言不讳地批评了完全否定论者照搬毛泽东思想的教条主义立场和主观主义观点。尽管他的反批评同样具有鲜明的阶级论色彩，但其中对"文学性"标准以及小说文体特征的坚持，却是难能可贵的[②]。

经由以上分析，我们也可以说，面对现代尤其是当代文学现象，何其芳同样在"官员"与"学者"之间、在政治正确与文学正义之间摇摆着、矛盾着，不用说，肯定也纠结着、痛苦着。

---

[①] 参见《没有批评就不能前进》，《何其芳全集》第4卷，第34—55页。1958年2—4月，何其芳在北京医院住院期间，俞平伯探病三次，是探望次数最多的同事，看来两人的关系并未因"《红楼梦》研究批判"受到影响。（参见《住北京医院割治颈瘤日记》，《何其芳全集》第8卷第424—433页。）

[②] 参见《〈青春之歌〉不可否定》（1959），《何其芳全集》第5卷124—138页。

## 四

无论是研究古代还是现当代作家与作品，何其芳虽然竭力维持一贯的立场与原则，但政治形势、意识形态、个人身份、宗派斗争以及其他恩恩怨怨，这些福柯所谓的"权力"① 因素，使得他有关文学与文学史的观念与方法，出现诸多罅隙、断裂、矛盾之处，这不仅破坏了立场与思想的整体性、一贯性，还使得"何其芳式的诚实"也打了折扣。当然，我们在感叹、惋惜的同时，也应如陈寅恪所倡导的那样，给予"了解之同情"。更何况，正是由于这些权力因素的驱遣，何其芳们在备受压抑的同时也创造了大量的知识，我们才有可能据此认识、了解他们及其所处的时代。这似乎也印证了福柯所说的权力与知识是一种共生关系。

我们已经指出，何其芳不止一次地表达过他的第一志愿是做一个诗人，并为自己在《预言》、《画梦录》、《夜歌与白天的歌》、《还乡杂记》之后长时间没能写出像样的作品而遗憾与自责。设若，不是生活在如此特殊的年代，何其芳很可能是又一个李商隐、温庭筠、李贺或李煜。阅读《何其芳全集》的过程中，我发现，在好几个地方，他提到自己年轻时所喜爱的文学样式和所追求的创作风格。最先应该是 1936 年 6 月在《梦中道路》中，他说：

> 对于人生我动心的不过是它的表现……颜色美好的花

---

① "福柯所说的权力绝不拘囿于常人眼里的政治权力，它泛指一种普遍存在的作用于人的能量，它不仅起着压抑作用，而且还发挥创造功能。"参见（英）阿兰·谢里登《求真意志：米歇尔·福柯的心路历程》译者前言，尚志英、许林译，上海人民出版社，1997 年，第 13—14 页。

更需要一个美好的姿态……我从童时翻读着那小楼上的木箱里的书籍以来便坠入了文字魔障。我喜欢那种锤炼,那种彩色的配合,那种镜花水月。我喜欢读一些唐人的绝句。那譬如一微笑,一挥手,纵然表达着意思但我欣赏的却是姿态。我自己的写作也带有这种倾向。我不是从一个概念的闪动去寻找它的形体,浮现在我心灵里的原来就是一些颜色,一些图案。①

在《我和散文》(1937年6月)中他这样写道:

在一年以前我已诚实的说"有时我厌弃自己的精致。""因为这种精致",如上面提到的那篇评论文章里所说,"当我们从坏处想,只是颓废主义的一种变相。"……我虽不会像一个暴露病患者那样夸示自己的颓废,却也不乏一点自知之明,很早很早便感到自己是一个拘谨的颓废者。②

二十多年后,在《写诗的经过》(1956年5月)中,他再次点出以上两段文字,只不过是以反思、批判的态度说明自己也曾"从中国的某些过于讲究词藻的古典诗词"中"接受了一些不好的影响"③。并且认为早年所谓的"精致",更恰当的称谓应该是"形式主义"。

何其芳不止一次批判过"唯美主义"和"形式主义",这种文学风格或者说创作追求,在很长一段时期是遭到唾弃与否定的,但

---

① 《何其芳全集》第1卷,第191页。
② 同上,第241—242页。
③ 《何其芳全集》第4卷,第344页。

他并不随波逐流，总是在坚持批判原则的同时，尽力发掘其正面的价值与意义。比如他肯定李贺诗歌中奇特、丰富的想象，认为李商隐诗中的"华丽辞藻是为了构成生动和优美的形象而用的，因此并不显得过分雕琢和堆砌"①。如此辩护，也许受到毛泽东喜欢"三李"之诗的影响，但何其芳早年欣赏"颜色"与"姿态"、追求"颓废"与"精致"的"唯美情结"，很难说不是动因之一。从这种带有反讽与悖论式的行为中，我们分明感受到何其芳的苦心孤诣：面对这种以文学性、文学正义为指归的"唯美情结"，一方面，他必须公开地予以压制甚至否定，以保证意识形态或者说政治上的正确性；另一方面，他却任其潜滋暗长，以至于不时骚扰、冲击甚至对抗他那并非坚如磐石的正统观念与立场。从抵达延安到去世，在长达四十年的漫长岁月里，身居学界与官场显耀位置的何其芳，恰如在高空行走钢丝的艺人一样，为了避免跌入学术与政治权力的深谷，只得竭力保持一种即使不算优雅但却必须异常"精致"的"姿态"。

---

① 参见《诗歌欣赏·八》，《何其芳全集》第四卷，第406—414页。

# 试析何其芳翻译诗歌的深层动因

熊 辉

何其芳是中国现当代诗歌史上著名的诗人，他的诗歌作品和理论早已成为学界研究的重要对象，但他从 20 世纪 70 年代开始翻译德国诗歌的现象却很少进入人们的视野。尽管何其芳的译诗严格说来"译笔还未臻熟练，译出的还没有来得及加工定稿，可以说是半成品"①，但他的翻译行为以及翻译作品已然成为一种文学现象，对其加以考察研究也就相应地具有一定的学术价值。

何其芳翻译外国诗歌始于"文革"发生之后的 1974 年前后，他一边自学德语一边翻译德国诗歌。由于疾病的干扰，部分译诗还没有来得及完全定稿何其芳就离开了人世，他的译诗稿在生前没有公开发表，去世之后由牟决鸣、谭余志和卞之琳等人收集、整理并校对出"成品"才得以公开印行。根据 1979 年四川人民出版社出版的《何其芳选集》第三卷中选入的译诗和 1984 年外国文学出版社出版的《何其芳译诗稿》中收入的译诗统计，何其芳面世的译诗

---

① 卞之琳：《何其芳晚年译诗（代序）》，《何其芳译诗稿》，外国文学出版社，1984 年，第 11 页。

共计57首，其中海涅的诗歌47首、维尔特的诗歌10首。何其芳面世的译诗有26首是对不公平的社会现象的抨击，有11首表现顽强的革命精神和爱国情怀，有10首反映了诗人对理想生活环境的诉求，有10首是表现内心的孤独和对真诚人际关系的吁求。由于客观环境的限制和译者自身外语水平的局限，何其芳的这些译诗总体来讲算不上"杰作"，但他抱着十分虔诚的译诗态度，克服了超出常人想象的种种困难，为我们呈现出自成特色的译诗作品。具体而言，何其芳的译诗注解详细，很多时候超过了正文的篇幅，这有助于读者对译作的理解，是一种对原作者和译语国读者负责任的翻译态度。例如《谒见》这首译诗，译者何其芳为了让读者明白这首讽刺诗所叙述的故事，在译诗后面加了详细的说明：首先是从德国的历史中去寻找普鲁士国王腓特烈·威廉四世（Friedrich Wilhelm Ⅳ）谒见民主主义诗人格奥尔格·赫尔韦格的真实事件，然后再引用海涅写赫尔韦格的另一首诗《给格奥尔格·赫尔韦格》来说明这个历史事件[①]。加上这些注释之后，读者再次阅读这首译诗就会具有现场感，更容易把握原诗的讽刺效果。

何其芳懂英文并能阅读法文，但他却选择了自己当时并不擅长的德语诗歌作为翻译对象，这究竟是出于什么样的目的呢？有人认为何其芳翻译德国诗人海涅和维尔特的诗是出于学习德文并最终达到"能直接读懂马克思、恩格斯的原著"的目的，"又因文学创作书籍似乎比政治理论书籍好读一些"，于是他选择了海涅和维尔特的诗；之所以选择这两位诗人，是因为他们都是德国民主主义战士和无产阶级诗人，前者曾受到恩格斯的赞扬，后者则是马克思和恩

---

① 何其芳：《何其芳选集》，四川人民出版社，1979年，第264—267页。

格斯的亲密战友①。对何其芳为什么会选择海涅和维尔特的诗作为翻译材料,上面的言论无疑是合理的,但没有充分说明译者的主观意图。宏大的"无产阶级"立场也许会成为何其芳选译海涅和维尔特的动因,但译者个人的主观情思和审美取向会最终决定他对外国文学的选择和翻译,何其芳翻译德国二诗人的原因远不止这么简单。

  翻译外国诗歌可以代替诗人的创作,从而达到抒发译者自我情感的目的。"文革"期间,何其芳等"牛鬼蛇神"完全失去了创作和发表诗歌的权利,哪怕是歌颂主旋律的作品也找不到发表的地方,这等于完全剥夺了部分受到批斗作家的创作自由。在这种严峻的形势下,很多作家纷纷"转行"干起了消闲的杂事,何其芳"写诗歌唱'北京的早晨'、'北京的夜晚',也无处发表。到'批林批孔'的一九七四年,他显然跟多数人一样才清醒起来了。……开始热心译诗。"② 所谓的"清醒起来"就是意识到自己再也没有创作的权利和自由。但内心强烈的时代情感总得找到宣泄出来的适合通道,因此何其芳翻译外国诗歌的目的不在于了解外国诗歌本身,也不在于要学好外文,而在于借助部分外国诗歌来表达他在特殊时代语境中不能抒发的某些情感,这也是他为什么会不顾及学习外语的难处而执意在年老后从事诗歌翻译的目的所在。卞之琳在谈及何其芳的诗歌翻译活动时说过这样的话:"我了解译诗的苦处,但是其中也自有一种'替代性乐趣'。其芳原先能读英文,不知从什么时候起也能读法文,他可没有对我讲过他也译过诗。到'文化

---

  ①  牟决鸣:《关于〈何其芳译诗稿〉的一点说明》,《何其芳译诗稿》,外国文学出版社,1984年,第140页。

  ②  卞之琳:《何其芳晚年译诗(代序)》,第2页。

大革命'末期，他忽然热心译诗了，这大出我的意料之外。"① 这段话表明何其芳之所以排除学习外语和翻译的"苦处"而开始译诗，主要还是在于他力图用翻译来替代创作，在"共名"时代表达自我内心的"无名"情愫。在"文革"十年的动荡岁月里，何其芳等文化人被关进"牛棚"，受到了轻重不等的批斗，白天被揪去批斗，晚上拖着沉重的步伐和心理负担回家，抒发自我想法和情感的空间遭到了无情的挤压，于是转而翻译那些抨击现实、追求自由和光明的诗篇来表达自己被压抑的情感。

何其芳的大部分译诗贴切地表现了他在"文革"期间的生活境遇。诗人曾经的生活就像"快乐的小船"，他和朋友们"坐在里面，无忧无愁。"但后来"小船破裂"，"朋友们不会游水脱险，／他们在祖国沉没灭顶"。《生命的航行》这首译诗不禁使人想起"文革"期间，何其芳以及很多朋友被卷入了一场政治波涛中，昔日安宁的生活不复存在，"天空上最后的星星昏暗"，有友人为此付出了生命的代价。在这个残酷而无奈的灾难岁月里，何其芳与海涅一样，只能独自反复地感叹："故乡多遥远！我心多抑郁！"《坐在渔舍旁边》表现了诗人的生活际遇，而何其芳自己就像诗中的"海员"一样，"在天空和波浪间生活／在恐惧和快乐间飘荡"，但最终"天色已完全黑暗"，生活陷入了黑暗和迷茫之中。"文革"是一个人性泯灭的年代，人与人之间的真诚下滑得连亲人和朋友都不敢公开相认，《我们从前是小孩》这首译诗是对纯真童年和亲密友情的追忆，诗人"感叹在我们的时代／一切比现在都好"，感叹在真实的现实生活中，"爱情，忠诚和信仰／怎样从世界上消失掉"，不正是何其芳观察到的人际关系的写照吗？《给格奥尔格·赫尔韦格》这

---

① 卞之琳：《何其芳晚年译诗（代序）》，《何其芳译诗稿》第4页。

首译诗 1979 年收入何其芳选集的时候译名是《给一位政治诗人》，是对德国革命诗人赫尔韦格（G·Herwegh，1817—1875）的赞美，他就像是一只"铁的云雀"，"向着神圣的阳光高飞"。何其芳翻译这首诗歌，与他在苦闷的时日里看不到生活的曙光有关，他需要借助赫尔韦格这样的进取精神和乐观情绪，达到和海涅一样的期盼："德国真的已春暖花开。"译诗《巴比伦的悲哀》中，当死亡在召唤诗人的时候，他给自己的亲人和妻子说愿意在"野树林"和"茫茫大海"上生活，尽管这些地方充满了野兽和怪物的凶险，但"比我们现在居住的地点，/我相信，还没有这么大危险！"何其芳1974 年 2 月在翻译这首诗的时候情绪非常激动，他几乎进入了和海涅相同的情感体验中，他在"译后记"中这样写道："为此诗所激动，突然心跳过速，后转为心绞痛，又服利眠宁，又食硝酸甘油片，又折断亚硝酸异戊酯一枚，吸其气味，折腾约半小时始好。"① 因为翻译一首诗歌而激动得如此"惨烈"，足以见出何其芳对这首诗所表达的情感具有深刻的体认，德国诗人海涅曾经的生活遭遇以及对周遭生活环境的描写此时正好契合了何其芳这个东方诗人在"文革"期间的生活体验，于是何其芳几乎一夜未眠地将其翻译成中文，借助这首译诗来表达自己对苦闷现实的控诉。

何其芳选译的诗歌一方面是为了表达自己的内心情感，但另一方面也受了他本人诗歌风格的影响。"其芳最初发表《预言》一类诗，还显出他曾经喜爱神话，'仙话'的浪漫遗风。一九三六年在莱阳写诗，诗风又有了新的变化，转趋亲切，明快，不时带讽刺语调，虽然他没有海涅有时候表现出的调皮、泼辣。这倒正合海涅早

---

① 何其芳：《巴比伦的悲哀·译后记》，《何其芳译诗稿》，第 91 页。

期和后期诗的一些特色。所以他晚年对海涅诗入迷，完全可以理解。"① 诗歌翻译活动是复杂多变的，现代译诗对中国新诗文体观念的践行除了客观原因之外，也与译者的主观审美趣味密不可分。译诗过程中的创作成分会让外国诗歌被动地跟随译者的意愿去实践或试验中国现代新诗的文体主张，这就出现了闻一多、卞之琳与何其芳诸君借助译诗来检验诗歌形式主张的特殊现象。值得提及的是，在新文学运动早期，很多先驱者力图通过翻译诗歌来证明新诗形式自由化和语言白话化主张的合理性，为新诗理论的"合法性"寻找证据，这种主观愿望也是导致现代译诗践行中国新诗文体观念的重要原因。比如出于早期新诗语言观念的诉求，胡适、刘半农等提倡白话文运动最有力的人翻译了很多外国的白话诗，虽然他们没有直接宣称只翻译外国的白话诗，但他们对外国白话诗的偏爱透露出其希望依靠译诗来证明新诗语言观念。在译作《老洛伯》的"引言"中，胡适道出了翻译苏格兰女诗人林德塞（Lody A. Lindsay）作品的主观原因——该诗的语言带有"村妇口气"，是"当日之白话诗"②，因此翻译该诗可以支持中国的白话文运动，可以为胡适提倡的白话文运动提供有力的证据。

同样，何其芳翻译海涅和维尔特的诗歌作品也是要为自己的格律诗主张寻找证据。何其芳晚年开始翻译海涅、维尔特等人的诗歌，其译诗大都采用了格律诗体，究其原因，卞之琳做了这样的说明："何其芳早年在陕北编选过陕北民歌的，1958年应刊物约稿，写一点关于诗歌发展问题的看法，并不反对民歌体，只因谈了新诗的百花齐放，重提了建立新格律诗，接着受到无知的'围剿'，他

---

① 卞之琳：《何其芳晚年译诗（代序）》，《何其芳译诗稿》，第5页。
② 胡适：《老洛伯·引言》，《新青年》（4卷4号），1918年4月15日。

从不服气。现在他埋头从事海涅诗、维尔特诗的翻译工作,如被人说是暗中做'翻案'工作,实际上也何尝'翻'什么'案'!他只是在译诗上试图实践他的格律诗主张。"① 何其芳的现代格律诗"在格律上就只有这一点要求:按照现代的口语写诗,每行有整齐的顿数,每顿所占时间大致相等,而且有规律地押韵。"② 以他翻译的海涅的《给格奥尔格·赫尔韦格》一诗为例:

> 赫尔韦格,│你铁的│云雀,
> 带着│铿锵的│欢呼,│你豪迈
> 向着│神圣的│阳光│高飞!
> 冬天│真的│早已│衰颓?
> 德国│真的│已春暖│花开?

何其芳的译诗采用了 abccb 的韵脚安排,除第一行诗之外,每行诗有四个顿数,基本实现了他"整齐的顿数"及"有规律地押韵"的格律诗主张,因此卞之琳说何的译诗是对他格律诗主张的实践,这个评价是有据可循的。总体而言,在何其芳所翻译的诗歌作品中,除《赞美歌》一首采用的是散文诗形式之外,其余的基本上都是采用的形式整齐的格律体或半格律体,具有一定的韵律和节奏。

从翻译德国诗人海涅和维尔特的作品到借助翻译来表达自我情感并践行格律诗主张,诗歌翻译和创作的关系在何其芳身上体现出交互影响的变奏曲。从抒发生命个体情感的角度来讲,何其芳的诗

---

① 卞之琳:《何其芳晚年译诗(代序)》,《何其芳译诗稿》,第5—6页
② 何其芳:《关于现代格律》,《关于写诗和读诗》,作家出版社,1958年,第56—57页。

歌翻译正好符合了其创作的动因，在一个被迫"失声"的时代，他正是借助这些译诗完成了自我心灵的书写。当然，对何其芳译诗的研究还有待我们从社会文化、人物心理以及时代语境等方面入手作更为详细的研究。

# "变色"与"色变":文学史叙述中的何其芳

白 杰

除却"文革"十年这一知识分子集体落难的特殊时期,何其芳的人生之路还算平顺。与其现实境遇相近的是,在文学史叙述中,诗人何其芳也未遭遇太大起落。尽管他从未享有如郭沫若、艾青甚或臧克家那样独占一章的荣耀,但大多数文学史,包括建国初期的《中国新文学史稿》(王瑶)、新时期初期的《中国现代文学史》(唐弢、严家炎)、新世纪的《中国新诗史》(陆耀东)都为他留有不少文字,且以正面评价为主。这是非常难得的。须知,在共和国语境下,文学史长期以"改写"、"重写"而非"续写"的方式加以延展;每一次"历史重叙"都意味着艺术坐标轴的重新勘定。众多诗人伴随坐标系的剧烈震荡而在史海翻滚,忽而屹立潮头浪尖,忽而堕入万丈深渊。无论郭小川、贺敬之、田间抑或穆旦、徐志摩、吴兴华,都曾在中心与边缘间游走、主流与潜流间徘徊,品尝了"三十年河东,三十年河西"的滋味。相较之,何其芳则在相当长的时间尺度内,包括上世纪八九十年代文学参照系由"阶级政治"向"文化审美"的转型过程中,都保持了相对平稳的姿态。

但是，我们并不能由此推定何其芳诗歌拥有经得起历史炙烤的真金品质。在当代文学史，特别是五六十年代这一时间段中，作家要想拥有稳固的地位，首先要贴合变动不居的时代幕景，要拥有强大的"变色"功能。此"变色"更多体现为政治倾向的进步而非艺术审美的突破。从《预言》到《夜歌》，再到对《夜歌》的几番增删，何其芳主动地不断调整着自己的色彩，努力切近于时代底色。但显然他的变色是极其有限的，思想进步与艺术退步之间的巨大矛盾终使其在1942年后几乎停止了创作，从而定格在一种似明又暗的"渐变色"。在不同时代光照下，此"渐变色"往往会发生较大的"色变"，史家习惯从何其芳丰富的色系中抽取或调配出某种颜色以满足自己史述的需要，而不太顾及诗人完整的色彩渐变过程。在主动"变色"与被动"色变"的双重作用下，何其芳的色调不断发生变化，并与时代幕景发生着或大或小的色差。当我们翻检建国六十余年的新文学史（或现代文学史）时，这一色差变化依然清晰可见。

## 一　不断黯淡的革命色彩

何其芳正式进入文学史，始于建国后第一部现代文学史著——《中国新文学史稿》（下简称"《史稿》"）。王瑶在《史稿》（上）中指出，除却拥有汉园诗人的共同品质"注意于文字的瑰丽，注重想象，重视感觉，藉暗示来表现情调"外，何其芳的作品还要"自然华丽一些，而且散文中也染着他的诗的风格，但诗也不像卞之琳那样晦涩"①。史家虽用语不多，却极为精准地点出了何其芳前期

---

① 王瑶：《中国新文学史稿》（上），开明书店，1951年，第198—199页。

创作的艺术特点。他在将毛泽东的《新民主主义论》作为叙述中轴之时,并未依据阶级斗争论对诗人的"唯美追求"、"现代倾向"提出批评,反倒以看似平实实则饱含史家个人卓识的语言肯定了诗人的艺术创造。不过此般描述显然已溢出了"阶级—政治"话语。果然,因未能将文学史演进轨迹与新民主主义革命斗争密切结合,未能对革命主流、进步支流与反革命逆流作有效区分,《史稿》(上)出版不久就遭到严厉批判。这使得王瑶在《史稿》(下)的写作中有意突显无产阶级在新民主主义文学中的主导地位,以更好地论证共和国政权的历史合法性。由此,何其芳的《夜歌》这一拥有更高政治属性、堪称知识分子精神改造标本的诗集便在《史稿》(下)中占有了相当篇幅。史家高度赞扬了诗人政治立场的转变以及诗歌风格的更新,"作风质朴平易,句法很洗练,也很接近口语","态度诚挚坦白";对其不足,则仅以"力量似嫌纤弱一点"一笔带过①。值得玩味的是,此处的"力量"究竟是指"艺术感染力"还是"政治宣传力"?如结合上册对何其芳的评述,那自然是批评诗人审美技艺的退步,应属前者;如单放在下册理解,则似对诗人的政治倾向提出了更高要求,当是后者。对此问题,王瑶没做明确解释。他竭力以含混的表述来掩饰内心的矛盾。在时代精神与专家识见间,在政治规范与艺术标准间,他难以做出完全偏于一极的选择。

如果说,缘于王瑶在建国初期"自我蜕变"不彻底、"政治立场"不坚定,《史稿》有意无意间较为真实地记录了何其芳的色彩渐变(尽管对前、后期的色彩转变的描述不够自然);那么丁易的《中国现代文学史略》(作家出版社,1955年)则在"政治第一"

---

① 王瑶:《中国新文学史稿》(下),新文艺出版社,1953年,第61页。

标准下完全取消了"渐变色"的存在，任何作家作品都须接受严格政审以被划归进步或反动的二元阵列，借以突显革命文学、进步文学与资产阶级反动文学的坚决斗争。作为1938年就由国统区进入解放区、曾受毛泽东接见并努力追求政治进步的知名诗人，《史略》将何其芳划入了进步一派，而未追究其在30年代追随现代主义诗潮的"前科"。但是这份"异端"色调的客观存在及潜隐渗透终究使何其芳未能像根红苗正的田间、柯仲平一样被列为"具有较大影响的诗人"。

不过饶有趣味的是，在相继出版的《中国新文学史初稿》中，何其芳不仅回归主流，且与抗战诗人田间、柯仲平并居一节。这一转变自然与著者刘绶松的个人见识有关，但最重要的原因还是时代语境的变化，"1955年后，由于社会主义改造的胜利，中国的政治生活出现了短暂的相对宽松的气氛"，"1956年，正是文艺界、学术界思想比较活跃之时，刘（绶松）当然能感受到"[①]。在此背景下，非此即彼、非白即黑的历史书写模式有所松动，"渐变色"得到一定程度地保留。何其芳虽曾有历史的暗色，但更有趋向革命的亮色。他的《夜歌》虽不能代表无产阶级革命文学，但却记录了知识分子由落后分子向无产阶级革命者转变的精神历程，印证了小资产阶级"二重性"中的积极一面。基于这一标本意义，《初稿》一分为二、褒胜于贬地指出，在思想上"《夜歌》中许多诗篇，由于作者当时还没有很好地克服掉旧知识分子的缺点，所以它们还残存着某些感伤、脆弱和空想的痕印"，但仍表达了"诗人对于旧世界的愤怒和对于新社会新生活的热爱"[②]；在形式上，虽有"句子过

---

① 黄修已：《中国新文学史编纂史》（第二版），北京大学出版社，2007年，第105页。

② 刘绶松：《中国新文学史初稿》，作家出版社，1957年，第489页。

长,欧化句法太多的毛病",但"着意于艺术的锤炼,所以很少粗制滥造之作"①。此番评价虽仍囿于意识形态范畴,但政治尺度要比丁易宽松一些,对作品的文体风格也予以了一定关注。不过因为"反右"、"大跃进"运动的紧随而至,《初稿》对何其芳"渐变色"的有限还原,未能在随后的文学史写作中得到延续。

"大跃进"中,"群众"与"集体"不仅肩负着在经济军事上"超英赶美"的神圣使命,同时承担了独立书写无产阶级文学历史的光荣任务。而过去那些由专家编著的文学史著则被统统斥为"资产阶级伪科学"。由于专业知识的限制,这一期间的文学史仍集中在高校完成,但创作主体已由学者、教师变为思想更加激进狂热的学生群体。他们将文学史完全理解为文艺思想斗争史,将文学演进轨迹等同于政治革命进程。为使革命斗争脉络更为清晰,著者力求选择思想观念更加纯粹的作家、阶级意识更加鲜明的作品,而驱逐或批判那些在政治立场上"骑墙"的"渐变"的艺术品。这样,色彩驳杂、"变色"不够彻底的何其芳就很难满足红色历史的建构,从而在文学史叙述中被迅速边缘。《中国现代文学史》(上册)(复旦大学中文系现代文学组学生,上海文艺出版社,1959年)不仅只字不提《预言》,就连《夜歌》也是一笔带过,"《夜歌》,在青年知识分子中也有一定的革命影响"。及至《中国现代文学史讲义(初稿)》(中国人民大学语言文学系,1962年,内部发行)时,何其芳的名字已经彻底消失。再至1962年之后,在"千万不要忘记阶级斗争"口号的鼓动下,文学史中相对潜隐的话语争夺已为更具火药味的、能够直接参与并推动阶级斗争的文学批判所取代,文学史写作一度中断。极"左"思潮对何其芳的压制排斥也由文学史的

---

① 刘绶松:《中国新文学史初稿》,第491页。

放逐转变为现实的批判斗争，以至何其芳不得不做出深刻的自我检讨："我们至少在这个问题上还不是站在无产阶级的思想的高度，还没有超越过资产阶级民主主义和小资产阶级革命民主主义的思想水平"①。

## 二 持续照亮的现代色彩

"文革"结束后，在思想解放潮流的鼓荡下，现代文学史写作以"拨乱反正"的方式重新开启。史家在渐趋开放的社会环境中，开始有意稀释史著中的意识形态，加强对作家个性、作品艺术性的关注。但在1979年出版的《中国现代文学史》中，何其芳的《预言》仍被定性为资产阶级的、"为艺术而艺术"的产物；而《夜歌》，也因革命思想的不彻底受到批评，"《夜歌》表现了作者对旧世界的仇恨，对新生活的热爱和知识分子在参加革命队伍而还未同群众真正结合时的矛盾心情"②。稍后由林志浩主编出版的《中国现代文学史》（1980）较为完整地介绍了何其芳的创作情况，但论述重心仍在《夜歌》上。它结合《成都，让我把你摇醒》、《夜歌二》、《夜歌六》、《我为少男少女们歌唱》等作品，指出"诗人还没有真正和劳动人民结合，因而不时流露出旧的知识分子的感伤"，但"为革命事业而积极地改造客观世界和主观世界"③。这两本史著虽都肯定了何其芳的"变色"在政治层面的进步意义，但都有意忽略了《预言》，都批评了《夜歌》革命色彩的不纯。"文革"结

---

① 何其芳：《何其芳全集》第7卷，河北人民出版社，2000年，第124页。
② 田仲济、孙昌熙：《中国现代文学史》，山东人民出版社，1979年，第398页。
③ 林志浩：《中国现代文学史》（下册），中国人民大学出版社，1980年，第631页。

束后的第一批现代文学史，大多仍坚持以革命意识形态来建构历史脉络、衡定作家作品价值。它们所做的仅仅是对"十七年"的返归，且止步于极"左"思潮已疯长的50年代中后期。

1980年，由唐弢、严家炎主编的《中国现代文学史》（三卷本）隆重推出，将现代文学史著提升至全新高度。它的一个重要功绩就是重建文学史叙述中长期缺失的审美之维。具体在何其芳身上，史家将三分之一的相关论述放在诗人的前期创作，"作者开始创作时就注意形式的整齐，音节的和谐，韵律的严格，特别是诗的形象的描绘，以求意境的完整。所以这些诗歌大多具有细腻、缠绵而又低徊的情调"①。这是在王瑶《史稿》（上）之后，《预言》所得到的首次赞扬。不过较之《预言》，《夜歌》在这部著作中所占的篇幅还是要更多一些。著者既肯定了《夜歌》思想进步的一面，又指出它缺乏时代实感、有抽象化的弊病。全篇论述中，最让人耳目一新的是，著者指出："其他很多读者在描写着现实变化，何其芳似乎更多地在细致地剖析着这变化的现实中，一个要求革命的青年知识分子的内心的发展。"②著者没有简单将《预言》与《夜歌》对立起来，厚此薄彼，而是成功挖掘出二者在艺术风格、政治倾向的巨大差异下所共有的精神基点——对自我灵魂的审视。这一陈述也道出了《夜歌》未能成功融入革命主流话语的重要原因。整体来看，这套文学史对何其芳的观照方式与阐释定位与王瑶的《史稿》比较接近，在意识形态评判外强化了对作品艺术性的品鉴；但在表述上又比《史稿》周详细致，将王瑶一些未说尽、未说明的话都说清了。

---

① 唐弢、严家炎：《中国现代文学史》（三），人民文学出版社，1980年，第63页。

② 同上，第65页。

1988年，黄修已在《中国现代文学发展史》中，将何其芳在30年代的"汉园"创作置放在现代派旗下，强调其诗歌"浓妆艳抹"的唯美倾向应属诗歌"现代化"的重要部分；其后，又将何其芳的后期创作置于"表现新的感受"一节（这一节专门论述那些由国统区奔赴解放区的接受过思想改造的诗人），结合《叹息三章》等曾遭何其芳删略的诗篇细致剖析诗人所遭遇的精神矛盾与情感困境。同年出版的《中国现代文学三十年》（钱理群、吴福辉等，上海文艺出版社，1988年）、《中国现代文学史》（下册）（孙中田，高等教育出版社，1988年）也都将何其芳列入"现代诗派"的重要成员，突出诗人前期创作所具有的色彩艳丽、思绪缥缈的特点。20世纪80年代中后期，"现代性"或"现代化"成为文学批评与文学史写作的重要概念。将何其芳归拢于"现代诗派"，一方面是对历史事实的揭示，即何其芳对西方现代主义的承纳，以及与以戴望舒为首的现代诗派的交集；另一方面，则是要以"现代"之名对抗意识形态对文学的宰制，强化文学的本体性、文学史的独立性，为何其芳的唯美追求正名。

总之，伴随意识形态在文学史写作的淡出，《预言》所包孕的"现代性"特征得到新时期史家的普遍关注。这一一度遭受压制的作品成就了何其芳在80年代新文学史叙述中的辉煌。而曾在五六十年代以"进步的革命倾向"为何其芳提供"保护色"的《夜歌》则被遗落边缘。凭借以唯美与革命为两端的"渐变色带"，何其芳在"十七年"与"新时期"两个迥异的时代语境中都争得了一席之地；但同样因为"渐变色"，在任一段落里，他的文学史地位都因色彩不纯而受到限制。

## 三　繁复的渐变色彩

　　进入 90 年代后,"重写文学史"已经由理论倡导转变为实质性的写作理念与史学成果,史家的个人见识得到突出体现。1993 年,凌宇等合作编写的《中国现代文学史》(湖南师范大学出版社)为"汉园诗人"专设一节,将其视为与现实主义相对峙的现代主义诗歌的重要一环,特别强调"如果新月派与现代派诗人主要从西方汲取艺术养料,那么'汉园三诗人'则是西方文学与中国文学结合后的新一代"[①]。这一言说的重要性在于,他所使用的"现代性"不再简单等同于"西方化",还包含了对中国古典文学的激活与再造。如此,"汉园诗人"、特别是何其芳的古典情结就具有了独特的现代意味,"《预言》集里的早期诗歌中冷艳的色彩,感伤的情调,精致的艺术,是同时交汇着东西诗歌的影响的"[②]。由于著者着力勾勒现代文学的现代性脉络,突显文学作品的审美流变,所以并未谈论何其芳抗战后的现实主义创作。事实上,90 年代后,文化审美已取代意识形态而成为最为重要的史学线索,此后的史著已很少论述何其芳的后期创作;即使涉及,也多将其作为抗战后文学思潮转向、知识分子分化的一个例证而已。

　　不过,同样重视文学"现代性"演进的《中国现代文学史》(1917—1997)(朱栋霖等,高等教育出版社,1999 年)则在现代主义脉络中大大淡化了何其芳,而在 30 年代的节点择取戴望舒与卞之琳。这从一个侧面反映了"现代性"内涵的繁复以及这种纷繁

---

① 凌宇、颜雄、罗成琰:《中国现代文学史》,湖南师范大学出版社,1993 年,第 329 页。

② 同上,第 330 页。

差异带给何其芳的"色变"。与凌宇相异，朱著将西方现代主义作为现代派诗歌的基准，将"非个化"、"智性化"视作现代派诗歌最为重要的特征。如此，"西化"倾向更为突出的戴望舒与卞之琳就理所当然地成为了诗派代表。至于何其芳，他的前期诗作虽受"班纳斯"影响，但与西方现代主义追求的思辨的繁复精深、情感的广博深沉、表意的曲折隐晦仍有相当大的距离。其文字抒情胜于哲思，古典胜于欧化，被边缘应在意料之中。

90年代以来，分体文学史备受重视，新诗史著也大量出现。1997年，朱光灿在《中国现代诗歌史》中专辟一章论述何其芳、卞之琳、李广田等人的诗歌，力图确立以何其芳为首的"汉园诗派"的经典地位。著者结合大量诗歌文本，细致分析了《预言》三卷之间的起承跳跃，探讨了这一时段内诗人的文学观念、创作心态、政治理念的转变，确证了《预言》在文体实验上取得的成绩。这段评述充分体现了史家立足个体、回归主体、关注本体的史述倾向。但对于《夜歌》，著者则力图以历史的必然、时代的必需为何其芳的诗艺衰退加以辩护，着力强调其政治的进步性、形式的民族化，"不仅可以看到诗人从'自我'走进大众的身影，更可感受到他那心灵之海的波涛汹涌，滚动，涨落"①。表面看来，著者是要以还原具体历史情境的努力、"理解并同情"的态度为何其芳全面平反，但又暴露了史家秉持的评判标尺的不一致。《夜歌》自是特定时代语境的产物，是历史感召的产物，在当时具有积极进步的社会意义。但是作为文学史述，其评价标准始终不能背离文学审美的中轴。在90年代语境中，这部史著的观念偏于保守。

不过总体来看，90年代以来绝大多数文学史家都已全然放弃

---

① 朱光灿：《中国现代诗歌史》，山东大学出版社，1997年，第635页。

政治之维，而坚守艺术审美立场。但接踵而至的问题是，以此消彼长、二元对立思维重新确认《预言》、放逐《夜歌》就能更好地反映文学的历史原貌吗？显然不行。因为何其芳的"渐变色"在这样的史述中依然不能得到全面显现，其复杂而微妙的渐变过程仍被简单化处理了。幸运的是，进入21世纪后，陆耀东先生的《中国新诗史》较好地解决了这一问题。著者在细致的文本分析基础上指出，《预言》在语言使用上力图调和文言与外来语，显现"贵族化"倾向；在"通感"等技法运用上，拥有"现代性"特征。但同时指出，《预言》与《夜歌》并不完全对立，《预言》已预示了诗人由个人抒情向社会革命的转向，"愈到后来，对社会不平的愤激之声愈强"。从《预言》到《夜歌》，诗人自始至终都是一个理想主义者，只是前期追求的是幻美的个人理想，后期则转变为炽热的革命理想。但是社会现实与革命理想的距离又使诗人时时回首个人理想。这使他在一定程度上保持了文风的相对细腻与个人化特征，但同时也回避了现实生活中的尖锐问题，"诗人是戴着玫瑰色的眼镜看革命、看革命根据地的生活"，"他几乎没有触及生活的另一面"①。著者直言何其芳后期创作乏善可陈，但又尊重并努力还原《预言》至《夜歌》之间的渐变过程，将二者间的折线改写为自然平滑、开口向下的弧线。这无疑是何其芳在文学史叙述中的取得的大胜利——逼近"渐变色"。

---

① 陆耀东：《中国新诗史》（1916—1949）第2卷，长江文艺出版社，2009年，第199页。

## "中国现代诗学"栏目

**主持人语（张传敏）：**

本栏目的文章虽然都属于现代诗学范畴，但风格各不相同。

胡适是中国现代白话诗的倡导者，然而学界对其进行的探讨大多还停留在《尝试集》的功过是非上，具体诗作的解读尚嫌不够。陈漱渝的《为胡适发疯至死的女子——兼谈胡适两首诗作的解读》不仅细致梳理了胡适和朱毅农的关系，从另外一个角度解读胡适诗作，"以史解诗"的方法亦足令人耳目一新。

非马是美国著名华裔诗人，他的《一个华裔诗人在美国写诗的经验》讲述了自己在美国进行诗歌创作的经过和心路历程。平实的语言与坦诚的自我剖析相融，其中提到的华裔诗人身份认同问题，很值得有志于研究海外华文诗学者参考与深思。

相比前两篇文章，陈仲义的《现代诗语的"机密"：能指与所指的离散张力》显得更具理论思辨色彩。作者剖析现代诗语中能指（signifier）与所指（signified）之间离散的合理性限度，是作者以西方语言学理论观照现代诗学的努力与成果。

抗战时期重庆曾经是七月派的重要的活动场所，七月派和重庆的关系是值得重视的一个话题。辛文纪的《重庆〈小诗原〉与新诗"七月派"》一文对七月派诗人积极倡导和参与的重庆《小诗原》诗刊的发起、创作阵容及理论主张进行了概括性描述，成一家之言，对理解新时期以来一些七月派老诗人以及重庆诗坛的小诗创作及诗学理念等等也都具有相当的文献价值。

# 为胡适发疯至死的女子

## ——兼谈胡适两首诗作的解读

陈漱渝

胡适是中国现代白话诗的倡导者,一生中写过不少新诗、打油诗、旧体诗词,大约总计有320余首,其中自然也不乏情诗。他创作的情诗有些不但内容隐晦,而且常在诗题或序跋上做手脚,声东击西,故布迷魂阵,有意将读者引入歧途——这是中国诗歌阐释史上的一个独特现象。最早道破其中奥秘的是胡适挚友、中国现代最杰出的抒情诗人徐志摩。他断言:"凡适之诗前有序后有跋者,皆可疑,皆将来本传索隐资料。"

## 一 胡适故布迷魂阵

1929年1月25日,胡适在日记中写了一首诗,原文是:

作一首诗,纪念北大
留恋

三年不见伊,
使自信能把伊忘了。
今天蓦地相逢,
这久冷的心又发狂了。

我终夜不能眠,
萦想着伊的愁,病,衰老。
刚闭上了一双倦眼,
只见伊庄严曼妙。

我欢喜醒来,
眼里还噙着两滴欢喜的泪。
我忍不住笑出声来,
"你总是这样叫人牵记!"

1964年,台湾商务印书馆出版了一册《胡适先生诗词手迹》,收入此诗时将题目改为"《三年不见他——十八年一月重到北大》"。诗末有附言:"我十五年六月离开北京,由西伯利亚到欧洲。十六年一月,从英国到美国。十六年五月回国,在上海租屋暂住。到十八年一月,才回到北方小住。直到十九年十二月初,才把全家搬回北平。"有一些胡适年谱据此将这首诗认定为纪念北大之作。

然而,根据胡适"于无疑处有疑"的开示,我对以上说法颇感怀疑。我疑的不是胡适对北大的感情,而是怀疑北大是不是本诗真正的抒情对象。不错,北大作为"五四"新文化运动的大本营,作为胡适多年执教的最高学府,当然不能不使胡适产生留恋之情,但留恋到"发狂",留恋到"终夜不能眠",留恋到一觉醒来"眼泪还噙着两滴欢喜的泪",那就显得有悖人之常情,有悖人生常态,夸张过分而显得有些矫情了。更何况北大作为一个教育机构,很难说有什么"衰老"——反之,校史越长,学校名声越大,是值得欢喜和骄傲之事。至于北大红楼,可以用"庄严"来赞颂,但如果用"曼妙"来形容,就不仅文理不通而且显得轻浮了。但是,如果把诗中的"伊"理解为胡适生活中真实存在的一位女子,那读者就会豁然贯通,而且会被胡适的真情所感动。

## 二 痴情女子朱毅农

那么,这位女子是谁呢?我以为就是朱毅农小姐。

胡适是 1929 年 1 月 19 日乘火车从上海抵达北平的,一共逗留了 36 天。此行目的,一是出席协和医院董事会,二是为了探望重病中的梁启超。接站时任鸿隽对胡适说:"你也许见得着他。"第二天看报,才知道梁启超在 19 日下午两点一刻就去世了,胡适晚来了 7 个小时。在胡适心目中,梁启超在一些学术问题上虽然跟他意见相左,但其人"和蔼可爱,全无城府,一团孩子气"。20 日,胡适跟陈寅恪、丁文江、任鸿隽等含泪参加了梁启超的入殓式,并敬献挽联:"文字收功,神州革命。生平自许,中国新民。"同年 2 月 25 日,胡适离京返沪。他在当天日记中写道:"此行有许多可以纪念的事,可惜太忙,日记不能继续,这两个月的日记遂成最残缺的日记。"

由于这一段时间的日记"残缺",我们只知道胡适在友人任鸿隽家住了三个星期,在丁文江家住了两星期,赴了一百几十次宴会,但日记中并无重回北大校园的记载,仅提到他跟徐旭生、李润章等讨论把北京大学改作研究院以及"统筹全国大学区"的事宜。我以为，胡适日记的"残缺"固然跟他的忙碌有关，但也有些内容他原本就不想写进日记。胡适专程到香山探望养病的朱毅农就是一例。这条信息见诸 1930 年 10 月 20 日胡适日记："我自去年二月香山见她之后，至今始见她。"事隔一年，一般读者阅读时极容易忽略。

说朱毅农为胡适发疯致死，这也有胡适日记为证。1930 年 10 月 20 日胡适日记记载了他跟朱毅农会见的场面："去看朱我农（按：毅农的长兄）夫妇，并见其母。问之毅农现另住一小屋，用一个老妈看护，现卧病在床。朱母年已八十余，殷殷要我安慰她。我农夫人邀我同去看她，我跟她出去。屋在口外沿大路，是一所住宅，他们租了这人家门外的两间小屋给毅农住。此处便是她的疯狂院！她病在床上，我进去看她，我农夫人即辞去（按：我农夫人辞去，表明她知道毅农有些话仅想对胡适说）。她很瘦削，对我说话很清楚，但也未免时有风话（按：原文如此。胡适所谓"疯话"其实是病人潜意识中的真话），她自己说，"我是为了想你发风的"。我再三安慰她，劝她安心养病，将来我到北平，一定可以常见她。她说，'我别无指望，只望可以常常见你一面'。她又说，'我的脑筋还可以恢复。你若肯教我，我还可以做点东西出来。'我都答应她了。此会甚惨，使我很感动。"同年 10 月 22 日胡适日记又写道："去看毅农，仍未能起床。我看她似不能久活了。此正古人所谓'我虽不杀伯仁，但伯仁因我而死'，念之黯然。""伯仁"姓周，是晋元帝时的"仆射"（宋以前的一种武官官职）。他有一个好朋友王导。王导的堂兄江州刺史王毅起兵谋反，周伯仁在元帝面前多次为王导辩护；但王毅因宿怨想杀伯仁，王导虽然得知这一动向，却没有表态。周伯仁的死耗传来，王导痛哭流涕，觉得有负于良友,于是忏悔道:"我不杀伯仁,伯仁因我而死。"胡适援引这一典故,是表示朱毅农的死他应负间接责任。

## 三　胡适因何与朱小姐结缘

毅农结识胡适,因为她的二哥朱经农是胡适留学美国期间的挚友。《胡适文存》中有一篇有名的文章,题为《答朱经农》,即为胡适与朱经农探讨"文字革命"的往返书信。朱经农极端反对把"文言"、"白话"一概废除,采用罗马文字作为国语的主张。对此胡适表示同意。但胡适同时指出了他一笔抹杀白话诗的偏见,并且极其不赞成他关于"白话诗应该立几条规则"的意见,认为这类轨范会成为新诗写作的一种枷锁镣铐。其实,早在1916年留学美国期间,胡适和朱经农之间对白话诗创作的意见即有分歧,但正是在相互驳难的过程中友谊与日俱增。而且后来朱经农的长兄朱我农也参与了这种讨论,同样跟胡适建立了亲密的友谊。

在现存江冬秀致胡适信中,我们对朱毅农以及他跟胡家的关系多少有点了解。(1)朱毅农身体不好,曾准备到北京西山疗养半年,届时打算将朱母寄放在胡家。由此可见两家关系十分友善。(2)朱毅农跟胡适之间彼此关心。毅农曾为胡适提供治疗痔疮的药方,她认为手术的效果并不好,不如吃药。1923年胡适到杭州疗养时,寄回两把当地产的丝绸扇子,一柄送给太太,另一柄就送给这位朱小姐。(3)朱小姐曾当过胡适长子胡祖望的老师。朱小姐很喜欢这个孩子。

1923年7月20日朱经农致胡适信,可以跟江冬秀信中的这一说法互相印证:毅农有信来,说起你送扇子给她,她很感谢你,要我写信给你时候,替她谢谢你。她说,你的令郎非常聪明,她和他在一起觉得另有一种乐趣。她应该感谢你们送这样一个好的小朋友给她，因为自从和他在一起，心里觉得快乐得多。不过她恐怕自己教法不好，耽误了你们的令郎，所以心里又常常着急。我已写信告诉她，要她放心，我知道别的小学教师的本领也和她差不多，没有什么别的好教法的。我想，毅农是一个很好的小学教师，可惜身体弱些。她富于感情，对于小孩子有一种真的亲情，所以孩子都喜欢她。

毅农对胡适的好感，最初是因为胡适对她一家的关爱产生的。朱经农留学美国时，最初是勤工俭学，当了一名"官学生"——在华盛顿兼任"留美学生监督处书记"。后来朱经农转到纽约哥伦比亚师范学院研究院就读，没有了这份工资补贴，经济顿感拮据。这时胡适曾借钱或垫钱替朱经农养家，使朱经农的母亲和这位小妹毅农非常感动。因为这种机缘，胡适跟毅农有机会见面，并建立了长期的通信关系。

毅农对胡适的好感更产生在胡适辅导她创作的过程之中。朱毅农是一位有文学天赋并经常有创作冲动的女子。胡适长期辅导她写作，认真为她批阅文稿，用长信短信及时提出修改意见，并希望她的作品能在《新月》杂志发表，或由新月书店出版。朱毅农每当看到胡适在她文稿上画的每一个红圈都感到特别可爱，但她又有些畏难，怕"出台出早了，弄得下不了台，反倒丢了老师的脸"。她感到胡适比她哥哥更有耐心，因为她给二哥朱经农写十封信，常有九封都得不到回复。她也感到在胡适的辅导下，写作水平确实长进了一点。朱毅农婚后没有生育，她丈夫的妹夫想把儿子过继给她，免她精神孤寂。她认为此举"太可笑"。在胡适指导下写作，她的孤寂感觉全消失了。也就是说，胡适给了她生活中须臾不可缺少的精神支柱。

1925年5月3日，朱毅农致胡适信，淋漓尽致抒写了在胡适指导下进行小说创作的快乐。

适：

　　你那样忙法，还和我写这样长的信，你想我心里是多么的感谢你！

　　你批评我的话，很对。我读了你的大作以后，更知道自己的毛病了。适之！像你这样肯说实话的人，实在是很少的。我真没有想到十余年来理想中的老师，今天竟找着了，你想我此刻心里是多么的快活。

　　我这篇小说是去年夏天在西湖作的，作时本在生气之后，目的只在出气，不在作文，更没留心到笔法等等。

　　去年上西山以后，我又作了两三篇小说，但都是关于爱情不能见人的（因为那时我与树人婚约尚未发表），随作随撕，没留下稿子。因昨生病开刀后，整夜不能安眠，百无聊赖的时候，心里忽然又来了一篇小说，题目是《黎明时》，等几时有闲空了，手上的疮口好了，打算把他写下来看看何如。

　　可惜你不久就要上海外去，怎么办呢？行色匆匆的时候，不会嫌我这个笨学生太麻烦么？

　　好日子长着呢，还是等你从外国回来时再一总给你看吧。但我总盼你永远肯批评我，我还盼望我自己好好努力，不论环境怎样改变，不把这做小说的念头打消，永远做你的学生，永远能受你的批评。

　　树人答应结婚后教我的英文，我盼望我日后能和你一样译书，那才有意思呢。

适之！你的这些学者，实在没梦想过我们这些学识浅的人的苦，这苦处真和你大作中的马夫差不多。所以你们如果能把一个学识浅的人，变成一个能人，实在是一件最慈善的事体。手痛不能好好写字，写字乱七八糟，你看了不会骂我么，不写了。

祝你

安好

毅农

十四，五，三

冬秀处请代为致意，恕不另

## 四 朱小姐和她的丈夫之间

朱毅农这封信中提到的这位"树人"，就是她的丈夫饶毓泰（字树人）。据说饶是胡适在中国公学的学生。他们结婚时，胡适夫妇曾双双作为证婚人出席。笔者查阅《民国人物大辞典》，知道饶毓泰是一位卓有成就的物理学家，曾留学美国，又在德国从事天文物理研究。归国后在南开大学、北京大学、西南联大任教。1948年4月当选为"中央研究院"院士。新中国成立后曾任第二、三届全国政协委员，中科院学部委员。1968年去世，终年77岁。著作有《关于汞气中低电压弧及其与荧光关系的研究》、《对称型多原子的线性斯塔克效应初探》、《丁二烯光谱中的吸收带》等。又据其他资料得知，饶毓泰1919年留学美国时，曾与朱经农同住，在朱宅读到胡适的《中国哲学史大纲》，十分佩服。他在致胡适信中称赞说："时人著书多无精密之思，即稍能用思，又无胆量说出来，其能用思而兼有胆量者,尚有足下。"1933年胡适聘饶毓泰为北京大学物理系主任,1946年8月又聘饶为北大理学院院长,可见胡适对饶的学识也十分赏识,并未因朱毅农之死而影响双方的友谊。

毅农与饶毓泰的结合,是她二哥牵的线。这有朱经农1925年2月5日致胡适信为证。

适之兄:

树人与舍妹订婚,我极赞成。他们两人相识,本由我介绍,我始终望这件好事成功。不过这事的成功要出于自然,不可丝毫勉强。我对于天津那个女子,至今有点放心不下。我对毅农和家兄都未将这件事说穿。不过我怕这女子未必能放下树人兄,又恐树人对她仍有留恋。如果事出勉强,恐怕树人将来追悔,可否请你向树人问个明白。万万不要勉强迁就吾家。我望树人和我家生亲戚关系,不过总要出于自然才好。望你和我农接洽一下。

拜托拜托

经农

一四,二,五

由此信可知,饶毓泰婚前曾与天津一位女子有过恋情。双方是否藕断丝连说不清楚。这个情况只有饶本人和朱经农、胡适清楚,而对毅农的长兄我农和她本人则没有说出实情。跟经农的态度截然相反,我农对毅农的这桩婚事毫不看好,甚至可以说是持反对态度。我农在致胡适的一封信说:"你晓得,我的家庭困苦,已够受的了。但是我这个顽固的脑子还挺得过去,小妹(按:即毅农)是不行的。现在我知道,她如和饶结婚,家庭之间,决不能美满。我不愿让她再受这个苦……不过小妹是个好面子的人，不愿使人说她三心两意，她就决定宁可牺牲幸福。这是她的拙憨老实之处，但是我不能让她受这种苦。我和经农，虽所受不同，已受够了。树人这个人，甚不会体谅人，只会责备人的，且傲慢自夸，不通世故人情，愚而好自用，万万不能使小妹快活，是不但我早就看出，就是小妹自己也知道……我觉得他根本尚不知是爱不是爱，因为她这是第一次交友。如果是真爱，不是这个样子。并且饶始终未有真实的爱表出来。除了勾心斗角，来使小妹着急发气，一切不如意外，对于一切事务，完全不负责，而对于我主张的明年结婚一层，他都不肯自己出面和我说，偏要用手段逼迫小妹向我说。这种中国官僚性的行为，我实在看不入眼……小妹如定要和她结婚，是她的自由，我决不干涉。但是我必须消极的完全不过问，等到他们不相容的时候，我再出来接小妹回家。……小妹自从和饶树人相识以来，不知道加了多少的痛苦，订婚后痛苦可加，将来如果不幸结婚，那她就落在网中了。"写此信三天之后，朱我农又给胡适写了一封信，提到经过胡适劝阻，他没有寄出斥责饶毓泰的信，但他进一步预言了饶和毅农结合必然酿成悲剧："因为小妹略有神经病，如果长此下去，树人时时气她，玩她，必定要成疯癫而后止的。这不是我过虑之谈，也不是我的乱断。"日后事态的发展，证实了我农的预言的确不是杞人忧天。

俗话说，"清官难断家务事"。我们自然不能把朱我农对他妹夫的看法当作对饶毓泰的客观评价。但从中可以概括出毅农发生家庭悲剧以致发疯致死的三个原因：（1）毅农婚前体格并不见佳，且有精神障碍，时而抑郁，时而狂躁。（2）毅农跟饶毓泰结合的感情基础并不牢固，而且饶婚前另有所恋。他们的结合，看来是经过友人或他人的撮合，并屈于舆论的压力。（3）胡适始终是朱毅农内心世界里的一道阳光。有了这束阳光她就可以奇花绽放，失去这束阳光就会变成冰川世界。

　　从现存朱毅农致胡适的25封书信来看，婚后的毅农对胡适仍充满了深情：胡适是她的老师、兄长，又是可以坦诚内心隐秘的朋友，而对于丈夫则略有微词，流露出双方感情的冷淡。最早的一封写于1925年2月5日，内容是请胡适调解她跟二哥的矛盾。3月20日的信为病中书，当时毅农刚能坐起，"心口仍旧有些微痛，写字手仍发颤"。7月25日的信谈到两个星期前曾把自己给丈夫的两封信和丈夫给她的一封信都转寄给胡适看——"我那时神经多么错乱，什么话都告诉你，你们不笑我么？"可见她对胡适能吐肺腑之言，已无隐私。9月10日的信是写给胡适夫妇，当时饶毓泰到南开大学教书，已在天津安家，特意留了一间小客房，欢迎胡适夫妇到他们风景优美的新家来读书。她当然知道胡夫人江冬秀基本上不识字，绝无"读书"的雅好；她又在信中特别申明，她的客房太小，"一次只可容一位客"，那么在胡适夫妇当中，她到底盼望谁来就不言而喻了。1926年5月21日的信，说她跟丈夫身体都不很好，每天各忙各的事情。1926年7月胡适去英国参加中英庚款委员会全体会议，临行前给毅农写信并寄英文小说集，供她创作小说借鉴。毅农万分感动，在6月9日信中称胡适是一位"循循善诱的先生"。1929年2月1日的信，说她"近来精神还是不十分强健"，丈夫"久无信来，殊令人不解"。充分暴露了两人之间的感情危机。后来毅农的长兄把她接回家，住进一处专为她租的"疯人院"，表明她已走进了情感的穷途末路了。

## 五 以史解诗文——胡适研究新路径

笔者梳理胡适与朱毅农交往的史料,着眼点当然不是为了增添一点文坛八卦,聊供读者作为茶余饭后的谈资,而是因为这不仅是胡适生平传记中不应抹去的内容,有助于呈现胡适血肉丰满的形象,而且对于重新阐述胡适的相关诗文也是不可或缺的。比如胡适在《四十自述·自序》中提到:"前几年,我的一位女朋友忽然发愤写了一部六千字的自传,我读了很感动,认为是中国妇女的自传的破天荒的写实创作。但不幸她在一种精神病态中把这部稿件全烧了。当初她每写成一篇寄给我看时,我因为尊重她的意愿,不替她留一个副本,至今引为憾事。"美籍华裔学者夏志清在《小论陈衡哲》一文中,曾推测这位"焚毁断痴情"的人是胡适女友陈衡哲。我在《胡适与陈衡哲》一文中也沿袭这一说法。现在看来纯属臆断。这里所说的"一位女朋友"就是朱毅农。她焚毁的这部书稿叫《去影》。她创作的目的不过是描写中国新旧过度时代男女交际的状况,因为素材完全是取自自己的经历,所以胡适视为"自传"。饶毓泰根本不看这部书稿,但胡适却看得很认真,且给予好评。毅农因此颇为得意,她说,"胡适的恭维话,不过是和我以前的一位国文老师给我的'雷霆敏锐,冰雪聪明'的批语,同样的用意"。她在信中问胡适:"凡是对于神经质的学生,普通教授法大概如此。哈哈!我猜对了吧?"此时,毅农已有作品在《南开周刊》发表。不久,毅农又为《去影》这个书名而懊恼,因为书名容易引起读者对她和她家庭产生联想,"可是已经改不得了"。

《去影》完成后,朱毅农松了口气,但又有诸多顾虑,发誓今后再写小说要做到四点:(1)不写自己的事。(2)不写关于爱情的材料。(3) 不多写。(4) 得好好写。因为《去影》谈及朱毅农的诸多隐私,所有她再三拜托胡适不能跟任何人说。以上情况见诸朱毅农给胡适的最后一封信,日期不详,信纸右侧写了"付火"二字,就是要胡适阅读焚毁。"付火"二字的右边还加了两个圈,表示强调。从上可见,了解胡适与朱毅农的这段情缘,不仅有助于正确解读《四十自述·自序》,而且可以进一步了解到,在中国现代自传体作品的创作过程中,胡适与朱毅农是相互促进的。

了解胡适与朱毅农的这段情缘,对于重新阐释胡适的诗作也很有裨益。除了本文开头援引的那首《三年不见他》之外,至少还有一首《杜鹃》。

1928年4月4日,胡适跟友人和长子祖望从上海出发游庐山,返沪后写了一篇《庐山游记》,刊于《新月》杂志第1卷第3号,同年又由上海新月书店出版单行本。文中有一首七言绝句,写的是从海会寺到白鹿洞途中观赏的花草树木:

> 长松鼓吹寻常事,
> 最喜山花满眼开。
> 嫩紫鲜红都可爱,
> 此行应为杜鹃来。

后来这首诗分别以《杜鹃》和《游白鹿洞》为题,收入《胡适诗存》、《胡适手稿》和《胡适选集》。《庐山游记》是一篇以考据而不是以文采取胜的作品,但其中偏偏加入了这首绝句,令人深思。

在这首绝句的众多读者中,只有朱毅农读出了弦外之音。1928年5月10日,《庐山游记》在《新月》杂志第1卷第3期刊出,胡适连同由新月书店出版的《白话文学史》一起寄给了朱毅农。毅农回信说:"我看了你的《庐山游记》,觉得非常有趣。其实我也会考证这玩意儿。比方你那首绝句,就有考证的必要。你看我下面的考证如何?中华民国的胡适,是提倡白话诗的人,为什么在民国十七年又忽然作绝句呢?难道他是复古吗?不,同时他有一学生做了一本小说名□□(按:指《去影》),里面有段讲到做绝句,做的太死了,所以他特意做一首给她看。还有,他这首诗不是说花的,是说一件事的(可以细看篇末的几句话。再把他弟子的信一对):第一句是说一个人类的言语;第二句是说一个人类用功做工作;第三句是说工作的结束;第四句是他为了保全一个工作出游。他的目的,要看血汗的作品,不要看假的作品。你说这样可以说是考证吗?我的方法对吗?……"

由于我们未能读到朱毅农《去影》一书的原稿,又未看到她提到的胡适那封信,因此不能断定她的理解是否绝对正确,但至少她提供了一种阐释方式。自古以来"诗无达诂"。比如鲁迅散文诗《蜡叶》,一般人都作写景状物之文来欣赏,只有许广平道破了她规劝鲁迅戒烟戒酒,以免变成"病叶"的隐秘。

爱情与文学从来就结下了不解的姻缘。恋爱的方式虽然各有不同,有的侧重于躯体,有的侧重于精神,因人而异,因时代而异;但无论如何,都是作家记忆空间中最为刻骨铭心的那一部分。创作则是将这种平面性的"个人情感体验"转换为立体面的富有想象空间的"人性的感情"的过程。因此,能够包容从情爱角度研究文学现象的社会是合理的社会,能够正确理解爱情,而不至把情爱等同于肉欲的时代,是人性健康发展的时代。

# 现代诗语的"机密":能指与所指的离散张力

陈仲义

## 一 语词潜在的"三维度"

把握现代诗语,先要从它基本的单位——语词入手。"语词是世界的血肉"——梅洛·庞蒂说出了语词与世界、语词与我们的亲缘关系,这种"亲在"集中体现在人与世界、世界与人的隐喻关系中。语词与隐喻无法剥离,但不是所有语词都具备隐喻性质。从语词的关系学出发,语词可切分出三个隐秘的维度,此前这样的维度在诗学与诗歌写作中往往被忽略。今天,为弄清诗语的奥妙,我们从最基本的"源头"做些分辨。研究诗歌语言学多年的耿占春指出:

> 每一个词都在三个向度上与他者发生关系,这就是:词与物,词所指称的对象;词与人,即词的符号意象给人的语言知觉;词与词,一个词在整个语言符号系统中,在具体的本文结构中的位置。换言之,每个词都与来自三个

世界里的意向在这里相遇。而语词则是这三个世界的临界面，与语词所具有的这样三种类型的关系，词与物、词与人、词与词的关系相对应，词的意义就有有三种相应的层次。经验层次，作为功能上可以指代的对象的意义、心理知觉层次，作为有所感悟有所期待的意义、符号的经验关系层次、作为可以用某种特殊的语言形式构成的意义。在具体文本中，符号的结构关系层次、心理知觉和经验层次是辨认意义情境的本质上互为关联、互为隐喻、互为背景的方式。①

透过上述对语词的微观分析，我们初步看清语词各自独立而又相互关联的面目：

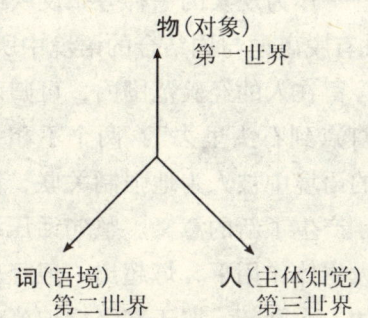

语词的三维度带来巨大的文化意蕴，它的"客观"身份、它与其他者他词的关系、它被主体所塑造——三种途径所构成的明示或暗示，转喻或隐喻，表明我们只能居住在无穷无尽的他指性与自指性合围的世界里。人类不仅创造自身的语言奇迹，又制造语言的牢笼。下面，举灯为例稍加说明：

---

① 耿占春：《隐喻》，东方出版社，1993年，第143、144页。

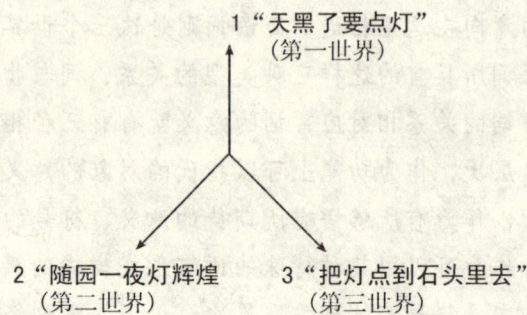

第一世界"天黑了要点灯":灯是经由人工可以发光的器物,属于功能指代。说的是以人工的照明,代替失去的光线——这是一种十分明确、应对自然现象的客观实录,它停留于日常层面的语用行为和工具性,可归入物质范畴。

第二世界"随园一夜灯辉煌":灯虽然脱离了物质实用层面,在心理知觉作用下——作为现实的一种夸张反映或加工反应(一夜辉煌),但基本上没有脱离词与词结合的语境中所形成的经验产物,这种经验产物依然停留在人的经验范围内,可归入经验认知范畴。

第三世界"把灯点到石头里去":两个不相关的词——灯与石头,在同一个句子的语境中被人为地强制关联,词被主体强烈干预后发生非正当关系,产生了新的意义。整句话压缩后的内核是:灯点石头。显然在强大主体作用下,灯超出一般经验,构成超验式的的隐喻,是对经验的一次刷新,属于高级精神范畴。

语词就在这三种维度中交错着,为人的存在提供居所,为人的栖息"遮风挡雨",同时也构成自身稳定的结构和不断生成的基础。在人们没有完全看清语词的"秘密"之前,语词只是事物的一个"命名"、一种代码,或一个手段,现在却成为"一个极大的审美欲望对象"。语境是由词的这三个向度或三种意义关系互相穿越而形成的。原来被我们关注的事物"退居二线"了,语言本身突出出来了。即语言的最小单位也以词的面目强调自身的存在。"如果我们认同这种自我引述、自我提示、自我参照的语言事件,我们就能从活本文中释读出新的意义作用,并因此参加到超越日常语言支配的新的世界的创造中去。"①

也就是说,在词与物的关系向度中,语词一般是保持着原初状态,保留着元初命名、传递交流功能;在词与主体知觉发生关联时,语词才显示巨大的艺术潜能和创设倾向;而在词与词之间,有两种情况,一种是继续维系着古老的定式,维系着稳定的关联,另一种是在人为干预下,发生如"世界三"所示的变换、更新。简洁地说,词与物构成的第一世界和词与词构成的第二世界,多数时候属于非诗语的世界,它们执行的基本是交际的语用功能。而词与主体知觉构成第三世界,才可能抵达相互发现、相互发明的境界。在第三世界中,语词运动通过隐喻等多种渠道,获取诗性的光辉和不断刷新诗意的生机。

那么,在下面,让我们先回到语词的静止层面,认识其最基本的胚胎构造——语词的能指与所指,进而再思考其变革的可能。

## 二 能指与所指的关系变革

索绪尔(Ferdinand de saussure)有一个重要观点,即任何语言符号都是由"能指"(signifier、speaking)与"所指"(signified、meaning)构成的,他特地给出明确的图示②:

---

① 耿占春:《隐喻》,北京:东方出版社1993年,第143、144页。
② (瑞士)索绪尔:《普通语言学教程》,高名凯译,商务印书馆,2009年,第101页。

这个图示显然带有语音中心主义的"霸权"色彩。需要讨论的是,如果能指只是指音响形象,那么它只能服务于表音语系,这对于非表音的语系未免不公或过于狭窄?在笔者看来,能指不仅指语言的声音,还应该包含形状和书写形式;所指是指语言所反映的事物概念及其引申意义,固然十分准确,但索绪尔出自印欧语系的语音学结构,特别重视声音形象,反倒疏忽了其他语系的符号形态。既然概念与音响的两种内涵其实并不能完全覆盖表意体系——尤其对汉语来说,那么是不是应该对其中的能指添加第三者——"形态"要素呢?下面,以"石头"这一语符为例,试在汉语特有的"音形义"基础上做出修正:

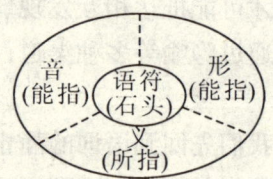

由是,能指得到"形"的补充,石头的发音、字体形象、书写本身才完整地体现能指。石头的原始第一义是地质作用下所形成的矿物聚合体,两者"加"起来的结果,就构成了石头表示矿物质、矿藏、建筑材料的语符。而从语符的完整组织结构入手,可以看出"能指与所指之间存在的关系是一种张力关系,二者呈现出来的是一种动态平衡。一方面能指要不断产生出新的所指内涵,另一方面所指也要不断获得新的能指形式。正是在能指与所指不断转换、不断增殖的意指过程中,语言的诗性得以产生、得以丰富"①。

确立语言的诗性,究竟要从哪里起步呢?早期结构主义语言学认为能指与所指之间的关系是对应的,一定的能指代表一定的所

---

① 胡彦:《当代人本诗歌的语言特征》,《作家》,1996 年第 5 期。

## 现代诗语的"机密":能指与所指的离散张力

指,两者不可能分隔,要尽量减少由不确定带来歧义和模糊,所以语用过程,要克服双方的背离。然而,现代诗语言学的使命是要突破语用枷锁,寻求陌生化出路,打破能指与所指的固化关系,切断两者之间单向对应关系,创造单一能指对应无限所指的形式,故离散两者的关系已然成为首选的突破口。

从语词的运动层面考察,可将能指与所指之间视为一种双向运动,一方面离散拉大了距离,而另一方面,能指与所指继续相依为命,其依存性不希望完全破坏原有秩序。在这种扩张与趋同的双向运动中,能指与所指愈是出现多种离散式对应,愈是能获得"有意味的形式"。半个世纪以来,现代诗语的能指与所指正在加大离散化运动。离散无非就是创造性开发语词的弹性张力——随便面对一个字词,诗人们千方百计在能指与所指的缝隙间,伸入考古学的刷子,在字形、音响、会意各个层面上不断擦拭,拂去古老的惯性尘埃,尤其寻求被所指所"遮蔽"的能指,在相互投射中发现新意。杨松波的《瑶》是一次成功尝试:

> 瑶
> 曾经一步一摇
> 走在崎岖的山道
> 是朝廷的徭役和刀矛
> 让一步一个血印的
> 盘瑶
> ……
> 瑶山
> 瑶胞
> 瑶歌

> 今日已在我这个游客
> 左手的手机里
> 右手的相机里
> 从飘摇
> 走进了逍遥

  一个独立的"瑶"字，作者并不死心眼受制于所指的支配，像从前那样单一性地挖掘"瑶"的美玉内涵或"瑶族"的族群意向，而是在能指的诱下摇曳出：瑶——摇——徭役——盘瑶——瑶山——瑶胞——瑶歌——飘摇——乃至逍遥！从瑶到逍遥，相距何其远矣，它使蕴藏在"瑶"字里的能指与所指，既独立又交互运动，经由同音、近形、转接，收获了丰盈的弹性与张力，一改从前正儿八经的"瑶族之歌"的定向所指。

  粗略地说，如果能指大体相等于所指，基本上符合实用原则，能起到准确传达、交流信息的功能；如果所指大于能指，则符合人类语言和思维特点，也符合艺术创作的规律，大可成为破译诗歌艺术的规准。而能指大于所指，则造成对传统艺术功能的颠覆，它涉及到如何进一步革新能指与所指关系的问题。

  有论者认为，所指与能指关系的离散，形成两种鲜明体征：一种是对能指的强调，另一种是流动的所指出现。对能指的强调，特指对能指本身"质感"的突出，它可以把能指从传统的单一声音传媒形式的"桎梏"中"拯救"出来，使之直觉化、纯粹化和表现化。往往具有一种"使石头更像石头"的表达效应。对能指的强调，使离散的能指和所指不可能再表达任何的意义。在既是形式，也是内容的能指"先锋实验诗"便被调整和修饰成为一种"零度写作"状态下的原初物象语体①。

笔者以为,适度的离散是可行的,而某些极端者硬将能指和所指对立起来,殊不知两者距离过大,会造成不知所云、毫无意义的结果。能指和所指既然不是绝对对立,就允许有所偏斜、有所倚重,这主要是因为在语符内部,能指与所指之间还存在一种非对称的关系。故偏斜和倚重能重新激活能指与所指在诗性表达上的活力。换句话说,双方适度离散,并不会造成语词家庭的毁灭,而有利语词在语境压力下最大限度发挥潜能:能指往往不只对应一个或几个所指,而是对应凡适合其范围内的众多所指;况且能指在独立"出走"后,完全有能力独当一面、自撑门户,赢得广结亲缘、"多子多孙"的门庭;而本来潜力就雄厚的所指因"分家"也能意外地得到更多沾亲带故的资产。至少,能指与所指相对独立的平行发展,平添了诗语家族的兴旺景致。

本质地说,能指与所指是一系列语音上的差别与另一系列意义上差别的"共同体"。中国汉语经过几千年的演变和发展,产生了五六万个汉字。不妙的是,由于各种复杂原因,所指越来越丰富宽泛,能指越来越流离失所,难怪罗兰·巴尔特曾武断说,中国是一个只有所指没有能指的国家。基于长期来能指被所指"压抑"深重,能指不断萎缩,解放能指就成了先锋诗歌的重头戏。

20世纪80年代第一波先锋诗正值高峰,以意象大规模覆盖诗坛而彰显所指的强大优势时,谁也没想到会很快蘖生出它的对立面,以"前非非"为主的反对派迅速涌动起能指的大潮,一时占据了上风。能指与所指在语词运动过程中一直处于此消彼长的拉锯状

---

① 周芸:《"先锋实验诗"的语体特征与结构主义语言观——结构与解构的矛盾》,《学术探索》,2001年第1期。

态,在某种程度上也就是意象化与非意象化的运动。于坚的名篇《对一只乌鸦的命名》,是对能指与所指这一离散运动的形象注脚。他分别四次废除所指的强制性"命名"功能。通过命名消解—命名确立—命名失语这一三段论,进入词与物,人与存在的本源性思考:原来,一切文化的隐喻、象征都是虚妄的神话延续,人对物的命名永远无法抵达本真的敞亮,只有充分解放能指,才可能走出虚妄的"没有阳光的城堡"。二十年之后,我们在青年诗人胡弦那里,感受能指与所指间远未止息的离散,《水龙头》继续维护那种特殊的关系:弯腰的时候,不留神/被它碰到了额头//很疼,我直起身来,望着/这块铁,觉得有些异样/它坚硬,低垂,悬于半空/一个虚空的空间,无声环绕/弯曲,倔强的弧//仿佛是突然出现的/——这一次它送来的不是水/而是它本身。

作为水龙头的能指——自然对应于"铁"、"尖硬"、"弯曲"、"倔强的弧"四种意象的所指,并且引申出与水的关系。但是这一次,诗人明确指出水龙头"它送来的不是水"——无情斩断了它的含义,而赤裸裸呈现它的能指——作为物质的水龙头的"它本身"。这首诗明显发出一个信号,它所强调的是,要继续在生活的经验中拒绝隐喻的所指,即回到事物自身的能指,而不是其他。

在笔者看来,能指与所指之间的离散,需要维护某种消长、涨停的关系张力。张力的"投资"范围,一要适度疏离常规语言与指称对象之间的单向对应关系;二要腾出一定地盘,让能指经营相对独立的"单干",以充分解放生产力。换句话说,疏离就是适度而得体地增大能指与所指、能指与能指、所指与所指之间的跨度,重心不妨在能指上多下点功夫,以追回被过往岁月所造成的损失。当然,过分移情能指,会使诗歌变成十足的形式化,轻飘虚浮;而过分地倚重所指,也会让诗歌的内涵显得艰深、奥涩。

## 三 离散中的张力

如何在能指与所指的疏离、纠缠过程中，保持应有的张力？前辈诗人们一般都比较遵循艺术辩证法，做到稳扎稳打。比如犁青和纪弦曾经提供了上乘的视觉形象和听觉形象的能指范本。犁青《石头——为以色列写真之一》全诗长达90句，每句末尾都用"石头"做结，开头是这样的：

  在以色列我看到
  海畔地上　　　　　　　　　　　　　　　　　石头
  荒丘古堡　　　　　　　　　　　　　　　　　石头
  废墟乡镇　　　　　　　　　　　　　　　　　石头
  绵羊在石砾中寻觅青草吃下了　　　　　　　　石头
  骆驼在坎坷的板路上淌汗踢跶着　　　　　　　石头
  牧羊人在砂山石砾中栖宿顶撞到　　　　　　　石头
  耶稣在雪白沾血的地下产房初张眼眸看望到　　石头
  犹太人洗濯躯体的缸缸罐罐敲敲凿凿　　　　　石头
  埋着手脚包里的麻布尸骸的坟墓前面挡住　　　石头

诗人在《诗旅断想》中坦诚，写以色列石头"纯是来自感性的'第一感觉'"。相信读者也会遵循第一感觉，捕捉到潜藏在里头关于战争、死亡的意旨，全部是由44块排列整齐、精心堆垒起来的石头所造成的视觉形象。44块石头，单靠自身能指的外在语符表象，就足以把人压垮了。由于鲜明的视觉性，《石头》完全可以将它视为图象诗来读。这充分证明，当一首诗的能指潜能被充分发掘出来，首先以视觉形象的冲击力占据被接受的先机是完全可能的。在这里，能指与所指至少打了一次平手，长期被所指窒息的能指有了扬眉吐气的机会。

纪弦《你的名字》则提供能指意义上的听觉形象。其出色在于"用了世界上最轻最轻的声音，/轻轻地唤你的名字每夜每夜"的独特语式和韵律。固然名字是抽象的（无名氏）、人物是抽象的（隐去对象描述），但提供的是承续《雨巷》久违了的音响形象：

  大起来了，你的名字。
  亮起来了，你的名字。
  于是，轻轻轻轻轻轻轻地唤你的名字。

这一音响形象之所以催生出感性具体、有温度有心跳的情调就在近旁的"尤物"——十四个"你的名字"组合的立体型的"环绕音箱"，声音的环绕比任何"我爱你"、"我爱死你了"之类的慷慨所指，更为幽远缠绵，更具循环回味的形象感，能指在这里起到独特的不可替代的作用。难怪诗人树才会说：词语构成的诗在具备意思时，更多的是不具备意思。意思的重要性远不及构成一首诗整体价值的形式和声音特质①。

形式的声音特质在能指中完全获得独立位置，是能指"顶替"所指的标志。伊沙某些极端性文本，几乎让能指与所指绝缘。

  《惟一的妻儿》
  GGGGGGGG

---

① 树才：《词语这种材料》，《诗探索》，2000 年 1—2 合辑。

伦伦伦伦伦伦伦伦
GGGGGGGG
伦伦伦伦伦伦伦伦
G伦G伦G伦G伦
伦G伦G伦G伦G

　　除了题目保留唯一的所指外，伊沙让能指占领文本的每一寸空间。揣测他是从旅行的车轮轰鸣或手织毛线的轻微声响中获致灵感，诗人顺手将妻儿的能指代码——G和伦做平行编码，并穿插成经纬运行，头尾衔接，环环相扣，在声气急促的谐音中完成针脚密集的亲情编织。谁敢将能指的音响拧到如此超大超强的音量呢？

　　离散的妙法除了取代还有转换。所指向能指转换的出色文本当推高凯《村小：生字课本》（全国儿童文学奖），转换得出人意料又自然熨帖。不仅音响洪亮优质，且声音背后的音像栩栩如生，呼之欲出。似乎是信手挑来五个生字：蛋、黑、花、外、飞，如何处理这5个所指呢？一开始作者就全力突出能指声音，同时巧妙带动隐形的声像所指，使二者转换张力处于上乘的圆融状态，超越一般浅白的童诗而获致深层的寓意。在无任何背景的清空语境下，只听见朗朗识字声："蛋 蛋 鸡蛋的蛋/调皮蛋的蛋/乖蛋蛋的蛋/红脸蛋的蛋/马铁蛋的蛋"，未见其人，先闻其声，沉重的所指被能指的轻快、雀跃所带领，我们惊喜地看到"小蛋们"的淘气、捣蛋、淳朴（包括恶作剧）的生龙活虎般的形象。紧接着是"hua"的能指呼唤："花 花 花骨朵的花/桃花的花/杏花的花/花蝴蝶的花/花衫衫的花 /王梅花的花/曹爱花的花"，女声部的整齐节奏、却不乏嬉笑打闹地呼唤花衣服，蹦跳着绽开着走来，好一幅生机勃勃的童真画卷。最后是"飞 飞 飞上天的飞/飞机的飞/宇宙飞船的飞 /想飞的飞/抬翅膀飞的飞/笨鸟先飞的飞/飞呀飞的飞……"能指的音响越拧越高，它集结起马铁蛋、小黑手、油菜花们——刚刚还在村口捡拾猪粪，在灶前塞把柴火，手指缝里残留着泥垢。但升华了声音影像，在寓托性的所指后面，不是正涌动着一股股充满憧憬、希望、改变自身命运与变革社会的力量?! 这是所指单独承担的抽象说教所无法企及的。

其实，早在俄国形式主义时期，能指就作为语言最为显著的物质形式，语音成为首选的形式因素，或者更为极端地成为唯一被感觉的对象。形式主义相信，在语音中沉积着人与自然的原始联系，诗歌只有专注于语音，才能使沉积于语音中的原始的深层关系、原始的体验得以揭示。从形式主义理论这一观点出发，自然会导致对"无意义语"的钟爱。"可以断言，在诗语构成中，发声（和语能器官动作）及语音表现具有首要意义"①，更有甚者，"诗的语言以语音的词为目的；更确切地说，因为其相应目的的存在，诗的语言是以谐音的词，以无义言语为目的的"②。形式主义的"能指至上"论，摧毁着所指一统天下，深受其影响的第三代诗人有意将意象能指化。意象能指化实际上就是诗歌彻底的非意象化，诗歌回复为完全的"语象"状态，某种程度上，也繁衍成语言层面的"花样滑冰"。

极端做法是完全阻断能指和所指的关系，不让读者由能指联想到所指，能指不再指向所指，而是漂浮悬空，形成增嫡运动，成为由一种"能指"滑向另一种"能指"的永无止境的过程，即德里

---

① （苏）鲍·艾亨鲍姆：《论文学》，引自张冰《陌生化诗学》，北京师范大学出版社，2000年，第88页。

② （法）茨维坦·托多罗夫：《批评的批评》，王东亮、王晨阳译，三联书店，1988年，第5页。

达所谓的能指的"延异"(differance)。德里达为"延异"编造了两重意思：一是指"意义"的无穷推延，永远找不到真意；二是指每个词语义的自我差异，自相矛盾。这些内在永恒矛盾，形成一种语词内部的"解构"。问题是，在能指的无限推延中，能指链能取代意义的无穷吗？

何小竹《我张大嘴巴》："我张大嘴巴。嘴巴，名词。/我张大嘴巴。嘴巴，宾语。/我张大的嘴巴能吃下一只苹果。嘴巴，主语。……"全诗是纯粹遵循语法规则的"口舌运动"，纯粹得只是出示普通语言学常识；嘴巴与苹果的能指纠葛，让人感知不是我说语言，而是语言说我，一方面罗列语法通向释义，另一方面有意屏蔽心灵对语词的作用，让语词自个儿生成。结果呢？没有感觉所指有什么增值，也感觉不到张力在能指与所指间的作用，所以这样的作品很难被认可。

何小竹的另一首《太阳的太》，则将诗句当作字典条目来写，虽然这一次包括了声音、形态、书写方式全在内的能指，也由此扩展了能指的原始义引申义，但由于塞满太多词典材料，整首诗篇蕴含的诗意同样也被淹没了。

《太（tai）》

①过于；杜甫《新婚别》诗："暮婚晨离别，无乃太匆忙。"

②极大；见"太空"。

③指高一辈。如太翁；太先生；太师母；太夫人。

④犹言很、极。如不太多；太好了。

（辞海缩印本第638页）

全诗一共5行，我理解何小竹强行"照搬词典"的用意，自20年前早有预谋，是要彻底粉碎能指与所指的固化联结，使语言恢复本体面目，超越二元秩序和象征世界，进入纯语象的"嬉戏"。本来题目"太"——其能指声音（tɑi）与四种释义（所指）可能构成诗性张力，有机会对这一烫手的副词"太"作出别具一格的突破，可惜作者顽固地全部采用非诗的工具质料，最多只保留"太"的元初态，反倒在离散中也离散了诗意。

走火入魔的是原复旦首任诗社社长许德民，近年实验抽象诗有过之而无不及。秉承索绪尔"能指和所指的关系是任意的"① 主张，他把任意性作为实现符号表达的"理想"——在广度与复杂性方面随心所欲；也从中国独特的"字思维"那里获致灵感，竭力让能指与所指处于全息式的任意关系中，通过字的随机发生组合，彻底改变人们的阅读习惯："语义无关联、随机、偶发、无逻辑、无词语，单字镶拼、组合。没有主题，没有逻辑，没有常规的意义，甚至没有两个字以上词组，更没有我们平时习惯了的语言，口语或者书面语。"② 如此，能指与所指从离散到彻底的分道扬镳，已经不是蒙头转向的问题了。《比界炸魂》：民状下/觅晾千花淫水/虚工对磨/荒村近轻按瞧贱//凭如乳耕山主/比界炸魂书起琴/落航悬多偶变/表虏聚杀次赶灯/流病直统蛹中//茧权静寻坏/诈包共产胸/灰派乘头学/大因逛角聋/该还尽/卵圆以/妻弟道/胡交腔。

所指全军覆没，只剩天书版的能指在招魂。许德民致力于抽象艺术与抽象诗研究，有助于独立、自由、审美、创新思维的普及，他苦心经营、全额配套乱码敲字法、报刊杂志截字法、字典词典截

---

① 许德民：《探索抽象诗写作》，http：//blog. sina. com. cn/s/blog_ 4997cfc201000al2. html，2007年7月21日。

② 同上。

法、词汇解构等多种技法,乐此不疲,但放肆能指与所指的任意性释放,必陷南辕北辙之虞。许氏抽象诗可能与绘画上只剩单纯线条和色块的"康定斯基"型构同气相求,但是,绘画语言与诗语还是有所不同的。在语言界面上,可以无视能指与所指的固有权限吗?可以剥夺能指与所指最基本的生存"底线"吗?固然现代诗语是要"迫使语言从概念、从特指、从固定的因果链条中脱落,通过对语词和语句的意义突触、聚合和裂变,使它闪光,使它共鸣,使它释放罕有的能量"①。然而,完全放逐与剥夺语词的基本连结点,意味着诗语的张力消失殆尽。如此实验,张力与语词简直就是在进行一场自暴自弃的"悬梁自尽"!

　　无独有偶,同向实验中还有一位名北斗(洪权)的,十几年来坚持写作三字诗(已逾千首)。题目只定一个字,内容只允许排列2个字,组成 △ 型,以单纯的象形、会意、指事为基础,凝固为意、象、言的微型建筑,试图用这样的"塔诗"来光耀诗坛。如:

　　　　　　岛
　　　　陆　絮

有人解释说,絮是树之花,岛是陆之须,在岛与陆的大小比对中,可以让人联想到大树飘落的一籽花絮;也由此引申整体与部分不可分割的理念。还有:

　　　　　　血
　　　　波　沫

---

①　耿占春:《改变世界与改变语言》,社会科学文献出版社,2000年,第84-85页。

又被阐释为：波代表涌动的力量，沫挽留不逝的余脉，共同推进着如潮汐般的生命情境。有偏爱者大加赞赏，惊呼"相看两不厌，唯有三字诗"。或许在三足鼎立中，能指与所指间也不乏隐隐埋伏着些微张力，但因为过于简化、过于孤立、过于枯瘦，在"字空间"的有限、固定形式里，无法伸展更大的"抱负"，这样的三字诗难免在一厢情愿的"凿壁偷光"中，仅留下自我婆娑的几点光斑而已。可怜的张力，在这里气若游丝！

能指与所指最好保持恰当的距离与阻隔，距离与阻隔就是张力。能指离所指太远，或不及于所指，就会陷入文字游戏的泥淖，能指与所指距离太近，又会犯"坐实"之弊[1]。但如果能指任意扩张，与任何所指失去联系，也不能产成新的意义，导致所指消失。而能指堆积在一个平面上，旧的象征秩序消解了，新的意义阐释空间并没有产生，这样的诗歌写作本身就是一种破坏行为[2]。毕竟，世界是一个巨大的意义系统，意义更多来自所指的支撑。现代诗大展能指舞台，有助于补救从前的缺损，提高诗歌 GTP 增长。需要清楚认识的是，所指与能指在诗性张力的接引下，恢复"非寻常"的交往，有所松绑、有所出格，那是葆有生命张力运动形态所注定的，但任何偏袒一方的极端做法，都可能是诗的迷失。

---

[1] 朱恒：《现代汉语与现代汉诗关系研究》，华中科技大学 2008 年博士论文，第 20 页。

[2] 高燕：《当代诗歌非诗化倾向研究》，四川大学 2004 年硕士论文，第 44 页。

# 一个华裔诗人在美国写诗的经验

非 马

虽然从小就喜欢上诗，1961年我从台湾到美国留学之前，还没真正写过一首诗。在美国的头几年因忙于学业，根本无暇顾及诗。直到取得学位开始工作，生活比较安定以后，才同台湾诗人白萩取得了联系，在他主编的《笠诗刊》上开辟了一个翻译专栏，大篇幅介绍当代英美诗，开始同台湾的诗坛建立起持久的关系来。

由于白萩希望我能利用地利，尽量多译介一些刚出版上市的带有泥巴味、汗酸味、人间味的诗集，我因此有了接触了解美国当代诗的机会。从艾略特（T. S. Eliot）到吟唱诗人马克温（Rod McKuen），从佛洛斯特（Robert Frost）到垮掉的一代疲脱诗人（Beat Poets）佛灵盖蒂（Lawrence Ferlinghetti），从意象诗到墙头诗，我一本本地买、一本本地读、一本本地译，后来又扩大到加拿大、拉丁美洲以及英国诗人的作品，还有英译的法国、土耳其、希腊、波兰和俄国等地的诗。几年的功夫共译介了将近一千首诗，相信这些译诗对台湾诗坛的发展有相当程度的影响。但得益最多的，是我自己。

在这些诗人当中,马克温是一个比较特殊的人物。1966年出版的《史丹阳街及别的哀愁》及次年的《听听那温暖》使他成了广受欢迎的诗人、作曲家及演唱家。这两本诗集的销量超过了佛洛斯特和艾略特所有诗集销量的总和。他诗中的抒情、不装腔作势的自然语调与淡淡的哀愁,同离乡不久的我的心境相当吻合,我花了一两个月的时间把《史丹阳街及别的哀愁》里大部分的诗译成汉语,在《笠诗刊》上一次发表。我在译后记里说:"一个诗人的对象应该是同时代的大多数人……诗人不再是先知或预言者,高高在上。他只是一个有人间臭味,是你又是我的平常人。罗德·马克温便是这样的一个人。他的寂寞与迷失代表了这时代大多数人,特别是年轻人的寂寞与迷失。正如一个女孩子所说的:'我们能在他的诗里找到自己,他感觉到我们所感觉的。'"① 奇怪的是,美国主流诗坛并不接纳他,我接触到的美国诗人似乎也不把他当成诗人。

一边翻译一边吸收,渐渐地我自己也开始写起诗来。最初的几首诗在《笠诗刊》上发表后,听说还引起了一些诗人与读者的好奇,纷纷打听非马是谁,什么地方突然蹦出这么一个诗风新异的诗人来。

可能因为英语是我的第二语言,汉译英比英译汉的工作要辛苦得多。更使我惊异的是,一些在汉语里像模像样甚至外表华丽的诗,一经翻译成英语,却破绽百出,有如翻译是一面照妖镜,把躲藏在诗里的毛病都显露无遗。这当然有可能是由于两种不同的文化与语言的差异所造成的,但也可能是原诗缺乏一种普世的价值与广义的人性,用不同的文字翻译后很难让不同文化背景的读者获得

---

① 《美国现代诗集选译》,Stanyan Street & Other Sorrows, Rod McKuen,《笠诗刊》,1970年8月15日38期。

感动。

那时候聂华玲同安格尔（Paul Engle）还在艾荷华大学主持国际写作计划，每年都邀请两岸的作家前来参加。为了便于申请，白萩希望我能英译他的一本诗集。那是我头一次尝试着把汉语诗翻译成英语，实在没什么把握，所以在初译以后，便请一位对文学有兴趣的美国同事一起斟酌讨论修改，之后也试着把书稿寄给几家出版社，得到的回答是：喜欢这些诗作，只是美国市场对台湾诗人没太大兴趣，如果是中国大陆的诗人则另当别论。多次碰壁之后，我把书稿寄给当时担任《六十年代》诗刊的主编诗人罗伯特·布莱（Robert Bly），请他推介一个出版社。很快就收到他的回信。在一张明信片上，布莱说："我无法分辨这些诗的好坏，因为你使用的有些词汇，我们已经有几十年不用了！建议你找个美国诗人帮忙修改。"后来才发现我那位美国同事对当代的东西不感兴趣，甚至存有偏见与反感，他的阅读范围只限于古典文学，难怪他的词汇同当代接不上轨。

在不是故国的地方写诗，面临的最大问题，除了文化的差异之外，便是：用什么语言写？为谁写？写什么？这些问题当然是相互关联的。当时雄心勃勃的我，确有用英语写诗，进军美国诗坛的念头，但很快便体悟到，如果思维仍习用母语，那么最自然最有效的诗歌语言应该是自己的母语。用第二语言的英语写诗，无异隔靴搔痒。语言确定以后，自然而然的，华语读者成了我写作的对象。当时美国的汉语报刊不多，刊载现代诗的副刊更少，而大陆的门户还没开放，因此台湾的读者成了我的主要对象，旁及香港及东南亚等地区。对这些读者来说，美国的题材虽然也许可能产生一点异国情调或新奇感，但不可避免地会有隔阂；写台湾的题材吧，对住在美国的我来说又缺乏现场感。在这种情况下，写世界性的题材成了较好的选择，深层的原因当然是因为我一向厌恶狭窄的地域观念，普遍的人性与真理对写诗的我更具有吸引力。相信这是有些评者认为我是当代台湾诗人中，国际主义精神表现得最为强烈的原因吧①。

由于用汉语写作，我同美国诗坛几乎没什么接触与交往，但为了好玩，我还是试着把自己的一些诗译成英语，有几首还被选入了一些书名颇能满足虚荣心的选集如《杰出的当代诗》《诗神的旋律——最佳当代诗》等，后来才知道这些可能就是所谓的"虚荣出版物"（Vanity Publications）的玩意儿。无论如何，当时确给天真的我不少鼓舞，特别是有一本选集还用我的名字去打广告。

真正认真把自己的诗翻译成英语，是1993年参加伊利诺州诗人协会以后的事。伊利诺州诗人协会是成立于1959年的"国家州际诗人协会联盟"属下的组织。协会每两个月聚会一次，主要是批评讨论会员所提出的作品，并组织各种活动如到养老院及医院等场所去朗诵、举办成人及学生诗赛等。我发现在翻译的过程中，一些文字上甚或文化上的异同，往往会自动浮现彰显出来，使我对原作（不管是英语或汉语）能采取一种较客观的批评眼光，进行修改。这种存在于两种文字或文化之间的对话，至少对我个人来说，是一种非常奇妙有趣的经验。我常劝年轻的写诗朋友们，最好能通晓至少一种外语。了解一个外国作家，或对他表示尊敬，没有比翻译他的作品更好的途径了。

入会不久我便被推选为伊利诺州诗人协会的会长，任期两年。1995年我把自己的英译诗作整理成《秋窗》诗选出版。也许受《芝加哥论坛报》上一篇图文并茂两大版的访问报道的影响，反应

---

① 古继堂：《平地喷泉——谈非马的诗》，1987年6月15日《笠诗刊》139期、1987年7月5日《香港文学》31期。金钦俊：《人类情结及变奏：非马诗的现代意识及手法》，1992年2月《当代文学报》、1995年8月《新大陆诗刊》第29期。

相当热烈。一位诗评家甚至把我列为包括桑德堡（Carl Sandburg）及马斯特（Edgar Lee Masters）等名家在内的芝加哥历史上值得收藏的诗人之一①。当然这对只出版过一本英语诗集的我来说未免太高抬了。不久我加入了成立于1937年的芝加哥诗人俱乐部，成为唯一的非白人成员。

在这些活动中，我所接触到的美国诗人都比较保守，特别是在诗的形式运用上。这大概同美国中部的保守风气有关。他们有许多还在热心地写莎士比亚的商籁体或其他押韵的固定形式。有些人是觉得这是一种很好的文字技巧训练，也有的纯粹是在怀古。由于英语不是我的母语，没有太大的传统包袱，我可以比较轻松自由地写我的自由诗。他们都觉得我带给了他们可贵的新鲜空气。前任伊州桂冠女诗人布鲁克斯便曾说过，我的诗里有一种奇特的声音，令人耳目一新。他们特别高兴能从我的诗里体验到中国古典诗的精炼与韵味。当然我从他们身上学到的东西更多，尤其是对英语这第二语言的体会与感觉。

有趣的是，1996年在中山与佛山召开的第三届国际诗人笔会上我见到了几位心仪已久的诗人。其中绿原先生除诗创作外，还是翻译德国诗的名家。他把仅剩的一本厚厚的《里尔克诗选》送给了我，我则送他我的英语诗集《秋窗》。他花了两个晚上的时间把我的诗集读完了，说很喜欢。他说虽然知道我这些诗大多先有汉语，但他还是要把其中的一些诗翻成汉语。一方面这是个很好的体验，另一方面他也想从中探究为什么他在当代中国诗人的诗集里看不到中国古典诗的优良传统，却在我的英语诗集中找到。

---

① Collecting Chicago Poetry, Kenan Heise, AB BOOKMAN'S WEEKLY, April 19, 1999.

随着网络的兴起与普及，我自己也制作了一个个人网站"非马艺术世界"，展出汉英两语诗选、评论、翻译、每月一诗以及散文，还有我近年来创作的绘画与雕塑等，同时也在如雨后春笋般出现的各种网上刊物及论坛上张贴作品，有几首英语诗还被选为"当天的诗"或"当周的诗"，交流的范围也随之扩大，甚至有来自以色列的诗人要求授权翻译我的几首诗；日本著名诗人木岛始也从网络上同我取得了联系，用我的诗为引子，做汉、英、日三种语言的"四行连诗"，在日本结集出版；一些美国诗人团体及诗刊也来信邀请我担任诗赛的评审或诗评小组委员等等。这些都是网络带来的方便与可能。几年前，伊拉克战争引起了美国诗人们的反战运动，在网络上设立网站，让诗人张贴反战诗，也吸引了来自世界各地诗人的响应与支持，我曾义务担任了一段时期的汉语编辑，我自己的一首关于越战纪念碑的诗也被选入《诗人反战诗选》，另一首关于战争的诗则被一个反战纪录片所引用。

除了陆续将我的汉语作品翻译成英语外，最近几年我也尝试着从事双语写作。无论是由汉语或英语写成的初稿，我都立即将它翻译成另一种语言。我发现反复翻译的过程对修改工作很有帮助。当我对两种语言的版本都感到满意了，这首作品才算完成。在这里必须提一下，我的双语诗同一般的直接互译略有不同。由于是自己的诗，我拥有较多的自由，从事再创作。

两岸的评论家常不知该如何为我定位：中国诗人？美国诗人？上面提到的那位以色列诗人也曾问过我究竟把自己当成中国诗人或美国诗人。我想为一位作家定位最简便的办法是看他所使用的语言。前面说过，我认为诗的语言最好是诗人的母语。但如果把母语狭义地定义为"母亲说的话"或"生母"语，那么我也像大多数从小在方言中长大、无法"我手写我口"的华人一样，可说是一个没有母语的人。而从十多岁在台湾学起,一直到现在仍在使用的汉语,虽然还算亲切,最多只能算是"奶母"语。等而下之,被台湾一位教授戏称为"屁股后面吃饭"的英语,思维结构与文化背景大异其趣,又是在成年定型后才开始认真学习,则只能勉强算是"养母"语或"后母"语了。但经过多年的反复实践运用,"奶母"语及"养母"语或"后母"语都有渐渐同"生母"语融合的迹象。说不定有一天我能提笔写作,而无需考虑选用何种语言。

根据我这些年来译诗与写诗的经验,我发现许多优秀的现代诗,几乎都是演出的诗。诗人提供的只是一座舞台、一个场景,让读者的想象随着诗中的人物及事件去发展、去飞翔。诗同小说或散文之间的差异,主要在于它的多义性。一首耐人寻味的诗,往往具有多层次的意义。如果一首诗只有一个浅显固定的意义,那么在我们读过一两次之后,便觉得乏味,很难引起我们再去读它的兴趣了。因此,一首成功的诗同一幅隽永的水墨画一样,需有足够的留白,让不同的读者,或同一个读者在不同的时间地点与心境下,产生不同的反应与感受。根据各自的背景与经验,读者可把自己的想象与解释加诸一首诗,从而共享创作的乐趣。从这个意义上讲,一首诗必须有读者的参与及合作,才得以完成。我常引用美国诗人威廉斯(William Carlos Williams,1883—1963)一首叫做《场景》的诗为例①:

  玫瑰花,在雨中
  别剪它们,我祈求。

---

① 非马选译《让盛宴开始——我喜爱的英文诗》(英汉对照),台北书林出版公司,1999年。

它们撑不了多久,她说
可是它们在那里
很美。
哦,我们也都美过,她说,
剪下了它们,还把它们交到
我手上。

  这首诗给了我们许多想象的空间。比如说,诗中讲话者同那位女人究竟是什么关系?如果他们是夫妇,是否年华老去的妻子因对自己失去信心而容不下美丽的东西?或者她是在对喜欢拈花惹草的丈夫做出警告?如果他们是一对情人,那么她是否因为他眼中只有玫瑰花,把她冷落在一旁而气得要把玫瑰花剪掉?或者她只是想在玫瑰花凋谢之前,在记忆中留下它们美好的形象?还有,讲话者为什么要为玫瑰花求情?只是单纯地为了美?或另有隐衷?总之,短短的一首诗,却有许多的可能性。它只为我们提供了一个舞台与场景。如何去诠释,是读者的事。

# 重庆《小诗原》与新诗"七月派"

辛文纪

20世纪80年代到21世纪初的30年间,如今已习称为中国改革开放和平发展的新时期。突出的经济变化已改变着世界的即成格局,导致全球瞩目;相形之下,其他方面显得滞后,如何平心静气、实事求是地加以评估,也逐渐引人注意。作为一个长期(20世纪40年代至今)关注中国新诗的老读者,对此感受尤深。在我的印象中,不及百年的中国新诗史三大高潮(五四时期、抗战时期、新时期)相较,无论在创作繁荣时间之长、参与作者与作品之多、涉及诗歌建设问题的广泛与影响之深远,新时期变化的巨大都是空前的。其中,小诗在新时期的表现最为活跃、突出,重庆民办诗刊《小诗原》(2001年至2009年出版)有了具体亲切的展示;吕进主编的《中国现代诗体论》(重庆出版社2007年版)一书则从阐述近百年新诗发展的角度予以全面概括,为中国新诗史留下了珍贵史料。

《小诗原》创刊列出的18位编委阵容曾引起诗界轰动,因为有五位知名度高的"七月派"诗人(牛汉、白莎、绿原、曾卓、冀汸），另外13位也是有一定知名度的老诗人、老编辑（于沙、马瑞麟、王尔碑、木斧、申身、圣野、朱郁邨、纪鹏、张天授、梁上泉、晏明、黄淮、穆仁）。《小诗原》的编委遍布全国各地，不仅民办诗刊罕见，官办诗刊也难觅。随后《小诗原》的诗友通讯栏"诗原鱼雁"陆续展示，编委们不仅是年纪七老八十的退休者，有的还常年多病，没精力写长诗了，仍坚持为力所能及的小诗鞠躬尽瘁，直至死而后已。是谁发起和推动了这一中国新诗史上空前的诗歌活动？是什么活动内涵长期团结吸引了如此众多的东西南北高龄老诗人？当时刊物主持者态度中性低调未予系统揭示，如今已成诗歌研究者感兴趣的一个谜。以下谨就所知，作一简略综述。

不少历史事件产生出于偶然，细想却不乏必然因素，《小诗原》的创刊也不例外。20世纪90年代中国有一些著名的提倡1—10行小诗的民间诗刊，大多由老诗人主办，如江西赣州李一痕主编的《爱诗者》、成都杨星火主编的《琴与剑小诗》、重庆朱兆瑞等主编的《微型诗》当时影响较大，各刊物之间写稿者也互有联系。不料2000年著名军旅诗人杨星火因病暴逝，李一痕因预定年满80不再续编，《琴与剑小诗》、《爱诗者》两刊先后停办。热心提倡小诗、90年代起也写了大量小诗的七月派老诗人白莎（1919—2006），为此致函《微型诗》社长穆仁（白莎也是《微型诗》编委之一，1997年《白莎微型诗选》作为"重庆·微型诗潮丛书"之一出版时由穆仁作序），认为重庆诗歌创作、编辑力量强大，希望能再创办一个小诗刊，为中国小诗的繁荣贡献力量；抗战时期重庆推出了"七月派"，新时期"七月派"诗人也会为重庆推出的小诗刊尽力反馈的。正是白莎激情澎湃、大义凛然的一封又一封的信，点燃了20世纪40年代两个"七月派老粉丝"张天授（1916—2006）、穆仁（两人当年在重庆北碚复旦大学与著名七月派诗人邹荻帆、绿原、冀汸等同学。张在抗战前已开始写诗，"七月派"诗人贺敬之、曾卓等都称之为诗界"老大哥"），2001年5月，张天授任社长、穆仁任主编的重庆《小诗原》终于创刊了。其实，除了以上人的因素外，还有一个外部刺激因素，那就是借着"全球化"、"市场化"口号搞"全盘西化"，个人名利为宗旨的"时尚化"所谓"新诗潮"90年代泛滥一时，背离了中国诗歌优秀传统，败坏了新诗读者的兴味，导致了新诗的边缘化，同时也激起了拥护"新诗中国风"的诗人奋起反击——概括说来，《小诗原》就是这一诗群旗帜鲜明的代表之一。

统观《小诗原》9年40期的编辑方针，有一个逐步发展的过程，但可综合为以下三个核心：（1）共同的追求：与时俱进的诗的真、善、美。（2）科学的实践。《小诗原》的追求走了一条"量力而行"、"理性实践"、"探索前进"之路。从征求、发现中国读者可能喜闻乐见的小诗，附上倡导性的点评供读者和作者参考，以争取逐步扩大稿源提高质量，同时也顺手对妄图以"病句行大运"的新潮诗及其老祖宗"诗怪"李金发等的老底作些揭露。有的评论或不免感情嬉笑怒骂，基本上都是遵循摆事实讲道理原则的。但主要的目光却是在"新诗中国风"的探索上：《中国新诗何处去？》特辑（第五期）以诗话的形式介绍了吕进、流沙河、绿原、于斯等诗人不同角度的答案，他们一致认为，全盘西化的"新潮诗"的做法不利于中国新诗的发展，"续断裂传统，起新诗沉疴"才是当务之急。一些诗友由此大体形成了"新诗中国化，汉诗现代化"是中国诗歌改革方向的共识，"完善自由诗，提倡格律诗，增多诗体"（吕进语）则是诗体建设具体努力的目标。共同的追求加上具体的目标，凝聚了诗人参与新诗改革的创作热情，使《小诗原》成了"新诗劲吹中国风"的媒介平台。其中，上海新声诗研究小组和成都新体诗研究所是两个诗歌团体的集体参与，侧重典雅、通俗，风格各异；三位老诗人的增多诗体小合唱（刘章《白话格律尝试集》、梁上泉《不老草》六行独节体诗、黄淮《自创格律诗》），十分引人注目；在跨世纪的百花齐放的诗歌友谊赛竞赛中，"多年积累，一时井喷"的上海盲诗人李忠利脱颖而出，成为"新诗中国化，汉诗现代化"诗歌改革切实可行的佳例①。（3）集体的努力。高谈理想易，付诸实现难，以上追求即非长期集体努力莫办。除上述已提及的老诗人外，九年间活跃在《小诗原》的还有陈广澧、朱兆瑞、冯异、柯原、黄稼、谭朝春、鲁行、王学忠、赵发魁、刁永泉、圣野、方家溪、丽砂、邓芝兰、李午、万龙生、张贤冀、王耀东、东白等20余人，粗略统计不止一次白纸黑字留下名字的《小诗原》诗群在50人以上。这是一种信念执著、个性坚强同时又胸怀大度、开放包容的集体精神的体现，也是过去诗界少见的。

绿原自始至终注视着《小诗原》以上编辑方针的形成和实施，通过"诗原鱼雁"反馈及时的观感，给予支持和建议，甚至对李忠利创作成果表示钦佩，因重庆老诗人和儿童诗人创作"时时展现出可喜的成绩"赞美重庆堪称"诗歌之邦"，具体展示了"七月派"诗人理念在新时期与时俱进的延伸与变化，值得新诗研究者参考。

---

① 从李忠利三种诗体（微型诗、旧词新填、新创六行体新绝句）312首小诗组成的《新诗中国风》诗选集，体裁风格多姿多彩，取材现实新颖活泼，飘逸风趣，奇思妙想，耐人品味，广受读者欢迎和诗界好评（此书由重庆出版社2006年10月初版3000册，次年即再版5000册，盛况为新世纪罕见；诗界好评参见《小诗原》其后持续反映）。

## 格律体新诗研究

**主持人语（万龙生）：**

《诗学》出到第四辑了，这个格律体新诗研究专栏也编到第4次了。很高兴地看到，这些年来，格律体新诗虽然与自由诗相比仍处劣势，但是其创作与理论都在不断地发展之中。这使我们增强了信心，得到了鼓舞。

就本期几篇文章而言，本人为纪念格律体新诗重要传承人何其芳诞生100周年而写的这篇文章，对他的理论贡献及其重大影响所做的梳理，应该说是较为详尽的，对于格律体新诗的进一步发展不无意义。

孙逐明先生的研究一向具有前瞻性，其对称原则在格律体新诗中的运用是有创造性的，对于创作具有指导意义。如今，他对此进一步研究，对于现有理论做出了补充，对一些特殊现象做出了合理的解释，使其更加完善，达到了深化。

王端诚先生是从诗词成功转入格律体新诗创作的范例，如今也在理论上进一步思考，从当代诗歌二元并存的宏观格局来考察格律体新诗，指出其产生和发展的必然性亦颇有见地，其行文之生动犀利可见诗人本色。

陈仁德先生是一位颇有建树的诗词家，在中华诗词研究院所编的《中华诗词年鉴·2011》中，名列当代诗词百家。既谙熟诗词格律，又对格律体新诗有所了解，在谈起二者关系时就显得气定神闲，头头是道，这对于"格律体新诗是外国诗歌的翻版"之类误解很有帮助。

末了，介绍一下方红辉，这是一位青年铁路职工，酷爱诗歌，涉猎甚广，所论关乎诗的多面，以"硬币的两面"做譬，亦颇有趣。

# 何其芳的现代格律诗理论及其深远影响

万龙生

今年是何其芳先生诞生 100 周年，为这样一位卓有建树的文学家开展纪念活动，认真学习、消化他的丰富遗产，完全必要，很有意义。尤其是由于"何其芳现象"概念的提出，对他后期的成就存在研究不够、评价不足的状况，我以为有失偏颇，不但对何其芳有失公允，而且有碍于文学遗产的传承与发展。

所谓"何其芳现象"，何休先生是这样概括的：纵观何其芳整个一生的文学活动，可以 1942 年文艺整风为分界线，划分为前、后两期。其前期，作为诗人和散文家，作品中的个人抒情色彩即创作主体性都一样浓厚，作品都同样富有感染力，取得了读者公认的突出成绩，而 1942 年以后，何其芳成为了一位新起的革命文艺理论批评家和国家一级文学研究所的主持者，在其对"政治"与"文艺"的艰难选择中，充满了内心的矛盾，文学"主体性"即个人话语权严重失落，致使其创作上走下坡路而难以为继，文学理论批评上也只能得失参半，教训多多①。这大体上是准确的。

不过，"难以为继"与"得失参半"也不能一概而论。例如，他后期为实践自己的格律体新诗理论而创作的《何其芳诗稿》并非一无可取，例如受到批判的《回答》就是当时知识分子生存状况的真实反映，而且晚期的诗词创作则宜以开拓新路视之②，其为继续探究新诗格律而得来的德国诗歌译作也不无价值。其文学理论批评的得失如何分别估计，同样不能简单从事，需要具体分解。在这个方面，我尤其觉得何其芳关于现代格律诗理论，后来由于政治的原因而遭到扼杀，以至成为禁区，就更有必要重新估量。本文试图就何其芳提出这一理论的意义及其产生的影响做一些论述。

## 《关于现代格律诗》解读

### （一）

朱自清先生1935年编选《中国新文学大系·新诗集》撰写《导言》，指出新诗第一个10年中格律诗派与自由诗派、象征诗派三分天下的事实，充分肯定了以闻一多为代表的格律诗派的业绩。其后，随着"新月派"的瓦解，"格律派"逐渐沉寂无闻，自由诗成为主流形式。新中国成立以后，由于对民族性的普遍关注，新诗的形式问题又开始显得突出。何其芳是在这个方面考虑得最多、最深，并且伴以实践的一位诗人、理论家。他写了一系列文章来阐述自己建立现代格律诗的观点，其中最系统的《关于现代格律诗》成

---

① 详见何休《论何其芳后期与"何其芳"现象》：http: //blog. sina. com. cn/s/blog_ 4b1dce17010093ou. html

② 对此，李遇春《中国当代旧体诗词论稿》有专章论述（华中师范大学出版社，2010），把何其芳晚年的诗词创作称为诗歌创作的"第三次艺术喷发期"。

为闻一多《诗的格律》（1926）以来，对于新诗诗体建设又一具有里程碑意义的文献。

何其芳对中国现代白话诗歌形式的思考在20世纪50年代初期就开始了，集中体现于1954年发表的《关于现代格律诗》一文。此文的意义在于：

1. 首先提出了"现代格律诗"的命名，而且得到公认，运用多年。这具有首创之功。因为此前谈论、研究新诗格律都没有给予一个确切的名称，没有形成一个科学的概念，必然会带来诸多不便，比"名不正言不顺"尤甚。稍前，在《关于写诗和读诗》中，他指出"虽然自由诗可以算作中国新诗之一种，但是我们仍很有必要建立中国现代的格律诗"[①]。而此文一开始就去掉了那个"的"字，形成了一个崭新的诗学术语。这样，现代格律诗就在时代上与中国古典诗歌，在有无格律上与新诗中的自由诗区别开来，拥有了自己独立的地位，从而纠正了新诗是自由诗的错误观念。这无异于在诗的家庭里上了正式"户口"，其意义自然不可低估。

2. 本文论证了中国现代需要建立有别于诗词曲的崭新的格律诗的理由。首先针对一种"无须乎"的观点，解决可不可以从形式上对诗歌进行分类的问题。何其芳指出，这是符合中外诗歌客观情况的，"并没有什么不妥当"[②]。在此基础上，再花较多的笔墨，着重解决"必要性"问题。他从以下几个方面，令人信服地得出了"主张建立现代格律诗的理由"：

（1）基于"中国的和外国的古代的诗歌，差不多都有一定的

---

[①] 见《何其芳文集》第四卷，人民文学出版社，1984年。
[②] 何其芳：《关于现代格律诗》，见《何其芳选集》第二卷，四川人民出版社，1979年。下同者，不一一注明。

格律"这一事实，他认为"没有很成功的普遍承认的现代格律诗是不利于新诗的发展的"，这是从诗歌传统与发展态势着眼。

（2）"虽然现代生活的某些内容更适宜于用自由诗来表达，但仍然有许多内容可以写成格律诗，或者说更适宜写成格律诗"，这是从表达内容的需要着眼。

（3）"很多读者长期地习惯于格律诗的传统，他们往往更喜欢有格律的诗，以便反复咏味"，这实际上触及了长期形成的民族欣赏惯性，从接受美学、文艺心理学的角度论证建立现代格律诗之必要。

反观现实，何其芳便对当时的诗歌生态提出了问题："一个国家，如果没有适合它的现代语言的规律的格律诗，我觉得这是一种不健全的现象，偏枯的现象。"并进而指出："这种情况继续下去，不但我们总会感到是一种缺陷，而且对于诗歌的发展也是不利的。"这一缺陷的弥补，这种"偏枯"现象的纠正，关系到诗歌发展的前景！

遗憾的是，虽然从那时到如今，半个多世纪过去了，这种"偏枯的现象"虽然有所缓解，但是并没有得到根本的扭转，还需要期以时日。

（二）

建立现代格律诗的理由阐述清楚了，接下来的问题当然是格律诗与自由诗究竟有什么区别？何其芳给出了简单的回答："最主要的区别就在于格律诗的节奏是以很有规律的音节上的单位来造成的，自由诗却不然。"至于押韵呢，二者的区别"并不在于押韵与否，而在于押韵是否也很有规律"。这样，格律诗就与自由诗划清了界限。

但是，在这两点上，同样是格律诗，现代格律诗与古代的格律诗又有什么样的区别呢？换言之，我们要建立怎样的现代格律诗呢？这就比解答上面的问题困难得多。

何其芳的策略是，首先弄明白古诗的节奏，"是以很有规律的顿造成的"。他举出五、七言诗的实例说明，"顿是音节上的单位，但它和意义上的一定单位（一个词或者两个词合成的短语）基本上也是一致的"。而词呢，有两种情况：上阕与下阕的句法和韵式完全一致，形成规律；上下阕不完全一样而略有变化的延期，或者并不分为对称的两部分的，看起来好似自由诗，但是必须按照固定格式填写，写起来却比五、七言诗更加困难。因为当时有人以五、七言句式试验新格律，何其芳指出，因为古代五、七言诗是建立在文言的基础上，而"现在的口语偶却是两个字以上的词最多"，要用这种句式"充分地表现完美今天的生活"就会有很大的局限。所以，何其芳对以五、七言句式为基础建立新诗格律的主张，明确地宣布：此路不通！附带说一句，因为这涉及同样以五、七言句式为主的民歌的局限性，也就为日后横遭批判埋下了祸根。

解决这个问题，应该说是排除了一个障碍，这下可以进入核心问题了，即应该建立什么样的现代格律诗。何其芳以闻一多的作品为例，重点说明"为了适应现代口语的规律"，即以双音词为主，每行的顿数基本一样，又基本上以双音词收尾。而对押韵的必要性也谈了两条理由："一是我们的语言里同韵母的字比较多；二是我们过去的格律诗有押韵的传统。"前者为语言的特点和优势所决定，后者关乎传统的继承。我想还可以补充一点，这是许多诗人切身体会到的，即音韵有助于诗思的展拓。有的古人偏好"险韵"就是这个道理。

最后何其芳把现代格律诗应该具备的条件或曰必须达到的要求归结为两点:"按照现代的口语写得每行的顿数有规律,每顿所占的时间大致相等,而且有规律地押韵。"由于他看到新月派时期强求每行字数一致形成的弊端,也确实认为"用口语来写诗歌,要顾到字数的整齐,就很难同时顾到顿数的整齐",所以,他就只强调了顿数的整齐,而允许在顿数整齐的前提下字数有所参差。

值得引起充分注意的是,何其芳并不绝对地强求"顿数的整齐",而是指出一首诗中每行顿数可以有3、4、5顿几种基本形式;而且如果有必要,顿数也是可以有变化的,只是"在短诗里面,或者在长诗的局部范围内,它应该是统一的"。实际上,这是为新时期格律体新诗的发展预留伏笔。

还应该注意的是,何其芳的现代格律诗理论并不是凭空得来的,他一方面总结了中国古代诗歌的经验,另一方面还总结了新诗早期"格律派"① 的经验。不过他在总结闻一多的不足时,不恰当地使用了"形式主义"的武器。如果说闻一多在肯定内容与形式的统一方面做得不够,那么,何其芳在形式对于内容所起的能动作用缺乏认识;对于闻氏发现的诗的"建筑的美"的否认也显得草率。他更没有认识到就诗歌而言,其"有意味的形式"也是它的内容的有机部分。笔者在多年后阐释闻一多《诗的格律》时,针对闻氏批驳的讲究格律会毁坏诗人灵魂的错误观点就曾说过:"把形式与内容对立起来,不讲统一是完全违背艺术辩证法的。只有躯壳,没有灵魂,就是行尸走肉;而只有灵魂,没有躯壳,便是孤魂野鬼了。"②

---

① 朱自清:《中国新文学大系第八集(诗集)》,上海文艺出版社,2003年。
② 万龙生:《重读闻一多〈诗的格律〉》,《诗探索·理论卷》,2011年第4辑。

## （三）

何其芳《关于现代格律诗》一文的产生并非空穴来风，而是其来有自。他自己的早年创作就受过新月派的影响；1950年3月10日，《文艺报》就辟出专栏，就"新诗歌的一些问题"开展笔谈，参加的诗人达十余人，关注新诗的形式问题，形成了主流倾向。肖三批评自由诗"自由"到"完全不像诗"的地步，田间明确地提出"要注意格律，创造格律"，袁水拍提出"新诗歌最好要建立起一个形式来"①。

嗣后，于1953年12月至1954年1月由中国作协连续召开了3次有关新诗形式的讨论会，参与的诗人、理论家之众空前未有，可以说囊括了诗界精英。这场讨论的主要倾向是新诗应该走民族化的道路，从不同的方面就此进行探讨。连一向主张诗的"散文美"的艾青都提出了著名的新格律诗定义："要求每一行有一定的音节，每一段有一定的行数，行与行之间有一定的韵律。"② 何其芳的《关于现代格律诗》正是在这样的情势下产生的，并且成为新诗格律理论的重要文献。如果追溯得更远，其实，这也是何其芳关于诗歌形式长期关注、思考的继续与深化。早在1944年，他就在《谈新诗》一文中谈到自由诗的弊端是"最容易流于散文化"，不为广大群众所适应，因而对其产生了"怀疑"③。

本来，可谓"形势大好"，然而不曾料到，1958年的一场"新民歌"风暴使诗歌界注重形式和格律建设的倾向发生了逆转，只因为何其芳曾经论述古诗和民歌的"三字尾"句型在反映新的社会生

---

① 许霆：《趋向现代的步履》，南京师范大学出版社，2008年。
② 艾青：《诗论》，人民文学出版社，1957年。
③ 见《何其芳文集》第四卷。

活上有所局限，就招致劈头盖脸的围攻。据何其芳自己的梳理，大帽子竟达十三顶之多①！值得钦佩的是，他并没有被汹汹气势压倒，而是以非凡的勇气据理力争，笔战"群儒"，写了长文为自己辩护，建立中国现代格律诗的主张不仅没有丝毫的动摇，而且毕生持守自己的信念。尽管从总体而言，实践不算成功（这有包括思想、生活在内的原因），但是直到晚年，他还通过德语诗歌的翻译进行现代格律诗的试验。这样的精神，这样的学术操守，是学界许多人望尘莫及的！

当然，毕竟人强不如势强，在当时的政治氛围中，他的现代格律诗理论只能从此束之高阁，被打入冷宫，直到多年以后，才能重见天日。对于中国新诗的健康发展，这不能不说是一场悲剧。

## 《关于现代格律诗》的深远影响

### （一）现代格律诗前期

令人欣慰的是，尽管城门失火殃及池鱼，何其芳建立现代格律诗的努力因触犯民歌受挫，那场批判之后，连"现代格律诗"这一术语也几乎消失，但是其影响仍然顽强地存在。究其原因，是因为他的理论是符合诗歌发展规律的，符合中华民族悠久传统的。这就不难解释，为什么还是有诗人愿意根据这一理论进行创作，并且出现了若干基本成型的现代格律诗作品。这些诗人中，闻捷是最杰出的代表。本来他的成名作《吐鲁番情歌》和《果子沟山谣》就因为深受新疆民歌的影响而带有格律化倾向，他访问巴基斯坦所写的诗集《花环》就更是一部自觉采用了现代格律诗理念的成功之作。

---

① 《何其芳文集》第四卷。

例如其中的《款待》就是每行九言四顿,由三个四行诗节组成。且看首节:

> 按照－部落－古老的－遗风,
> 宰羊－款待－远方的－弟兄,
> 让老树－撑起－遮阳－绿伞,
> 让山泉－洗净－旅途－风尘。

押韵也很有规律,每节一、二、四行押韵,各节异韵(2、3节分别为 a、ou 韵)。闻捷著名的长篇叙事诗《复仇的火焰》就正好符合何其芳所说的顿数有规律地变化的要求,全诗都是由四行诗节构成,节内诗行的顿数安排大体上依照四五五四的模式。亦举一节为例:

> 他有着－太阳－似的－光辉,
> 他还有－普度－众生的－慈善－心肠,
> 他爱－牧人－犹如－亲生的－子女,
> 永远－伸出－温暖的－手掌。

郭小川也是一位公认的在形式上有着自觉追求的诗人,创造了一系列运用对称美学原理创作的、被评论家称为"新词赋体"的优秀作品。严阵的诗集《竹矛》与之类似。李季的《杨高传》则是利用民间诗歌形式创作的"新鼓词体"叙事长诗。就是向来提倡诗的"诗的散文美"、只写自由诗的艾青,其创作也出现了"从自由化到格律化的转变"①。他的长诗《黑鳗》和一些与从前作品大异其趣的短章就是例证。且看八行小诗《珠贝》：

在－碧绿的－海水里
吸取－太阳的－精华
你是－彩虹的－化身
璀璨－如一片－朝霞

凝思－花露的－形象
喜爱－水晶的－素质
观念－在心里－孕育
结成了－粒粒－珠贝

且不谈此诗的丰富内涵，倘以格律的眼光考查，除了首行顿的安排欠佳外，其他皆合规范。这一事实足以发人深省。

以何其芳为代表的现代格律诗主张在表面上"偃旗息鼓"之后，仍然产生影响的一个有目共睹的显著现象是，四行一节、全篇押韵、大体整齐的可称"半格律体"的诗歌十分盛行，在"文革"前堪称流行诗体。这种趋势如果能够得到良性的发展，恐怕中国现代格律诗不会这样命途多舛，其成长过程不会这样艰难曲折了。惜乎历史不能假设，"文革"的发生，把中国一度带到了如毛泽东所言"没有诗歌"的荒唐岁月，诗的格律建设就更是奢望了。

---

① 许霆：《新诗格律与格律体新诗》，香港雅园出版公司，2007年；骆寒超的《艾青评传》中也持此观点，说艾青在20世纪50年代"尝试现代格律诗"，重庆出版社，2001年，第267页。

## （二）现代格律诗后期

如果以 1954 年《关于现代格律诗》发表作为起点，一直到 1966 年作为"现代格律诗前期"，那么，经过"文革"造成的"空白期"，到 1979 年卞之琳自选集《雕虫纪历》由人民文学出版社出版，同年《何其芳诗稿》也由上海文艺出版社推出，以此为标志就开始了"现代格律诗后期"。

卞之琳早年曾经与何其芳、李广田共同出版《汉园集》，是他提倡现代格律诗最坚定的"盟友"和"辩护士"。卞之琳同何其芳一样，也是知名诗人，多年来一直坚持并在创作中实践自己创建新诗格律的诗学主张。写于 1978 年末的《雕虫纪历》长篇《自序》除了回忆自己写诗经历外，还具体阐述了他对现代格律诗（可能意识到这一称谓不太适宜，他称之为"白话新体诗"）的观点，成为新时期率先重提新诗格律建设的首要文献。此后不久，他在纪念闻一多先生 80 冥寿时充分肯定他对于新诗格律探索、试验的成果，再次强调"音组"或"顿"是新诗格律的基本问题，要"顺应和显出这种节奏"①。其后，他又在一系列文章中进一步谈论新诗格律问题。如质疑"新诗不适合用格律"的流行观点，引用了何其芳"跳舞的人必须懂得步法"的意见，又印证艾略特"没有诗是真正自由的"一语，为备受挤兑的现代格律诗辩护。卞之琳还采用与西方诗歌、中国古典诗歌相比较的方式，来论述节奏、音韵等问题，在深度上有所推进。特别值得赞赏的是，他在评价何其芳晚年译诗时指出，这是"在译诗上试图实践他的格律主张"；他进一步分析外国诗歌汉译的功过，指出"有意识在中文里用相应的格律译诗"是正确的道路，以几个成功的译本宣告"译诗艺术的成年"；在同

---

① 卞之琳：《人与诗：忆旧说新》，北京三联书店，1984 年。

胡乔木的探讨中，解决了分顿的一大疑难，即以助词后靠的方式解决四字顿的拆解，从而保证二、三字顿在诗行中的绝对优势。这些文章于1984年结集出版，不啻新诗格律研究的"集束手榴弹"，辅之以思想解放带来的新月派"复出"①，在20世纪80年代中期产生了相当大的影响，随之出现了一个新诗格律建设的小小高潮。

1985年，邹绛编选的《中国现代格律诗选》（重庆出版社）和周仲器、钱仓水编选的《中国新格律诗选》（江苏文艺出版社）相继出版。二者的时限都是从新诗诞生之初直到编选之前，而从规模看，则前者大于后者；前者编者为此书写了代序，后者请著名理论家骆寒超作序，两篇序言都回顾了现代格律体（前者的"内容简介"出现了"格律体新诗"字样，后者的"内容提要"则说"'新格律诗'又称'现代格律诗'"）。两序都概括了现代格律诗的发展历史，简略地总结了几十年的经验教训，涉及现代格律诗的分类问题，而前者的入选作品更以编者划分的五种类型分辑，具有首创性。虽然早前的先行者在研究中蕴含分类的萌芽，但是这成为现代格律诗分类研究的开端，为其后的完善奠定了基础，意义十分

---

① 吴奔星先生1980年就在《文学评论》上发表了重评"新月派"的论文，成为新月诗派"平反"的先声。而新月诗派名誉的恢复，又意味着格律体新诗命运的改变。稍后的1981年，上海书店重印发行了那本有如"出土文物"的《新月诗选》，这是"新月"整体重现诗空的开始。1981年和1982年，四川人民出版社和人民文学出版社分别出版了《徐志摩诗集》和《徐志摩选集》，都是由卞之琳作序，对这位饱受诟病的诗人做了实事求是的评价。1989年，人民文学出版社出版了由蓝棣之编选的《新月派诗选》，还是那18位诗人，入选诗篇却达200余首；蓝棣之的长序进一步拨开了历史的迷雾，对新月诗派的地位与价值给予了应有的评价。同年，吴欢章主编的《中国现代十大流派诗选》由上海文艺出版社出版，按照时间先后，新月诗派排列第四，只是把卞之琳划入了现代派，因而所收诗人减少了一位。此外，新月派重要诗人朱湘、陈梦家、饶孟侃、林徽因、于赓虞的诗集也纷纷重新出版。同时，对新月诗派的研究也有很大的成绩，发表了许多论文，对其功过做出了与昔日完全不同的论述。这对格律体新诗的发展，无疑有所鼓舞，增添了动力。

重大。

如果说，上述两个选本是继陈梦家的《新月诗选》之后，现代格律诗再度遴选成集，成为具有流派意义的选本，那么，系统研究现代格律诗理论的第一本专著或是许可的《现代格律诗鼓吹集》（贵州人民出版社，1987年）。此书的第一部分《诗体篇》，结合中国古诗中向来未被注意的九言诗，从最初的新诗开始，深入研究现代格律诗体系内的九言诗，兼及五言、七言、八言、十言、十一言（再分甲、乙）、十二言等七种诗体。他强调必须使用现代汉语，以区别于古诗，并且主张各行字数与顿数都须一致。也许是认为六言不宜于现代汉语，而十三言以上，诗行太长，节奏不鲜明，所以批评界排除在外。此外，对于四行、八行、十四行几种"限行诗"做了细致探讨，提出如古诗一样，限行与不限行两种诗体并行的主张。这些都是很有见地，并且符合后来的发展实际的。《鼓吹集》的第二部分《节奏篇》引经据典，利用排除法论证平仄、轻重、长短的变化都不便形成新诗的节奏规律，惟顿划分可也。他从古诗的吟唱得到启示，认为"顿"并非停顿，而是顿末拖长形成鲜明的节奏。这也可以说是创见。

需要指出，上述"后现代格律诗"早期的重要成果，无一例外都对何其芳的理论有所借鉴，是其承续与发展。

这一时期，在现代格律诗上创作成就突出的诗人首推胡乔木。他先后在《人民日报》、《诗刊》发表了几组格律十分规范、严谨的带有典范性的格律体新诗，于1988年出版了他的自编诗集《人比月光更美丽》。这些作品，实现了格律与诗情的和谐统一，充分显示了格律体新诗的艺术魅力，以及她可能达到的艺术高度，成为格律体新诗的又一座里程碑。说来真巧，其中收入格律体新诗28首，与《死水》恰好相同。其中的《仙鹤》可谓妙品，每行四顿，行行押韵，首节 22 行，第二节为回文，倒回去读，亦文从字顺，天衣无缝，妙趣无穷。

（三）现代格律诗后期（续）

由于有 20 世纪 80 年代的准备，到了 20 世纪 90 年代，直至 21 世纪之初，尽管中国诗坛出现了形形色色的现代主义诗潮，在形式上仍然是自由诗占居统治地位，散文化趋势愈演愈烈，但是现代格律诗的创作和研究仍然在继续前进。

这主要可以从两个方面来考察：

1. 理论研究空前活跃，专著论文迭出，在许多方面均有突破。其突出的成果，试择其要者分述之：

程文、程雪峰的《汉语新诗格律学》（雅园出版公司，2000 年）是第一部系统研究新诗格律的学术专著。此书从孕育到定稿，历时达 30 年之久。其间得到过臧克家、卞之琳、冯牧诸位名家支持、帮助。该书审视新诗格律建设历史，梳理出单纯限字与单纯限顿的利弊，提出"完全限字说"，即回复到五、七言古诗传统，要求全诗各行做到字数与顿数都能如《死水》般保持一致，将其提到新诗格律理论核心的高度。后来发展的态势证明，这是行之有效的律条。

万龙生"无限可操作性"观点的提出与论证，遥应闻一多著名的"相体裁衣"说，指出只要懂得现代格律诗的基本规律，"便可视表现的需要创造出无数种各不相同的样式"。具体说，就是在前述邹绛"五分法"的基础上，进一步整合为整齐式、对称式和综合式，再加上已经比较通行的固定诗体（现在称为"定行体"）：四行诗、八行诗和十四行诗，这样，就组成了格律体新诗的大家族。这些诗体运用起来，的确变化无穷，体现了"无限可操作性"。还把整齐式、对称式就其形式特征分别与中国古典诗歌中的诗、词对应起来，把四行诗、八行诗、十四行诗就其容量分别与古代近体诗中的绝句、五律、七律对应起来，使格律体新诗在中国的传统诗歌中找到了契合点，找到了源头①。这对于破除格律体新诗是硬切的"豆腐干"，是照搬"洋诗"等误解与成见，以及克服一部分格律诗作者自身的错误认识具有重大意义。

唐湜和江锡铨两位诗评家不约而同地着眼于新诗发展的历史，从"自由"与"格律"的矛盾运动，其此消彼长的状态，得出建立格律体新诗的合理性与必要性结论②。

骆寒超在《20世纪新诗综论》（学林出版社，2001年）对格律体新诗作了纵向的宏观的"史"的研究，指陈得失，颇见功力。

陈本益采取比较文学的研究方法，参照中国古代和外国诗歌，来考察现代格律诗的节奏，写成一本学术价值很高的专著③。

许霆、鲁德俊致力于十四行诗在中国移植、"驯化"历史的研究，利用搜集的大量资料，写出了专著《十四行体在中国》（苏州大学出版社，1994年），充分肯定了几代中国诗人十四行诗的创作成就，雄辩地纠正了这种外来诗体"不适合中国"的谬见，也可以使人认识到仅以14行一首为条件而舍弃其他格律因素的简单处理方式的不足。

在诗人论领域，对先行者闻一多、徐志摩、朱湘、何其芳、卞之琳的研究比较盛行，其中不少涉及他们的格律体新诗的理论与创作，远比过去深入；对后起重要格律诗人如邹绛、屠岸、黄淮、丁

---

① 万龙生《现代格律诗的无限可操作性》，此文得到屠岸先生的首肯，均见《诗路之思》，中国三峡出版社，1997年。
② 分别见于前者的《新诗的自由化与格律化运动》，《心意度集》，北京三联书店，1989年；后者的《关于现代格律诗的随想》，《中外诗歌研究》，1998年第3期。
③ 陈本益：《汉语诗歌的节奏》，台湾文津出版社，1994年。

芒、万龙生的评论也时有出现。

凡此种种，充分证明了格律体新诗的理论研究在这一时期的可喜进展。

理论家同时充任选家，也是一大优点，对于格律体新诗的发展大有裨益。有好几个成功的范例不容忽视：许霆、鲁德俊在著《十四行体在中国》的同时，就编选了《中国十四行体诗选》（人民文学出版社，1996 年），与之互相印证。屠岸的序言和编者的后记学术性很强，对阅读具有指导意义。此前，钱光培也编选了一本《中国十四行诗选》，由中国文联出版公司于 1988 年出版，每首作品都附有简短评析。前有长序，后有附录（中国十四行诗人谈十四行诗），也是选、论结合的优秀选本。程文、程雪峰、程峻峰编著的《中国新诗格律大观·现代格律诗鉴赏创作辞典》（北方文艺出版社，2005 年）则是继《汉语新诗格律学》之后的又一力作，分类编排，每诗附有格律分析及诗艺剖析，正文后附有格律词语简释；该书提供范例，具有教材性质。而由吕进、毛翰主编的《新中国 15 年诗选》（重庆出版社，1999 年），现代格律诗"登堂入室"，被纳入 20 世纪后半叶中国新诗版图，于第 3 卷专设"现代格律诗分篇"，令人欣慰。其中，何其芳入选 3 首，算是最高"待遇"。

2. 受到理论建设的导航与鼓舞，现代格律诗的创作在这一时期也有较佳的表现。由于发表园地多为自由诗占据，因而现代格律诗大多以结集的方式呈现。其间，比较引人注目的诗集有：

邹绛除理论研究外，自己还坚持创作实践，写下了不少以整齐式为主的作品，清新明丽，冲淡平和，自成风格。1993 年辑为《现代格律诗选》由香港天马图书公司出版，是格律体新诗的重要收获。

黄淮是一位高产诗人，在九言四顿体的创作方面很有成绩，辑有《黄淮九言抒情诗》。此外还进行了多方面的尝试。

浪波以八行体见长，《神游》（花山文艺出版社1993年）就是一本罕见的八行诗集。另有诗集《故土》，2005年由百花、文艺出版社出版。他运用整齐式吟咏非常熟练。

陕西刁永泉的《山谣》（陕西人民教育出版社1994年）别开生面，作品完全采用口语和民歌节奏，诗内每节完全对称。这也应该是格律体新诗的一个路子。

江弱水将1981—1991年间的诗作汇编为《线装的心情》（中国文联出版社，2002年），其中格律体居多。他在卞之琳先生影响下，"十分投入地进行了一系列格律试验"，其十四行诗被卞先生评为"纯正光润"。

程文在从事理论研究的同时，自己还进行着格律体新诗的试验。2004年，他在新天出版社出版了诗集《未荒集》，完全切合他自己提出的"完全限步"说。

李忠利是一位近年来很活跃的上海诗人，全用六行体写作，均用七、五言句式，而段式为上四下二。他的作品贴近现实，为读者所喜爱（另外两位大量采用六行体写作的诗人是梁上泉和杨明，稍感不足的是诗行不完全规范，可算准格律体）。

万龙生几十年如一日地追求格律体新诗，在诗集《戴镣之舞》和《献给永远的情人》的基础上增删，于1999年出版了《万龙生现代格律诗选》（作家出版社），这是第一本按照类别编排的格律体新诗个人专集。

十四行诗的盛行是本时期的特色与亮色。有的诗人沿用英式、意式十四行格律，有的按照中国格律体新诗的要求，在格律上予以变通。两者都属于格律体新诗的范畴。无论数量或是质量，其成就以唐湜为最。他的十四行组诗《遐思——诗与美》、《幻美之旅》

与叙事长诗《海陵王》都独步一时,成为新时期十四行诗的代表。

屠岸也是十四行诗的代表人物。他是莎士比亚十四行诗的译者,熟悉其格律规范。国际题材是他的长项。其作品精微深邃,笔致婉转。1986年由花城出版社推出的《屠岸十四行诗》是现代格律诗创作的宝贵收获。2003年由人民文学出版社推出的《深秋犹如初春——屠岸诗选》又特辟第二编《十四行弦琴》,收入其后的十四行诗作,并载有关于十四行诗的论文。

还有一位重要的十四行诗人是浙江的岑琦。他在20世纪的最后十年,一共写出了500首"汉式十四行诗",收入《岑琦诗集》(浙江文艺出版社,2003年),诗评家骆寒超在序言中称其"在约束与自由之间处理得颇有分寸",给予好评。

其他喜用十四行诗体的诗人还有邹绛、吴钧陶、钱春绮、丁芒、江弱水、骆寒超、万龙生等。这里需要指出,那些完全不讲格律的"十四行诗",不在本文视野之内。

此外,还有一事值得一谈:1992年11月28白,深圳中国现代格律诗学会成立,学会由公木任名誉会长,胡迎建、黄淮分别任正副会长。

1994年10月25日,该学会在北京雅园宾馆召开学术研讨会,学者、诗人六十余人,发表了三十余篇学术论文。通过研讨,他们认为现代汉语格律诗应当具有"鲜明和谐的节奏,自然有序的韵式"的特征,继承和发扬古代汉语格律诗的优秀传统,同时也要吸收自由诗的灵动素质和借鉴外国格律的优点。会后,不定期推出了《现代格律诗》丛刊,发表作品和评论,起到一定的影响。

应该说这是现代格律诗事业的一件大事。但是由于没有足够的财力支撑,也没有常设的工作机构,成效不理想。看起来从事现代格律诗事业的诗人和理论家有了自己的组织,实际上仍然是散兵游勇。尤其是没有明确的新诗格律理念，上述"鲜明和谐的节奏，自然有序的韵式"的概括抽象笼统，甚至还不如艾青的格律诗定义，根本就不成其为格律规范，所以形成了后继乏力的局面。

**（四）格律体新诗时期**

到 2005 年，形势出现了转机。网络文学的兴起，为现代格律诗带来了新的生机活力。由于"现代格律诗"被更名为"格律体新诗"并从此逐渐为业内接受，"现代格律诗"概念逐渐为其所替代，不妨将那时开始的新阶段称为"格律体新诗时期"。

此前一些有远见的诗歌青年，为了打破晦涩难懂的"先锋"诗歌对诗坛的垄断，提出诗歌"要回归大众，回归现实，回归传统"的观点，建立了"古典新诗苑"诗歌网站，同人们还出版过一本《古典新诗选》（天马出版社，2004 年）。

2005 年，论坛诗友走出虚拟空间，在合肥召开了第一次聚会。这次聚会做出了四项决定：（1）鉴于当代诗词创作的复兴，"现代格律诗"已经产生歧义，一致同意改称"格律体新诗"；（2）鉴于"古典新诗苑"这一名称的局限，论坛改名为"东方诗风"；（3）确认论坛以建设新诗格律、建立格律体新诗为方向，为己任；（4）编选出版以成员创作为主的《新世纪格律体新诗选》。自此"古典新诗苑"开始了它新的生命，"东方诗风"也怀着使命与挑战，在曲折与探索中不断成长。

格律体新诗命名的产生，具有重大意义。作为诗学的一个重要内容，科学的命名对于探究研究对象的属性，继续研究的深化细化以至研究的途径都会带来良性影响。

自 2005 年以来，"东方诗风"处在稳定的发展过程中，不断吸引新的志同道合者，形成了老中青三结合的骨干队伍。以后，"东方"诗友的这种年度聚会成为传统，迄今已经分别在柳州、重庆、邯郸、湘西、九江、皖南、上海举行，每次聚会除了游览观光，还创作诗歌，商讨发展大计。而且在各地举行一些有意义的活动，交流诗艺，推广诗见。总之，每年一次的聚会，不仅使诗友们增进了友谊，增强了凝聚力，还会产生一批创作成果，扩大格律体新诗的影响。

这样，"东方诗风"论坛就成为全国第一家以"创造新诗格律与建立格律体新诗"为宗旨的诗歌论坛。论坛里有着良好的风气，成员畅所欲言，自由发表诗作和理论见解，能及时得到评论、交流。通过创作不断地丰富完善理论，而理论又反过来指导创作，二者相得益彰。

该论坛于 2008 年 8 月创办半年刊《东方诗风》，梁上泉题写刊名，吕进为该刊题词："东方神韵，现代诗风"，并由西南大学中国新诗研究所提供学术支持。这是一本独具特色的以倡导格律体新诗为宗旨的诗歌刊物。其创刊词明确宣称：

> 迄今为止，格律体新诗近百年来已经走过了漫长而曲折的旅途，到如今其理论框架已具雏形，其创作成果也颇为可观。自由诗一统天下的局面正在开始打破，对诗的音乐性的放逐遭到了抵抗，新诗的诗体建设终于提上了议事程。……近年来，随着新诗"二次革命"的兴起，格律体新诗蒸蒸日上，方兴未艾的情势已经不容轻忽。

他们将"真情、民族、和谐"作为诗刊的六字真言：真情是最低层次的要求；民族指走民族化的道路；和谐指内容与形式的和谐统一。该刊物仍然秉承着论坛的大气，既重于理论探讨，以及按照"整齐体"、"参差体（对称体）"、"复合体"三种体式排列的格律体新诗创作的优秀篇什,还兼容自由诗、"国诗"(诗词曲)。其中的格律体新诗丰富而斑斓多姿,呈现出一派繁荣新气象。至今已出版 7 期,质量不断提高,在诗界得到广泛好评。

经过几年努力,"东方诗风"的成绩非常显著。正如许霆的专著《新诗格律与格律体新诗研究》(雅园出版公司 2007 年)中所说:"以万龙生为代表的诗人组织东方诗风论坛,集合一批同道者探索新诗格律和格律体新诗,在新诗坛产生较大影响。"万龙生、程文、孙逐明在理论上均有建树,他们分别总结出新诗格律理论的三个至关重要的原理,万龙生的"无限可操作性"(含"三分法"分类),程文的"完全限步"说(即"齐言等步"说),孙逐明的"对称原理",这些对闻一多、何其芳等先辈的格律体新诗理论既是继承,也是发展与完善,而且这些理论在格律体新诗界得到赞同,一些专著、论文中已经采纳。在论坛中还有很多在格律体新诗方面颇有成绩的诗人,如万龙生、王端诚、齐云、王世忠、宋煜姝、刘年、刘志强、王民胜、徐泽兰、李长空、余小曲、张先锋、任雨玲、周琪等人。

"东方诗风"论坛连续推出有较大影响的出版物。自 2005 年以来,由"东方诗风"论坛编辑出版《新时期格律体新诗选》和与世界汉诗协会联合编印的《2006 格律体新诗选》,在诗界引起了广泛关注。嗣后,《东方诗丛》第一辑出版,这六本诗集是:卜白《我的诗》、齐云的《齐云新诗选》、李长空的《梦中家园》、万龙生的《十四行、八行诗百首》、王世忠的《秋水涟滟格律体新诗选集》和张先锋的《香生格律诗集》。紧接着,《东方诗丛》第二辑又推出三本诗集:简云斌的《还是这条河》、《阿平诗歌 67 首》和龙光复的《青木吟稿》,这些诗集得到了较高的评价。王端诚的《枫韵集》和《秋琴集》备受好评。最近余小曲又出版了《视线内外》。

通过论坛、活动、出版三个渠道,"东方诗风"的影响日益显著。许霆的《趋向现代的步履——百年中国现代诗体流变综论》中,对"东方诗风"论坛作了具体而全面的肯定。2007年,"东方诗风"的主要成员万龙生、程文、孙逐明、王端诚参加了在常熟召开的新诗格律与格律体新诗理论研讨会,会议纪要中肯定"东方诗风"论坛对格律体新诗的推动作用。2011年9月,黄中模、万龙生、王端诚、龙光复、尹国民作为重庆诗歌界代表应邀参加了赴台诗歌交流,把《东方诗风》刊物带到了宝岛,也把格律体新诗的理念带到了宝岛。

比"东方诗风"稍晚,余小曲又立足成都、面向全国,创办了同样秉持格律体新诗理念的"中国格律体新诗网",出版《格律体新诗》刊物,至今已出6期。这"两坛两刊"成员互有交叉,步调协同一致,共同形成当今中国诗坛一道独特而靓丽的风景线,越来越引人注目。

此外,格律体新诗还在《重庆国诗》、《重庆艺苑》、《诗缘》开辟了长年性的发表园地,上海《海上诗刊》发表过格律体新诗专页,《新声诗刊》也经常刊载格律体新诗。

2008年2月,《东方诗风》第二期《新春寄语》在简要回顾格律体新诗历程后,又响亮地宣称:

> 新时期以来,尤其是新世纪以来,作为新诗散文化日益盛行这一现象的反动,格律体新诗的兴起成为中国诗歌文化中,一个与诗词复兴相关的不可忽略的事实。新诗格律理论的研究达到了更深的层次,创作实践也出现了花团锦簇的景观。2008年10月,金秋时节,破天荒第一次全

国性的新诗格律与格律体新诗研讨会在常熟理工学院召开，把新诗格律建设推向了一个新的阶段。

网络载体的普及，又为格律体新诗的发展提供了便捷的路径。有这支兴盛的队伍，有这些丰饶的园地，有趋于成熟的理论，有丰富多彩的作品，有共同的理想和追求，我们完全可以自豪地宣称：格律体新诗的基本框架已经形成，一个崭新的诗歌流派已经在中国诗坛以清晰的面貌诞生了！这就是中国新诗史上的第二个格律诗派！那么，我们就正大光明地举起"新诗格律派"的旗帜吧！

他们的宏愿是："坚持中国新诗的格律之路，亦即民族化之路，继续努力探索、创新，作出更大的贡献，让格律体新诗发出更加耀眼的光芒，以期对于中国新诗的健康发展产生应有的影响，为后世留下一笔不可忽视的诗歌文化财富！"

这期间，还有一些重要事实也不应忽视：吕进主编的《中国现代诗体论》（重庆出版社，2007年）列入了由万龙生撰写的《格律体新诗》专章，对此前理论建设的成果做了系统梳理；吕进、梁笑梅主编的《20世纪中国现代诗学手册》列入了"现代格律诗的再起"条目（巴蜀书社，2010年）；由西南大学中国新诗研究所主办的"华文诗学名家论坛"连续举办三届，倡导"新诗二次革命"，以"建立格律诗"为其重要内容，万龙生在2006年的第二届论坛上以《格律体新诗的历史性复兴》为题作主题发言；该所创办，由吕进、熊辉主编的《诗学》年刊开辟"格律体新诗"专栏（万龙生执编），已出版三期（巴蜀书社，2010年、2011年、2012年），发表了若干重要论文（如沈用大《中国格律体新诗简史》、孙则鸣《程式化音步是新诗格律常熟的必要条件》、齐云《从汉语特点出发构建新诗格律》、王端诚《定行诗体的意涵与运用》等);"常熟会议"后,由杨继晖主编的《诗评人》出版了"格律体新诗专号";《现代格律诗坛》在沉寂多年后于 2008 年复刊;2007 年,刘章、高昌的《白话格律诗》由国际炎黄出版社出版;等等。

这期间,还有两个重要的大型选本出版:深圳中国现代格律诗学会主编的《1914—2005 中国新格律诗选粹》(吉林大学出版社,2005 年)和万龙生主编的《"东方诗风"格律体新诗选》(吉林文史出版社,2011 年)。前者时间跨度长,涵盖面广,总体诗质较高,缺点是对格律要求不严,把一些顶多可称"半格律体"的作品也包罗进来;后者的突出优点是当代色彩浓郁,按"三分法"详编了分体索引,可以由此见出格律体新诗家族的"谱系",起到准体式教材作用,但因为诗人限于"东方诗风"成员,少数作品不尽如人意。

特别值得提出的是一向重视格律体新诗研究、成果累累的学者许霆在专著《趋向现代的步履——百年中国现代诗体流变综论》(南京师范大学出版社,2008 年)中,从宏观的角度,在各个历史时期的总体格局中观察格律体新诗的状况,又在其发展过程中考查其流变,对已有成果,有自己独立的判断,具有很高的学术价值。

再则,具有翻译家、诗人、学者多重身份的丁鲁,在翻译中属于注重原作格律的一派,又长期从事新诗格律研究,其多年心血的结晶《中国新诗格律问题》曾得到卞之琳先生指点,终于在 2010 年列入"东方文化集成"而得以问世(昆仑出版社,2010 年)。此书以严谨科学的态度对新诗格律本身提出了一些新见,如节奏基础单位是"两字一拍,轻音另计"就很有创意;文风特佳,是本书突出优点;以外国诗歌"可译性"的论述(即外国诗歌一般可以用现代汉语实现包括格律在内的全方位转换)使那些借口诗歌"抗译性"而把格律诗胡乱译成自由诗的低能而懒惰的译者无地自容。

这一时期时间虽然还短,但是完全可以认为是在以往的基础上,新诗格律建设取得了实质性进展,队伍不断壮大,创作也空前活跃,充分展现了格律体新诗的远大前程。

综上所述,何其芳在 20 世纪 50 年代为了解决新诗的民族化问题,以拓宽诗路,繁荣诗歌创作,而大力提倡现代格律诗,在当时得到诗歌界广泛支持,掀起热潮,曾经起到巨大作用。虽然后来遭遇政治干预而受挫,但是所产生的影响并没有因此磨灭,而是余响悠远,袅袅不绝,以现代汉语建立新的格律诗体系的努力一直在克服种种困难,顽强前进,如今在原有基础上已经取得丰硕的成果,可望在本世纪内成型,为中国广大诗人所喜爱和采用,从而创作出为国人家传户诵、传之久远、无愧于泱泱诗国的优秀作品。到那个时候,一定能够告慰其芳先生在天之灵,使他会心而笑。

建立格律体新诗,改变目前诗坛的偏枯现象,优化诗歌生态,是何其芳先生的遗愿。完成何其芳先生这一未竟之业,是对他最好的纪念。

# 再论"对称原理"在新诗节奏格律体中的统摄作用

孙逐民

迄今为止的新诗格律研究，主要集中在严谨的节奏格律体和韵式格律体的交叉上，重点则放在新诗节奏的研究上。音乐理论告诉我们，节奏是音乐的基础。新诗节奏的研究的确具有举足轻重的重要地位。熟练掌握了严谨的节奏格律体，再写作其他诗体自然轻而易举。正因为如此，本文将着重研究节奏格律体的法度。

## 一 节奏格律体的品类

万龙生曾经指出："由邹绛开始，尔后由万龙生、程文、孙逐民等逐步完善的分类研究，是在已有的品类丰富的作品基础上，勾勒了格律体新诗的总体框架，即把格律体新诗按照各自的节奏规律，划分为整齐式、参差（对称）式和复合式，再加上目前已经比较通行的固定诗体：四行诗、八行诗和十四行诗，这样，就组成了格律体新诗的大家族。这些诗体运用起来，的确变化无穷，真正能做到闻一多当年所设想的'相体裁衣',体现了'无限可操作性'。"

这种分类是从节奏模型的角度解析的,整齐式和参差式是所有节奏形式的基础,复合式是它们的组合,而绝大部分格律诗体如四行诗、八行诗和十四行诗、民歌体、阶梯诗之类不过是它们加上附加条件之后的特项。

## 二 现有的整齐式和参差式的构筑法度

对于整齐式,主要有三种学说:(1)闻一多"三美论"中的"建筑美"就是要求每行的字数相等,程文先生称之为"限字说";(2)从何其芳开始,认识到了诗歌音乐的基础不是音节(字)而是音步(顿、音尺),主张每行的顿数相等或者大致相等,程文先生称之为"限顿说";(3)程文、程雪峰提出了"完全限顿说",主张诗行的字数和顿数都同步整齐或同步参差。

对于参差式,最有代表意义的是青年诗人何房子所创造的概念:基准诗节。所谓基准诗节,就是一首参差式格律体新诗中,其他诗节在节式、韵式上都必须"亦步亦趋"的复制、"克隆"的诗节。它通常是诗的第一节,是诗人灵感的产物,是诗人情绪律动的记录。

显而易见,上述理论全部都是对称理论的产物。整齐式就是以一个诗行为对称单元(在音乐理论中被称为"节奏型")的对称形式,参差式是以几个长短句的集合(即基准诗节)为节奏型的对称形式,而复合式就是两种或两种以上节奏型的复合组合对称形式。故它们严格的名称应当是"整齐对称式"、"参差对称式"和"复合对称式"。

我在以上格律理论基础上引进"对称原则",不仅仅是概念的置换,更重要的是以上理论都不同程度存在"以偏概全"的弊病,而对称理论则可以弥补其不足。下面我们将重点对此进行具体的论述。

## 三 对称原则对于新诗格律的统摄作用

### (一) 对称的定义

在西方科学理论中所说的对称,往往不单纯指几何图形的对称,它还指某种作用量的"不变性";某种物理现象发生了变化,当其中某种作用量等价不变或协变等价不变,就被视为对称,尽管可能几乎看不到几何图形上的位移对称。我们平常在几何图形中经常运用到的"平移对称"、"轴对称"、"镜像对称"、"旋转对称"、"中心对称"等等,也都是图形发生变化了,但其中有某种性质保持不变,这就是对称的本质。

换言之,只要存在某种"对称不变量",就被视为对称。

### (二) 论"基准诗节克隆论"

"基准诗节克隆论"本来是描述参差对称式的,只要把"基准诗节"改称为"基准诗行"就可以适应于整齐对称式。此说形象明晰,但它亦有不完备之处,主要表现在两方面:

1. 参差对称式有一种特款,我们称之为"倒影对称式",它们就不是基准诗节简单的克隆。如王端诚的《山间夏日的中午》:

　　　这是一个白昼的良宵
　　　夏日的午后静悄悄
　　　山风融化着暑热

窗外冉冉芭蕉
案上茶浓后
一卷离骚
美人香草
代代情未了
趁有红颜共语
珍重夏日晴方好
难得这白昼的良宵
赶走了我无聊的烦恼

显然，这是一个中心对称的图形。第一段是一个递减等差数列，等差为1；第二段变为递增等差数列，等差也是1。等差1就是它的对称不变量。

当然，倒影对称式也可以认为是"基准诗节"的反相克隆。

2. 某些典型的长短句格律诗体，并非"基准诗节"的克隆。最典型的是图形诗。图形诗古代即有，宝塔诗即是。新诗图案诗有影响的肇始者是欧外鸥，20世纪50年代后在台湾盛行。其中虽有游戏之作，但也不尽然。所以图形诗理所当然也是格律新诗家族里的一个成员。然而，很大一部分图形诗根本没有"基准诗节"的痕迹。以周源禄的《伞》为例：

伞

目光里
五颜六色的雨伞
是那来来往往的梭子
在密密的雨丝中忙忙碌碌织锦

赤
橙
黄
绿
青
蓝
紫

综观所有的图形诗,它们受"对称原则"的支配是显而易见的。这些图形诗里面,宝塔诗是最常见的组件之一。宝塔诗之所以对称,是它也有一个对称不变量。例如《伞》的宝塔式头部就是一个数列,其对称不变量公式就是"1+2×(n-1)"(n为行数)。其余图形诗大抵如此。

由此可见,采用"基准诗节克隆"构筑的诗体,只是"参差对称式"的主要组成部分。"对称原则"则可以遍无遗漏地描述所有的诗歌格律形式。

(三)论限字说、限顿说和完全限顿说

"限字说"、"限顿说"和"完全限顿说"也都不同程度存在不足。

1. 受闻一多"建筑美"理论的影响,早期的许多"豆腐干体"格律新诗,忽视了汉语诗歌的节奏基本单位不是音节(字)而是音步,只求每行字数相等,但是节奏并不整齐,乃至于受到诟病。这一时期程文先生称之为"限字说"。

2. 以何其芳为代表的诗人,主张诗行顿数整齐或者大致整齐,押大致相近的韵。程文称之为"限顿说"。限顿说明确了诗歌节奏的基础单位是"音步"(或"顿"、"音尺"……),这是新诗格律化理论的第一道里程碑。而且限顿说提倡严谨的整齐式节奏格律体,又不排除整齐式半格律体,这是一种很宽松的格律理论,所以一直受到诗人的青睐。不足之处是,限顿说着眼点也在于"整齐",殊知整齐不过是"对称"形式中的一个特款而已,同样以偏概全(详见下文)。

3. 程文鉴于古典诗歌里面大部分诗歌字数和音步都很整齐,提出了"完全限顿说",其实质就是主张整齐式诗行的音步和字数都同步整齐(对称),参差式的字数和音步也同步参差(对称)。这种主张对于建立最严谨和谐的节奏格律体,以此作为格律体的样板,无疑是有裨益的。不足之处是"完全限顿说"遗漏了整齐式和参差式交叉的中间地带,这些中间地带也是最严谨和谐的节奏格律体(详见下文)。

(四)字数音步对称说

为此,我在"限字说"和"限顿说"的基础上,提出"字数音步对称说"。

所谓"字数音步对称说"就是把音步当成诗歌节奏的基本对称单元,在此基础上兼顾字数的对称的描述,从而构成步数与字数的统一,以此来建立完备的新诗格律体系。

整齐式和参差式的严谨和谐的交叉地带,主要有两大类十小类:

1. 音步整齐对称而字数参差对称的诗体,可称之为参差型整齐对称式,可有五小类:

①音步整齐而字数为开放型参差对称式(开放型指诗行先短后长),如:

　　　　山坡准备好了,　　　　　　　(三步6言)

绵软细密的青草。　　　　　（三步7言）
森林准备好了，　　　　　　（三步6言）
用之不尽的清新。　　　　　（三步7言）
　　——凤舞九天《等待》　（三步整齐式）

②音步整齐而字数为收缩型参差对称式（收缩型指诗行先长后短），如：

你切莫把琴弦弹得太重　　　（四步10言）
因为弦丝已经陈旧　　　　　（四步8言）
也不要只管轻轻地拨弄　　　（四步10言）
那将撩起我的忧愁　　　　　（四步8言）
　　——台湾吴望尧《竖琴》（四步整齐式）

③音步整齐而字数为凸型参差对称式（凸型指诗行首尾短中间长），如秋水涟滟的三步整齐式《湖底蓝天》：

湖边垂垂倒柳　　　　　　　（三步6言）
湖底浩浩蓝天　　　　　　　（三步6言）
几丝云儿轻飘过　　　　　　（三步7言）
忽忽悠悠慢慢　　　　　　　（三步6言）
多想驾着船儿　　　　　　　（三步6言）
去把柳丝系挽　　　　　　　（三步6言）
采来云锦铺行船　　　　　　（三步7言）
蓝天深处安眠　　　　　　　（三步6言）

④音步整齐而字数为凹型参差对称式（凹型指诗行中间短首尾长），如：

  凝望你挂满风霜的倦容　　　　（四步9言）
  轻轻揽你到我的怀中　　　　　（四步8言）
  让这心里透出的温热　　　　　（四步8言）
  慢慢融化你疲惫和寒冷　　　　（四步9言）
  凝望你沉沉睡去的面容　　　　（四步9言）
  唇边依稀有一丝笑影　　　　　（四步8言）
  多想留你一直在梦中　　　　　（四步8言）
  不必去面对那苦旅寒风　　　　（四步9言）
  ——凤舞九天《今宵多珍重》　（四步整齐式）

⑤以上四种形式还可以组成复合型整齐式，如孙则鸣的三步整齐式《金色的池塘》，其字数前两段为开放型，第三段为收缩型：

  冉冉西去的夕阳，　　　　（三步7言）
  暖照着池中的睡莲；　　　（三步8言）
  伸展慵懒的腰肢，　　　　（三步7言）
  摇曳着镀金的绿裳。　　　（三步8言）
  绿裳是一叶扁舟，　　　　（三步7言）
  碧波中静候着谁人？　　　（三步8言）
  多想持一支长篙，　　　　（三步7言）
  撑小舟光影里逡巡。　　　（三步8言）
  多想持一支长篙，　　　　（三步7言）
  撑小舟光影里逡巡。　　　（三步8言）

昨晚我做了一个梦：　　　　　（三步8言）
团团地旋舞翩翩！　　　　　　（三步7言）

2. 字数整齐而音步为参差对称式的诗体，可称之为齐言参差对称式。

如齐云的《冬》是8言的齐言诗，各行音步却不整齐而呈现出开放型参差对称的格局，下面是前两节：

在山与平原的交界　　　　　　（三步）
我找到了风的巢穴　　　　　　（四步）
我知道这重重山峦　　　　　　（三步）
再也无法将它超越　　　　　　（四步）

荒原上是白雪漫漫　　　　　　（三步）
环顾四周孤孤单单　　　　　　（四步）
在雪中我停下脚步　　　　　　（三步）
静听风在山中盘旋　　　　　　（四步）

从原理上讲，此式与音步整齐对称而字数参差对称的诗体一样，完全也可以有五种组合形式，即①齐言开放型参差式；②齐言收缩型参差式；③齐言凸型参差式；④齐言凹型参差式；⑤齐言复合型参差式。

## 四　节奏格律体新诗的体例总括

根据字数音步对称说进行归纳，节奏格律体新诗的体例总括如下：

1. 整齐对称式。包括三大类：

第一类，音步和字数都整齐对称，其公式是"X 步 Y 言整齐对称式"。根据字数的多寡，每式又可下分若干小类；从理论上讲，小类可以有"2X 言、〔2X＋1〕言……3X 言"。以四步整齐式为例，可以有四步 8 言整齐式、四步 9 言整齐式、四步 10 言整齐式、四步 11 言整齐式和四步 12 言整齐式五小类，余可类推。

第二类，音步整齐对称，而字数不整齐且无规律，其公式是"X 步杂言整齐对称式"。

第三类，音步整齐对称而字数参差对称，可称之为"参差型整齐对称式"，下分五小类：

①开放型整齐对称式：基准诗节的步数相等，字数先短后长；

②收缩型整齐对称式：基准诗节步数相等，字数先长后短；

③凹型整齐对称式：基准诗节的步数相等，字数首尾长而中间短；

④凸型整齐对称式：基准诗节的步数相等，字数首尾短而中间长。

⑤复合型整齐对称式：上述四种体式的复合组合。

2. 参差对称式。包括两大类：

第一类，杂言参差对称式，此式音步和字数同步参差对称，下分六小类：

①开放型参差对称式：基准诗节的音步数和字数均先短后长；

②收缩型参差对称式：基准诗节的音步数和字数均先长后短；

③凹型参差对称式：基准诗节的音步数和字数均首尾长而中间短；

④凸型参差对称式：基准诗节的音步数和字数均首尾短而中

间长。

⑤复合型参差对称式：上述四种体式的复合组合。

⑥倒影参差对称式：此为两段体参差式，后段是前段的反相克隆。

第二类：齐言参差对称式，此式字数整齐对称，而音步参差对称。从理论上说也应该包括五小类：

①齐言开放型参差对称式：基准诗节字数相等，步数先短后长；

②齐言收缩型参差对称式：基准诗节字数相等，步数先长后短；

③齐言凹型参差对称式：基准诗节字数相等，步数首尾长而中间短；

④齐言凸型参差对称式：基准诗节字数相等，步数首尾短而中间长。

⑤齐言复合型参差对称式：上述四种体式的复合组合。

3. 复合对称式

同时包含两种节奏型的诗体，就是复合对称式，可包括三类：

①变步整齐式：两种或两种以上步数不同的整齐对称式的组合；

②变型参差式：两种或两种以上类型不同的参差对称式的组合；

③整齐参差复合式：两种或两种以上整齐对称式和参差对称式的组合。

可以预计，随着新的探索，还会有其他不符合典型整齐式和参差式法度的新格律形式诞生。不管它们如何变化，必然逃不开"对称原理"的制约。

# 硬币的两面

方红辉

　　我属意的新诗应该是这样的：分行、使用标点符号、有一定的文字排列规律、韵律流畅和谐、感情真挚深沉、主题简洁清晰。

　　新诗的分行与不使用标点符号是一块硬币的同一面。分行是为了文字的明朗化，不用标点符号却造成了文字的模糊化（这可能是朦胧诗的流毒所致），这是互相矛盾的。如果仅仅为了使画面整洁和使之更具有建筑的美，选择了分行却舍弃标点符号的运用和它的诠释功能，这样做并不相宜，也得不偿失。一篇精美的散文，做分行排列，不一定是自由诗；一首优美的自由诗，不做分行排列，一定是一篇同样优美的散文。它们之间唯一的不同，是做自由诗读时，较为容易理解一些；做散文读时，会难以理解一些——这可能也是散文使用标点符号，自由诗不大使用标点符号的现实原因——不大使用标点符号的自由诗却往往让人难以理解，这是令人费解的。

　　硬币的另一面，是新诗格律的建设。其目的同样是为了文字的明朗化。格律本身不是目的，诗歌才是。要达到诗歌的目的，非有格律不能办到。

诗歌天然地具有格律，所有使诗歌脱离散文的因素，都属于诗歌的特征，其中的要素，即是诗歌的格律。这是一个不断丰富、永远发展的命题。它的外在是语言的问题，是形式（文字的排列规律）的问题；它的内在是社会进步的问题，是价值观的取舍问题，是普遍普通的情绪情感问题，是平常心与非常心的问题。它的精髓和内涵，被时代和诗人选择，同时它也在近乎苛刻地谨慎地选择属于它的光荣，丰富自己。

文字的排列，反映了作者思维情绪的流动。这样分行可以，那样分行也行，只是说明了作者思维的混乱。读这样的作品，读者的思维会更混乱。才华有如洪水，只有在堤坝内流动才不至于泛滥而自有奔腾的气势。

格律是为内容服务的。任何的格律都不能有损于内容的完美表述。这跟不能以辞害意一样，不能以韵害意、因律废义。文字的流畅是必需的，情绪的流畅是必需的，两者的和谐是必需的。

感情的真挚深沉是第一位的。有歌词说"深深太平洋底，深深伤心"，文字从来不是快乐的工作，它的快乐是在文字完成之后（因此要懂得随时拒绝文字的诱惑）。说明一个道理，这个道理应该是有益于社会的，有益于人类的；抒发一段情感，这个情感应该是与人心相差不远的，是相通的；广而大之，宇宙的奥秘，心灵的交融，都是一而二、二而一的。这些，只有用真挚的心才可以深切地感受到，只有用深沉的爱才可以真诚地表达。

高深的理论指导不了实践，核心技术也只是待价而沽。现实成了心理阴暗的借口，科学有时不过是为了更好地掠夺。这个世界并不完美，禁锢与奴役披着各式各样的面纱，胡萝卜与大棒指向的不仅仅是个人。诗歌能有多少的主题，不过是用明朗的精神还原一个清晰的世界，不过是用真诚的心对待每一个真诚的人。如此而已。

# 当代汉语诗坛二元格局中的诗体重建

王端诚

数千年中华古国的诗歌生态环境,运行到当代,毋庸置疑已呈现出两种诗体并存的二元化格局。

20世纪初,随汉语书面叙述方式的转型,产生了以现代汉语(白话文)为载体的新体诗。新体诗(以下简称"新诗")经过一百年的艰难发展,固然也出现了一些足以传世的惜乎太少的珍品,却又终因传统文化渊源的断绝而在世纪末陷入困境。其间,严重失误的教训较之小有成就的经验,后者不如前者远甚。诗与文界限的泯灭,韵与美因素的丢失,更兼之高雅与粗俗身份的易位,无怪乎诗已不诗,读者不齿了。

然而,人间别有诗坛在。那看似早该退出历史舞台的以文言为载体的旧体诗词,近百年来虽然处于"在野"的不利地位却始终坚持运作,民国时期其作者不绝如缕,尤以抗战中为甚。尽管柳亚子在40年代中期曾预言"五十年后将无人再做旧诗"(《柳无忌〈抛砖集〉序》),但是,1949年后,诗词公开的吟咏虽一度偃旗息鼓却仍以私下传抄的方式在"地下"流行,八九十年代(恰好近

"五十年后")终于破解上述"柳氏魔咒"而风靡神州。诗词这种传统艺术展现出顽强的生命力,一时间作者蜂起,作品纷陈,好一派兴旺发达景象!可此时的诗词复兴,早已今非昔比,除堪称佳作的惜乎太少的篇什之外,大多或因传统文化基因的先天不足而媚俗随潮,平庸浅薄;或因思维方式的落伍停滞而食古不化,生涩违时,加之以文言叙述方式对当代生活的局限,古典美的淡化,不仅是唐宋风光难再,就是较之有明有清乃至民国,也显然自愧弗如!

上述二端,就是当代汉语诗坛的令人扼腕的现状。

二元格局中的旧体诗词,意境审美的缺失和淡忘应是它存在的主要问题,必须在与时俱进的前提下加以克服,至于诗体形式,它是有所归依的,本文就不再多议;而在新诗领域的问题除内容(本文暂不涉及)外主要就在形式上,即表现为对格律规范的背离和丢弃,这正是本文论述的主题。诗之所以为诗,与散文相区别的形体特征,就在于格律的有无。格律,旧体至今犹有,故作品再差,称作"歪诗"它还是"诗";而新诗无此,故即使号为"佳作"者也只不过是美文而已。

百年乃至而今,新诗的诗体重建,曷可忽视乎?

## 从古典诗歌发展进程看格律规范之重要

所谓诗体,是指诗的外在表现形式。诗的内在涵义在于它高雅的主旨精神及其审美情趣,这种内涵是要通过有别于其他艺术的外在形式表现出来的。文学是语言的艺术,而诗这种语言艺术独具的形式特征就在于它的音乐性。从"康衢击壤,肇开声诗"(沈德潜:《古诗源·自序》)开始,诗就同与生俱来的这个特征不可分割了。固然,诗最早是为歌唱而生的,国风、乐府莫不如此。魏、六朝以降，诗与歌唱逐渐分离，然又与吟唱紧密结缘，音乐性并未因此丧失反而以似"歌"非"歌"的"吟"的形式呈现出来，这当是它与散文文体的最大分野。《毛诗序》有云："情动于中而形于言，言之不足，故嗟叹之，嗟叹之不足，故咏歌之。"所谓"言"以及极度感慨之"嗟叹"，皆是散文的语言，而"咏歌"就是诗的语言了。

由此可见，音乐性之于诗，是关乎其安身立命的头等大事。

除了音乐性，诗还有它与散文相区别的形体特征，如句式长短的规定，篇幅广狭的限制，句式结构的成型，而在古典诗歌那里，这些都要服务于歌唱或吟唱，是不能自外于音乐性这个中心的。

为了保证诗的音乐性，这就需要曲谱（对歌唱而言）和格律（对吟唱而言）了。《尚书·舜典》："诗言志，歌永言，声依永，律和声。"看来，"诗"是通过"歌永（咏）言"的方式来"言志"的。而要高标准的做到这点，就必须"声依永（韵），律和声"，就必须借重或严或宽的格律规范。鉴于诗乃是文学的一种样式，由民间乐歌发展到文人词作，早已是以吟唱或吟诵为主，故格律就是为诗的音乐性而设置的规范和保障。格者，言其形体特征；律者，指其音韵节奏也。后者确保其音乐性，而前者亦为后者所制约，二者结合共同为诗的主旨精神与审美效果服务，是完成诗歌大厦的不可或缺的栋梁。

众所周知，严格的载诸明文的格律规范，是在南朝发现四声后经过逐渐酝酿而后于唐初确立。它通过同韵相押突出音顿的和谐，通过平仄交错显现音调的扬抑，通过对仗排比张扬音色的呼应。于是乎由上述三个因素组合的格律规范便大行其道，自"沈宋章篇发咏清"（薛昭纬：《华州榜寄诸门生》）开始，不仅奠定了唐诗繁荣的基础，历经千年至今仍活跃于文人墨客的字里行间。至于被称为长短句的"词"（当然也属于广义的"诗"），本就有谱用于歌唱，不过后世文人词逐渐转化为专供吟诵，于是那歌谱也就成为了格律，有宋以来，亦同样盛行于后世与今世。

格律之功，不亦伟乎？

当然，这种严格的格律主要规范的是"律诗"及其"截句"（即绝句），当然还有词；那么，与律诗同时并存的古风呢？细审之，古风也是有其格律的，只是不如律绝严格罢了：七古句数不限，不究平仄，以七言为主，间有杂言，可以换韵，平仄韵交替；五古也句数不限不究平仄，但全用五言，不容杂言，大多一韵到底。这些较为宽松的规定难道就不算是一种格律吗？

由此上溯，有诗皆然。汉魏乐府，五言而有韵；楚骚大多六言（常间感叹词"兮"），更有韵律乃至民间固定的谱式如《九歌》者然；至于《三百篇》，大多四言亦有韵。再探其源，那首著名的《弹歌》："断竹，续竹，飞土，逐肉（ru）。"不也是二言协韵，有格有律的吗？

至于句式的构成，四言的"2-2"两个音顿、五言的"2-2-1"三个音顿和七言的"2-2-3"三个音顿一直形成了千秋不易的定势。

总之，综观吾华诗史，无律不成诗，何曾一日有离格叛律的"自由诗"出现呢？

## 从现代新诗发展进程看格律新创之必要

历史长河流到20世纪，告别单纯农业经济的现代社会形态开始展现它的风姿。整个意识形态也在经历急剧变化，作为人际交流重要工具的书面语言也非改革不可了。于是，20世纪初的新文化运动开始,白话文逐步全面取代了文言文(文言文至今犹存,但已退居到非常非常次要的边缘地带了,可略而不论)。白话为文,文从字顺,了无阻碍,可不料白话为诗却遭遇到了尴尬。究其因,应在于格律。原来世代相承的那些诗词格律是专为以单音词为主的文言文量身定制的,平仄对仗、音韵节奏及其以五七言为主的句式,一遇到以双音(或多音)词为主的现代语言就全然不灵了。于是,有胡适之氏出,写出摆脱文言格律的诸如《鸽子》之类的作品,打破了五七言句式,也保留了韵脚,但文言气息仍浓;之后又有《应该》一篇,此作情词兼胜,语句全新,但读后感觉与散文没有两样。斯时国人眼界大开,早已与彼得拉克、弥尔顿、歌德、拜伦与雪莱等混得很熟,这些异民族诗人的原本有格有律的作品,一经翻译成汉语,也一律成了前述《应该》一样的散文了。诗不可译,难在格律,吾人一读外诗的汉译,误认为诗应与文无别,故"做诗如做文"之议遂起,开了废音韵节奏废句法体式的先河。至此,格律亡而诗随亡,埋下了非诗化散文化的祸根。

可怜的新诗!赖以安身立命的音乐性及其附属的体式被抛弃,旧格律的外衣既不合身也不入时,只剩下一件名曰"自由"的皇帝的新衣。20年代,闻一多等新月诸子出,开始要为新诗量体裁衣了。闻氏发表了《诗的格律》,提出"音乐的美(音节),绘画的美(词藻——[引者注:应是由辞藻表现出的意境]),并且还有建筑的美(节的匀称和句的均齐)"[①] 的三美主张。与此同时,陆志韦、徐志摩、朱湘及卞之琳等人亦在创作实践中进行过卓有成效的探索。遗憾的是,这件新衣也只是在新诗的身上比划了几下,始终未曾缝制完成。

---

[①] 闻一多:《诗的格律》,《诗镌》,1926年5月13日。

但可敬的闻先生还是满怀期待："我断言新诗不久定要走进一个新的建设的时期。"①

这个"不久"的"新的建设的时期"，我们一等就是近一个世纪（其间虽有何其芳等人的主张和邹绛等人的实践，但或昙花一现，或和者寥寥）。在这漫长"等待"过程的后期，汉语诗坛几成混乱无序之状。世纪末出现的严重非诗化倾向，早使诗歌成了分行的散文，这是不争的事实。更有甚者，通篇自己也不知所云的文字，连散文也未曾通顺，哪里还敢去侈谈什么诗的艺术魅力呢？至于诸如"梨花体"、"羊羔体"、"废话体"之类，等而下之，就毋庸再议了。人们错误地认为："只有摆脱了一切格律的束缚，语言运用的技巧才能达到极妙的境界。"②殊不知摆脱束缚之后，诗已在"自由"之中严重地异化，属于诗的外在形式特征的音乐性远离，诗也就不存在了。法国象征派诗人保尔·魏尔伦曾说："（在诗歌的）万般事物中，首要的是音乐。"（《诗的艺术》）持新古典主义主张的余光中亦言："艺术之中并无自由，至少更确实地说，并无未经锻炼的自由。"（《谈新诗的语言》）吕进更明确指出："以为新诗没有艺术标准，无限自由，是一种危害很大的说法。凡艺术皆有限制，皆有法则。"③并引歌德"在限制中才能显出身手，只有法则能给我们自由"（《自由和艺术》）的话进一步阐明这个艺术真理。可见，诗是不能扬弃其自身赖以生存的音乐性这个本质特征的，"自由"即使到了"从心所欲"也是不能"逾矩"的。

直到20、21世纪之交，新诗格律问题终于又被一部分诗人和诗论家提上了议事日程。要克服诗坛乱象，就必须回归中华传统，

---

① 闻一多：《诗的格律》，《诗镌》，1926年5月13日。
② 公木：《新诗鉴赏词典·序言》，《新诗鉴赏词典》，上海辞书出版社，1991年。
③ 吕进：《新诗的"变"与"常"》，《人民日报》，2010年3月26日。

回归音韵节奏，回归对外在形式的规范，恢复诗之为诗的本来面目。故此，吕进提出"诗体重建"，这是很有见地的、适时而必要的主张。重建诗体，也就是重建格律规范，为新诗准备一件件具有个性化的美丽的新衣，重新赢回读者的青睐。

1992年，在深圳成立了中国现代格律诗学会，这是第一个研究与实践新诗格律的学术团体，出版了《现代格律诗坛》刊物。此后1994年在北京召开的"雅园诗会"与2008年在常熟召开的"新诗格律与格律体新诗研讨会"上，更是集中热心于此的部分专家与诗人共商大计。黄淮、周仲器、许霆、骆寒超、鲁德俊、程文、孙则鸣、万龙生等皆致力于新诗格律理论的研究并颇见成效。随着网络的发展，"东方诗风"与"格律体新诗"两个网站论坛及两家同名刊物先后建立和创刊，更为新世纪新诗格律化搭建了宽阔的发展平台，为格律体诗人开拓了广泛的发展空间。

至此，新诗的格律建设终于适时迈出了新的坚实的第一步。

## 当代诗坛对新诗格律建设的探索与实践

对诗歌体裁的规范和创建，是围绕时代通用的语言载体的音乐性来进行的。除了要适应语法规则、字词音韵、声调抑扬、词语结构、句式组合等诸多技术要件外，终极目标依然是诗歌的审美精神的完美体现。

而这些，都不是诗人或诗论家闭门造车所能完成的，它必然是在大批诗人长期实践中逐步成型。古典诗歌在发现四声后经百余年，严格的格律始定，此前的宽松格律也是在歌唱或吟诵中约定俗成的。缪斯没有赋予任何一位诗人"制定格律"的权利，只是交给他"探索规律"的义务。

在当代二元格局的诗坛中，旧体的格律是固定的，它根据音韵、平仄、对仗三要素构成的格律为世所公认并行之千年而不衰。今天应该充分尊重前人创建的原则并加以利用，而不应该也不必要去触动或试图改造它，除音韵因古今语音的变迁可以因时制宜外，其他任何对它的诸如废平仄弃对仗之类的"改造"都是毫无意义的和徒劳的。

王国维如是说："凡一代有一代之文学，楚之骚、汉之赋，六代之骈语，唐之诗，宋之词，元之曲，皆所谓一代之文学，而后世莫能继焉者也。"（《＜宋元戏曲考＞序》）那就是说，每一个新的历史时期，必然会出现适应新时期语言艺术特色的文学样式。吾华是诗国，应该是"一代有一代的诗歌"的，我们当代诗歌期望能超越前人后启来者的当然非新诗莫属。鉴于旧体诗词的长期存在，它可以给新诗在体式创建与写作手法上以强有力的启示与深远的影响；然而它却不代表汉语诗歌的未来，不必要也不可能去期望重现盛唐两宋的辉煌。今天的时代，毕竟是用丰富的多音词汇及其语法结构去反映信息时代多彩多姿生活的现代汉语的时代，希望无疑寄托在新诗身上！

多么不争气的新诗！身负"一代之文学"的重任，却从没在世界诗坛上有模有样地露过脸。曾几何时，人们宁可选择旧体而抛弃了她！诗人们纷纷"勒马回缰做旧诗"（闻一多尝有句云："六载观摩傍九夷，吟成鸠舌费猜疑。唐贤读破三千纸，勒马回缰做旧诗。"）了，新诗界的圣地《诗刊》失去了，而旧体的《中华诗词》却赢得了更多的读者。

新诗娇美的容颜和艳丽的衣装到哪儿去了？唉！她从没有拥有过呀！是时候了，我们应该为她梳妆打扮，为她缝制时髦的新装，让她在世界文坛的选美赛中去独领风骚！

新诗的形体如果依然仅仅用"音韵、平仄、对仗"这凝固不变的三大要素去构筑它，早已经远远过时了。当然首先，它要继承"音韵"这个前提为缝制新衣的基本构件。"无韵不成诗"是有诗以来的诗界公理，是诗歌殿堂的入门券，盍可或缺乎？接着，应该考虑的就是节奏的安排和诗行的搭建了。必须打破五、七言的固定句式而灵动有序地安排鲜活的时代语言组件，充分运用音步的有机搭配构建诗行，合理调动诗行的相互配合来组合诗节，最终按诗人的表达需求和审美意愿来完成诗作。准此原理，当代一些诗人和诗论家初步规范出"整齐式"和"参差式"两大基本样式。

　　所谓"整齐式"，即是追求诗行字数长短如旧体那样整齐划一却并无其音节凝固之弊，也不是单纯生硬凑合字的数量的统一，因为这字数的整齐是相伴音步（或曰顿）的整齐同时产生的。对此，程文、程雪峰在《汉语新诗格律学》中把前者称作"单纯限字说"，应在摈弃之列；而后者才是我们需要的"完全限步说"。他说：

> 　　我们的汉语现代诗的格律应以音步为节奏的基本单位，通过既限制音步数量又兼顾不同音步的有机配合，带动顿、韵和其它基本格律因素共同来实现诗行字（音）数的统一和规律化使步数和字数、音节与字句、节奏与诗节造型同步进行、和谐一致。

由此可窥整齐式的构建原理了。

　　至于参差式，是建筑在对称审美学说基础上的，孙则鸣对此在《"对称说"对诗歌格律的统摄作用》一文中有如下论述：

众所周知，音乐有三大要素：节奏，旋律（曲调线）和调式。与此对应，诗歌音乐美也有三大要素：节奏美、旋律（声调线）美和韵式美。因此，具体来说，诗歌格律就是加强节奏美、旋律美和韵式美的格式和规律。

诗歌音乐美的格式是由背后的规律制约的。而最最基本的规律就是"对称规律"；可以说，是"对称"决定了格律诗歌形式的任何格式。

他这种"对称规律"的美学原理在参差式格律构建中是具有主导意义的，参差诗行虽然长短不一，但当一个看似没有规律的"基准诗节"确立后，以下各节对应构建，也就成为这首诗独有的规律了。

如果同时将整齐和参差两种句式有机组合运用到同一首诗中，这就是复合式了。对此，万龙生在《格律体新诗论纲》一书中如是说：

> 同一首诗里，既有整齐对称的部分，又有参差对称的部分……这样就给新诗格律带来了更多的灵活性，给体式的创造提供了更大的可能性。可以说，复合式的格律体新诗是整齐式与参差式统一在对称原则下的有机结合，是更为复杂，难度更高的一种体式，相对于前两种类型，作品还不是很多，研究者的重视程度尚嫌不足。这是一片尚待进一步开垦的土地，很有希望在这片土地上培育出更多美丽的诗花。

万氏对新诗格律的创立，已初步概括形成一套完整（是否"完备"和"完美"当然还有待实践的检验）的理论，这就是三分法原则。

格律体新诗在上述"整齐、参差、复合"三种体式之内，在不限行的"常"态下，也有"限行"的"异"态：有借鉴旧体律诗及其截句（绝句）的八行体、四行体，也有借鉴西诗的十四行体、六行体（即十四行之截句）。这称作"定行诗体"，是衍生于三分法中的一种特殊体式。

总之，新诗的格律应该是规范而灵动的。如果说，旧体严格的律诗只有固定的四种体式的话；那么，新诗的体式在三分法原则之下，是多种多样、千变万化的。前者是"以身试衣"，后者就是"量体裁衣"了。诗人在酝酿诗意之初，其形象化的思维与韵律化的情感就已经同体式的选定与融合密不可分了。

在吕进主编的《中国现代诗体论》中，有如下一段话：

> 由邹绛开始，尔后由万龙生、程文、孙逐明等逐步完善的分类研究，是在已有的品类丰富的作品基础上，勾勒了格律体新诗的总体框架，即把格律体新诗按照各自的节奏规律，划分为整齐式、参差（对称）式和复合式，再加上目前已经比较通行的固定诗体：四行诗、八行诗和十四行诗，这样，就组成了格律体新诗的大家族。这些诗体运用起来，的确变化无穷，真正能做到闻一多当年所设想的"相体裁衣"，体现了"无限可操作性"。

是的，在新诗格律规范之中，诗人们有着"无限可操作"的广阔空间，该书还特地指出：

万龙生对于"无限可操作性"的提出与论证,对于破除格律体新诗是硬切的"豆腐干"的误解与成见,以及克服一部分格律诗作者自身的错误认识具有重大意义。

## 结　语

在新诗诞生将近百年之际,汉语诗坛呈现新旧并陈的二元格局,是一个可喜的局面,尽管各自都存在弊端,但也都有其优势,足可互补。尤其是因旧体的存在,为新诗的发展和格律的创建,形成可资继承借鉴及对比的参照系。新诗在自身的格律建设中,传统诗词所蕴涵的古典诗艺原理和创作理念,无疑是一个取之不尽用之不竭的源泉,治新诗者不可忽略!

可以满怀信心地期望,当代汉语诗歌终将走出困扰我们近一个世纪的迷途,在逐步格律化的道路上,以无愧"一代之文学"的姿态,一步步"走向新诗的盛唐"

# 浅谈格律体新诗和传统诗词的关系

陈仁德

格律体新诗和传统诗词的关系是一个很大的题目，我才疏学浅，对格律体新诗和传统诗词均研究不够，只能简单谈一点粗浅的看法。

## 一　格律体新诗是格律和新诗的结合

格律体新诗是格律和新诗的结合，其格律无疑是从传统诗词那里借鉴来的，其新则是从自由体新诗那里拿来的。但二者的结合绝非简单相加，而是有机结合。

中国的传统诗词经过至少两千多年的发展，经过历代优秀诗人的不断完善，已经形成了具有经典文本性质的多姿多彩的诗词形式。这些形式从句式上分为四言、五言、六言、七言、杂言等；从时代上分为古体、近体；从长短上分为歌行、律绝、长调、中调、小令等。作者尽可任意选择自己喜欢的形式来进行创作。所有的诗词形式，都遵从汉字方块造型和一字一音的特点，形成建筑美和音乐美，从而具有鲜明的民族特色和很高的审美价值。

格律体新诗借鉴了传统诗词的格律，也具有建筑美和音乐美。但是，格律体新诗在借鉴过程中并没有照搬硬套，他只选择了对自己适合的部分，对于传统诗词的平上去入四声区分和韵部划分，以及文言文和典故的大量使用，则弃之不用。

自由体新诗在中国出现已经100年，曾经长期在诗坛一统天下，其基本主张一是自由、二是新。其放纵无度的自由，使其不具备文本意义上的格律，最终失去了诗的特质，和散文划不清界限。但是其新，重在具有时代特色的语言、词汇、气息、情感等，应该是有意义的尝试。

格律体新诗从自由体新诗那里将适合自己的新拿过来成为了自己的重要元素，而对自由体新诗中过度张扬的自由以及明显的欧化色彩，则敬而远之。从未形成的是既有传统之律又有时代之新的自由体新诗。

## 二 格律体新诗的节奏和押韵

传统诗词格律的精髓就是节奏和押韵，离开了节奏和押韵就没有格律可言。格律体新诗特别强调的也是节奏和押韵。

传统诗词中最早的作品是载于《吴越春秋》距今至少3000年以上的《弹歌》："断竹，续竹。飞土，逐肉。"虽然只有短短八字，但是已经具备了格律的精髓，即节奏和押韵。其节奏为两字一怕，其韵脚为"竹、土、肉（音"入"）。"读来节奏铿锵，琅琅上口。《弹歌》之后漫长诗史中的所有作品，无一不具备节奏和押韵的特点。节奏和押韵成为诗人共同遵守的基本规律。

格律体新诗之所以要从自由体新诗中分化出来，就是不能苟同于自由体新诗的背离节奏和押韵，而公开宣称要把节奏和押韵作为不可或离的基本规律。

传统诗词的节奏一般是两字一拍，只有尾字或者领字是一字一拍。格律体新诗和传统诗词极为相似，一般也是两字一拍，结尾处如果是单字，也一字一拍，只不过，格律体新诗把一拍称为一个音步或者一顿，名称不同，实质完全一致。

传统诗讲究偶句尾字押韵（柏梁体除外），传统词由于大多不分奇偶，所以几乎每句都押韵（除少数词牌外）。格律体新诗也讲究尾字押韵，略有不同的是格律体新诗的押韵还要分得更细，有ABAB韵、AABB韵等。

相比之下，格律体新诗在节奏和押韵上比传统诗词更灵活、更宽松、更贴近时代，只要属于普通话的同一韵母即视为押韵；传统诗词则比格律体新诗更严谨、更古雅更传统，必须按照古代的"平水韵"、"词林正韵"等所分韵部押韵，一点不能出格。

## 三　格律体新诗的句式

前面说到了汉诗的建筑美，是由汉字的方块造型决定的，这是世界上任何民族的文字都不具备的一种美学价值。"五四"以来的自由体新诗颠覆了这一重要的美学价值，句式过于自由，无法形成建筑之美。格律体新诗回归了这一传统，每句之内讲究音步，各句或者段之间讲究对称，使之形成了整齐式、参差式和复合式等多种建筑之美。这很容易让人联想起传统诗词中的律诗绝句和长短句，律诗绝句就是整齐式，词（除少数外）就是参差式和复合式。

以上是我所知的格律体新诗与传统诗词之间的承接关系，今后如果有闲暇，我希望能发挥一下，做较为深入的研究。

格律体新诗一直处在新诗与传统诗词的夹缝中,两者都对其保持距离,甚至不予承认,这使格律体新诗处境尴尬,发展困难,但是即使如此,格律体新诗的倡导者们却从不退缩,一直坚持着自己的信念,他们相信自己能走出一条既坚守传统又具有时代特色的新路来,我对他们的执著表示敬意,希望他们的努力取得成功。

## 研究生论坛

**主持人语（梁笑梅）：**

此次论坛共选了6篇论文，像是精彩单曲的某种年度盘点。林泽南的论文从节奏的本质特征出发，对新诗节奏的不同类型、审美原理及审美价值均作了较为具体深刻的理论探讨，特别是对新诗节奏的分类梳理清晰，评价客观，论文学术理论色彩浓厚，富思辨性，论证较为充分有力。林少雄以中西文论中相当重要的"兴"和"象征"两个概念为研究对象，从创作出发点、艺术功能和创作手法等诸方面对它们进行了较细致的辨析，从东西方文化特征、审美观、思维方法、心理结构等层面来阐释二者的异同，并能结合中西诗歌的创作实际来论述，显示了一定的学理深度。李胜勇的论文在理论上对"边缘化"进行了分析界定，明确了其内涵与外延，从时代语境、人们认知思维模式以及具体的文学史演变规律出发，对90年代新诗边缘化的表现、原因进行了细致的辨析和清理，文风犀利，诗论有据，时有新见。徐若冰则选取西方的莱辛和中国的苏轼来具体分析诗画的"同"与"异"这个中西艺术家思考的经典问题，全文从中西诗画关系源流、诗画观以及差异的语言学、绘画学和思维几个方面具体论证，结构谨严，论述的重点在"异"上，颇有见地。朱抒宇以内迁诗人在抗战这一特定时期对重庆的书写为研究对象，将这种书写分为"自然重庆"、"人文重庆"、"抗战重庆"也显示了作者的敏锐，论文掌握了丰富的相关资料，能较好地诗文结合，史论结合。吴凡的论文对生态诗歌的传播内容、传播策略以及传播过程中存在的问题进行了深入而自成体系的跨学科研究，抓住了研究对象的特别所在，做到了理论分析与文本细读的统一，具体实例与宏观现象认识的结合，逻辑思维的展开合理科学，视野也比较开阔。从选录的文章可以看出，经过研究生阶段的学习，作者已有较为扎实丰富的专业积累，基本具备了独立从事科学研究的能力。

在看得见校园风景的书房里，我做完这些论文的编辑整理工作，戴上耳机在网络里收听台湾小虎队的一首老歌《放心去飞》，几天前在毕业答辩结束后的谢师宴上，这首歌熟悉的音调就曾将我深深地带向了似乎已经陌生的青春，带向了只有在臆想中才分外熟悉的岁月。一切音质的旋律就像它所带着的故事那样被抽取一空，剩下的是与那片天、那片地，那种青涩与丰盈连成一体的节奏。原来我的生命最熟悉的就是这节奏，生命的记忆是如此，生命的追求也是这样。你也在听吗？

> 终于还是走到这一天
> 要奔向各自的世界
> 没人能取代记忆中的你和那段青春岁月
> 一路我们曾携手并肩
> 用汗和泪写下永远
> 拿欢笑荣耀换一句誓言
> 夜夜在梦里相约
> 放心去飞勇敢地去追
> 追一切我们未完成的梦
> 放心去飞勇敢地挥别
> 说好了这一次不掉眼泪

# 论新诗节奏的审美原理①

## 林泽南

　　人们常常谈论"节奏",也常常谈论"节奏感",但很少人去关注这两个词在内涵上的巨大差别,去关注这两个词对于艺术而言各自意味着什么。节奏作为"运动的次序",它与运动、变化是同一的,是同生共灭的。对于客观的事物而言,节奏可以看作是事物变化的一种属性或者说一种范式,节奏不是客观事物本身,但依托于客观的事物而往往具有客观的属性。而"节奏感"则显然属于另一个范畴,它体现的是人们对外在节奏的主观反映。我们会说,诗

---

①　节选自硕士学位论文《论新诗节奏及其审美价值》。全文摘要:对新诗节奏的研究,首先要明确节奏的本质涵义。柏拉图认为"节奏是运动的次序",本文的论述正是建立在这一定义之上。根据柏拉图的这一定义,可以认识到节奏的本质特征一是"运动",二是"次序"。只有掌握了节奏的本质特征,对新诗节奏的研究才能顺利展开。从节奏的本质特征出发,根据新诗中各种要素的运动形式和排列次序,可以将新诗节奏划分为外节奏和内节奏。在对新诗节奏进行分类的基础上,还需继续探究新诗节奏的审美原理及其审美价值。诗歌的节奏主要是通过"共振"来引起人们情感的响应,从而搭建起了读者与诗歌之间的审美联系,进入一种"心物交感"的状态。这是节奏的审美原理,也是其审美价值的源泉。对于新诗节奏而言,其审美价值主要体现在对传统诗歌的审美规范的突破和发展,对情感的典型化以及它所带来的智性魅力等方面。

歌音调的变化、句式的长短给了我们节奏感；音乐旋律的起伏也给了我们节奏感；对于绘画、书法等空间艺术，其线条的长短曲直，色彩的冷暖明暗，笔触的刚柔收放，构图的疏密开合，也都是富有节奏感的。但对于钟表的连续不断却又单调乏味的"滴答"声，城市里此起彼伏的汽车的鸣笛声，每年都如约而至的飓风，时不时流传开来的瘟疫，绝少有人认为这些事物富有节奏感，尽管从不同的方面来看它们各自都确实是一种节奏。

我们也许可以从万事万物中发现节奏，但同时又不得不承认，并非所有的节奏都能引起我们的兴趣，引起我们精神上的愉悦。换句话说，节奏普遍存在，但不是所有的节奏都是美的。这看似普通的道理，对艺术创作和欣赏而言，却有着至关重要的作用。明白了这一点，才不会简单地将格律等同于节奏；才不会认为当代自由诗若要振衰起弊，就只有重回格律这一条路；才会意识到，若要使自由的新诗具有形式和内容上的节奏美，除了格律之外，是还有其他的路可走的。格律也许比较普遍地代表着一种节奏美，但它绝对不是节奏美的全部，实际上，格律所体现的整齐、均衡的节奏美，不过是众多节奏美的类型中的一个分支。为此，有必要将节奏分为自然节奏和艺术节奏即美的节奏，让美的节奏从纷繁的自然节奏中脱身出来，使节奏美而不是节奏成为艺术研究的直接对象，继而找到节奏为何而美的内在规律，我们才能利用美的节奏在艺术创作中开拓更为广阔的天地。所以，对"节奏"进行研究的有效方法，必须相应地采取"整体性综合"的研究方法，也即必须采取哲学-美学的视界来进行研究，舍此之外，似乎都会犯"盲人摸象"的错误①。

---

① 劳承万：《诗性智慧》，河南人民出版社，1997 年，第 8 页。

## 一　美与节奏美

"节奏"本来就是让人头疼的问题,在"节奏"的基础上再加上"美"这样一个抽象、深奥甚至神秘的概念,就更让人头疼了。为了免于使问题更加复杂化,在讨论"节奏美"之前,有必要对"美"做一个简单的梳理,以表明这里对于"美"的立场。

人们对于"美"的认识,恐怕要比"节奏"还要丰富、深刻、复杂得多。从柏拉图的尘世的美只不过是超时间抽象"美的理念"到阿克温斯基的"神的微弱反照"、康德的无功利的审美,再到黑格尔的"绝对理念的感性显现",以上这些唯心主义美学观否认美的客观存在,"认为把审美投射到周围世界的那个人的精神世界才是审美的中心(康德)。主观唯心主义对美的解释,可以用下面一句话加以形象地说明:'美不在姑娘的脸蛋儿上,而在热恋她的那一青年的眼中'"[①]。历史已经证明了唯心主义美学观的局限性,而对于从德谟克利特到狄德罗和车尔尼雪夫斯基等人的唯物主义美学来说,对审美本质的解释又全然不同。它们"主要从审美因素的客观性出发,在现实界中寻找审美因素,力求说明美与丑、崇高与卑下、悲与喜的客观依据。然而由于缺乏辨证的方法,妨碍了马克思主义前的唯物主义看清审美的复杂本质,把审美的本质归结为物质世界客体的某些物理特性(匀称、对称、形式、色彩、彩色关系等等),从而导致问题的简单化"[②]。

不难发现,任何将"美"绝对地主观化或客观化的认识和观点

---

[①] (俄)拉迪吉娜:《审美　审美关系》,康斯坦丁诺夫·安盖洛夫编,杨洸译,《音乐美学原理》,中国文联出版公司,1987年,第24页。

[②] 同上

都只能是片面的真理。审美应该是也只能是人对现实界的一种特殊关系，这个世界并没有脱离人而存在的美的事物。谁也不能在显微镜下看到"美的原子"或是把"审美的提取物"收集到试管里①。"如果说，美就在客观事物本身，就是客观事物的某种属性，那么，何以这种属性是美的，别的属性就不美？……我们之所以说某种东西是美的，是因为这种东西对人有一种特殊的精神意义……质言之，所谓美就是审美主体与审美对象在审美活动中相互作用所产生的一种特殊价值。"② 所以任何的"美"都只能存在于主观与客观的统一性中。同样，对"节奏美"的分析，也只能以主观与客观的统一作为出发点和归属点。

　　古希腊美学家较早地论述了节奏美，并把它与和谐联系起来。柏拉图就认为，人能通过优美的节奏感到和谐美，而节奏表现出好性情。亚里士多德认为节奏美的特征是对立因素的统一，变化中的和谐，运动中的次序。中国战国时期的音乐专著《乐记·乐象篇》中就写到："乐者，心之动也；声者，乐之象也；文采节奏，声之饰也。"也说明了节奏的美化作用。

　　节奏能具有美化作用，能够给人以"节奏美"，原因在于节奏给人以快感和美感，它"能满足人们生理上和心理上的要求，每当一次新的回环重复的时候，便给人以似曾相识的感觉，好像见了老朋友一样，使人感到亲切、愉快"③。不过，人类最早感受到节奏的存在，将人类自身和节奏联系在一起，并非源于节奏的美感作用，而是源于节奏的现实功用，即节奏与劳动的关系。"节奏的审美特性在原始人的日常生活中只存在到这种地步，作为付出较少劳

---

① （俄）拉迪吉娜：《审美　审美关系》，第25页。
② 朱立元：《美学》，高等教育出版社，2001年，第99页。
③ 袁行霈：《中国诗歌艺术研究》，北京大学出版社，1998年，第96页。

动同时取得较好成果的轻松化的乐趣,成为自身和劳动对象的主人以及劳动过程的主人,产生前面规定的第一种自我意识(即自为劳动)。"① 这反映了节奏的审美特性演进的基本过程:节奏从劳动中分化出来,由轻松省力转化为情绪愉快,再飞跃成一种审美判断力、一种"纯人性"……展示了"节奏"无限丰富的历史内容②。

由劳动中为了节省体力的节奏到鲁迅所说的"杭唷杭唷"派,正是从节奏的生理作用上升到心理作用,自然节奏走向了艺术节奏。真正的艺术节奏,是生理和心理相互作用、相互转化的结果,这种相互作用达到水乳交融、无法分辨的程度,因此朱光潜把这种状态称之为"心物交感"。这是艺术节奏区别与自然节奏所表现出来的最本质的特征③。故而无论是音乐的节奏还是绘画的节奏、诗歌的节奏还是散文的节奏,无论外节奏还是内节奏、形式的节奏还是内容的节奏,只要它能强化艺术内容的传达,增强艺术形象的鲜明性和有机整体性,无论它是通过声音、线条、色彩、形体等因素的有规律的运动变化,还是通过意蕴、逻辑来引起欣赏者的生理感受,进而引起心理情感活动,产生愉悦,那么,我们都可以说这一节奏具有节奏感,是美的节奏。一切的运动都有节奏,形态万千的自然节奏如同这世界上形态万千的事物一样,是艺术创作的原材料,需要我们用"美"的眼睛去观照,用"美"的耳朵去聆听,才能将自然节奏提炼为艺术节奏。所以"美"是自然节奏与艺术节奏的分水岭,也是评判各种艺术作品中节奏是否恰当的重要标准。对于任何一件艺术作品而言,节奏的有无根本就不应成为需要研究

---

① (匈牙利)乔治·卢卡契:《审美特性》,中国社会科学出版社,1986年,第210页。
② 劳承万:《诗性智慧》,第22页。
③ 李荣启:《文学语言学》,人民出版社,2005年,第224页。

证明的问题，我们相信，任何一件艺术品都应该是有节奏的，我们关注的焦点应该在于，这一节奏是否能够以及在多大程度上激发我们的主观精神和情感。

自然节奏经过艺术的审美创造，在艺术构成中体现为一种崭新的律动，并与各种构成相适应，与人的情感相呼应，从而创造出独特的审美效应。然而由于不同的艺术体现节奏的方式与手段的差异，不同形态的艺术也就有了不同的节奏表现。

自古以来，音乐就被认为是比其他任何艺术都更加紧密地与次序观念联系在一起的。毫无疑问，音乐是声音的节奏系统；绘画是平面造型和色彩所形成的节奏系统；诗是文字形式及语言内容所形成的节奏系统……当你从节奏的角度打量属于不同艺术门类的艺术作品的时候，越发会觉得艺术节奏是如此神奇：一方面，在同一种艺术领域里，节奏的变化竟能表现如此丰富的情思。音乐所引起的情绪随乐调而异，每个乐调都各表现一种特殊的情绪。这种事实古希腊人即已注意到。他们分析当时所流行的其中乐调，以为 E 调安定、D 调热烈、C 调和谐、B 调哀怨、A 调发扬、G 调浮躁、F 调摇荡。另一方面，不同的艺术门类之间，却又可能通过艺术节奏唤起相同或相似的情感，比如音乐和诗歌之间就常常有这种情况。不过，音乐的节奏和诗歌的节奏有异曲同工之处，却并不能据此认为音乐的声调节奏等同于诗歌的音节的节奏。实际上，这两者的功用大相径庭。诗歌的音节诉诸读者之口，而音乐诉诸听者之耳。诉诸读者之口，在于与人的发音器官的生理功能及生理节奏相协调，以使口吻顺畅，利于发音。诉诸听者之耳，则是为了通过节奏和旋律引起听者的共鸣、欣赏和享受。五、七言古诗的格律节奏虽然流转完美如弹丸，但其格律仍旧不是音乐。所以只有自顾自地吟诗的时候，人们才依照平仄、顿歇的节奏。如是站在台上朗诵一首诗给台下的听众，则变为情感的节奏，再不顾平仄和顿歇。读一首格律诗的时候，我们更多是按照格律所体现的生理节奏，在朗诵诗的时候，我们才更多地依照诗中情感的节奏。音乐则大不相同，利于演奏或演唱，从来就不是品评音乐高下的标准，正相反，那些乐器难以演奏的、或者人们难以演唱的节奏或者说旋律，却往往成为音乐的极致或绝响。

## 二 节奏如何而美

节奏美对任何艺术的重要作用是不言而喻的。当我们认识到艺术节奏能够引起人的情感反应，产生节奏美的时候，另一个问题就会随之而来：节奏——更准确地说——艺术节奏是如何引起人的情感反应的？在这一过程中，有着怎样的内在心理机制，而这种机制又是怎样起作用的？很明显，在节奏的美学研究中，这又是一个非常关键的、令人无法回避的问题。

人的情感恐怕是这世界上最难以用言语、用概念去阐释和表达的东西了，当你尝试用语言或者用文字直接说出心中的感受的时候，总是会发觉语言是如此的苍白和匮乏。直接抒情之所以有这样的局限，原因在于感情是不那么容易自然地被意识到，被表达的，特别是被诗化地表达出来的。……因而人的情感被称为"黑暗的感觉"[①]。其实，换一个角度看，往往可以让复杂的事情变得清晰起来。无论情感多么深婉曲折，总是会呈现为一种有次序的、变化的、像水一样流动的情绪，因为任何情感的产生，都必定有一个发生、发展、消逝的过程。这一过程本身就是一种节奏。人们欣赏某

---

① 孙绍振：《美的结构》，人民文学出版社，1988年，第354页。

个艺术作品的时候,首先是从作品中获得相关信息的过程,这些信息可能是形式上的,也可能是内容上的,这些信息持续不断地进入人的脑海,汇成一股意识流,这种意识流所体现的节奏会自然地唤起欣赏者心中与之相近或相似的情感节奏,从而引起欣赏者对艺术作品在情感上的"共鸣"。其实与其称这种现象为"共鸣",不如称之为"共振"来得更为恰当。物理学上的共振是指一种物体的振动引起了与之频率相似的另一物体的振动,而在艺术欣赏时产生的节奏的共振是指艺术作品中隐含的节奏引起了与之频率相似的情感节奏。通过节奏的"共振"所激起的情感,只能是艺术节奏的节奏形式与人的情感的节奏形式的呼应,并非由具体的内容或概念引起的那种"共鸣"。"共鸣"是艺术作品的内容与人的情感内容相通,"共振"则是艺术形式与情感形式相映,所以"共振"是艺术形式能够产生美感的内在心理机制,这也就解释了为什么很多文艺理论家会将形式审美抬到至高无上的地位。正如乔治·卢卡契在《审美特性》中说到的那样:"情感的强调,情感的唤起和激发,是由于节奏中为人所肯定的、激起和提高他的自我意识的次序原理所产生的。"① 因而对于审美对象来说,问题的关键不仅仅在于它是否拥有构成审美条件的某种物质因素,还在于这些因素是怎样被组织起来整合于对象之中的。审美条件的各种物质因素之间相互依存、相互联系的组合规律,就是审美对象的形式规律②。

节奏正是通过与情感"共振"的原理,成为了各种艺术的形式和内容的"组织规律",可以说,节奏充当着艺术与情感连通的枢机。正如苏珊·朗格所说:我们叫做"音乐"的音调结构,与人类

---

① (匈牙利)乔治·卢卡契:《审美特性》(第一卷),第227页。
② 朱立元:《美学》,高等教育出版社,2006年,第127-128页。

的情感形式——增强与减弱,流动与休止,冲突与解决,以及加速、抑制、极度兴奋、平缓和微妙的激发,梦的消失等等形式——在逻辑上有着惊人的一致。这种一致恐怕不是单纯的喜悦与悲哀,而是与二者或其中一者在深刻程度上,在生命感受到的一切事物的强度、简洁和永恒流动中的一致。这是一种感觉的样式或逻辑形式"①。

苏珊·朗格还提出,"艺术,是人类情感的符号形式的创造"②。并认为这种形式的相似或逻辑结构的一致,对于符号及其所意味的东西之间的关系来说,是首先不可缺少的。符号与其象征物之间必须具有某种共同的逻辑形式③。这里所提到的"某种共同的逻辑形式"正是符号与其象征物之间的共同的节奏形式。所以,将苏珊·朗格对艺术的定义稍作修改,把艺术看作是具有艺术节奏的符号形式系统的创造似乎更为恰当。因为绝大多数的艺术作品,都不仅是由单独的一个"人类情感的符号形式"构成的,而往往是由多个"人类情感的符号形式"构成的一个有机的符号系统。符号与符号之间的对立统一而构成一个有机的艺术整体,这样才能体现出符号之间的节奏形式来,才能与象征物之间取得"某种共同的逻辑形式"。那种孤立地、静止地看待艺术作品,无疑会极大地削弱作品的艺术效果。正如黑格尔所说:"在音乐里,孤立的单音是无意义的,只有在它和其他的声音发生关系时才在对立、协调、转变和融合之中产生效果,绘画中的颜色也是如此……只有各种颜色的

---

① (美)苏珊·朗格:《情感与形式》,刘大基、傅志强、周发祥译,中国社会科学出版社,1986年,第36页。
② 同上,第51页。
③ 同上,第36页。

配合才产生闪烁灿烂的效果。"① 而在诗歌当中，也常常是通过结构或组合方式多种多样的意象来表达情思。诗化的意象不仅与诗化语言的修辞手段，如比喻、象征、比拟、对比等等相关，意象与意象之间也有一定的组织结构，如回旋、反复、呼应、并列、递进等，进而构成了它的意象组合的结构规律，也即意象组合的节奏形式，通过意象组合的节奏形式与情感的节奏形式的共振而非具体内容的直接描述，才更易于表达那些莫可名状的极具诗意的情思。

在各艺术门类中，诗歌节奏与情感的共振最为复杂，所产生的争论也最多。音乐是纯粹声音的节奏，绘画是纯粹的颜色及其造型的节奏，诗歌却同时既有音乐的节奏，又有绘画的节奏；既有形式的节奏，又有内容的节奏；即有外节奏，又有内节奏。诗歌的节奏如此纷繁复杂，究竟是哪一种节奏在与情感的共振中起主导的作用，的确不是那么容易分辨清楚的。当郭沫若认为"诗应该是纯粹的内在律。表示它的工具用外在律也可，便不用外在律，也正是裸体的美人"②。闻一多却提出"音乐的美"、"绘画的美"、"建筑的美"新诗格律主张，意图矫正白话诗"自然音节"的种种流弊。自新诗诞生的一个世纪以来，这种自由与格律、内节奏与外节奏的论争一直都没有消停过，也一直都没有解决过。究其原因，主要还是对诗歌节奏与情感之间的关系没有真正理顺，为此，有必要对节奏的共振原理进行更加深入的探索。

郭沫若在《论节奏》一文中曾谈到："节奏的成分我们假如再详细去分析时，我们可以知道凡为构成节奏总离不了两个很重要的

---

① （德）黑格尔：《美学》（第二卷），朱光潜译，商务印书馆，1979年，第371页。

② 杨匡汉、刘福春：《中国现代诗论》，郭沫若：《论诗三札》，花城出版社，1985年，第51-52页。

关系。这是什么呢？一个是时间的关系，一个是力的关系。"① 类似的分析，也出现在音乐节奏的研究中。申克、哈尔姆和库尔特等现代音乐学界领导人物的研究工作，也是在他们的能量说、动力学（Dynamik）的音乐美学观的基础上，把重点放在阐明音乐作品的纯音乐的内在次序方面②。Dynamik 这个词，一般是指"力学"、"动力学"，但在音乐上则称作强弱法，即由演奏家运用强、弱、渐强、渐弱等的不同层次的细微变化，赋予音乐以有机的表情的一种方法。这与郭沫若提出的"力的关系"十分相似。而在卡尔西萧所著的《音乐美学》中，将节奏共振过程中的"心物交感"描述得更为透彻：节奏感与人的全体机能有关系，它要有五种的能力。前两种就是音长的感觉和强度的感觉，这也就是声音的两种属性，而构成结构感的媒体。第三与第四是听觉的心像与运动神经的意象，那就是将听觉经验和运动神经的态度活泼地再现的能力。第五种是运动神经的节奏冲动，那是一种本能的冲动，无意识的官能动作。以上五项可说是节奏感的基础。其他一般的要素，如感情型和气质、逻辑性的观测、或创造的想象等，都密切地与节奏交织在一起，但是我们可发觉这些要素比上述五项基本力量较为次要③。卡尔西萧在这里列举了五种能力，把"音长的感觉和强度的感觉"看作是最重要的两种，并认为它们是"构成结构感的媒体"，其实"音长的感觉"正是"时间的关系"，而"强度的感觉"正是"力的关系"。

以上的研究都是从诗或音乐等具体的艺术来分析节奏的，如果

---

① 杨匡汉、刘福春：《中国现代诗论》，郭沫若：《论诗三札》，第113页。

② （日）野村良雄：《音乐美学》，金文达、张前译，人民音乐出版社，1991年，第27-28页。

③ 卡尔西萧：《音乐美学》，郭长扬译，台北全音乐谱出版社，1970年，第101页。

跳出具体的艺术形式的局限，再结合节奏的基本概念，就会发觉，"音长的感觉"或者说"时间的关系"都是表示节奏变化的次序，而"强度的感觉"或者说"力的关系"都是表示节奏变化的强度，这正是影响任何节奏感或者节奏共振的最重要的两个因素。认识到了这两点，再去打量新诗节奏的时候，就容易把握了。可以说，诗是"运用力的节奏、时的节奏来表现感情的起伏、变化、中断、持续，表现感情的强度与速度"①。需要注意的是，与印欧语系的语言相比，汉语是没有重音的语言。譬如英语的轻重音非常明显，所以英语诗能够利用轻重音来形成诗歌的节奏，它的语音的轻重即是诗歌节奏中的"力的关系"。汉语讲求的是声调的高低而非发音的轻重，所以汉语诗歌中，语调的高低成为了汉语诗歌节奏中的"力的关系"。

　　为了更加清晰、形象地理解新诗节奏，避免纯粹的理论说教，则需要以具体的诗歌为例进行说明。李金发作为"中国象征派第一人"，其诗以晦涩难懂而著称。朱自清就评价道，李金发的诗"没有寻常的章法，一部分一部分可以懂，合起来却没有意思。他要表现的不是意思而是感觉或情感，仿佛大大小小、红红绿绿的一串珠子，他却藏起那串儿，你得自己穿着瞧"②。也许李金发多数的诗正如朱自清所言，但《有感》一诗却是章法谨严，情蕴相得益彰。

　　　　如残叶溅
　　　　血在我们
　　　　脚上，

---

① 吕进：《新诗的创作与鉴赏》，重庆出版社，1982年，第73页。
② 朱自清：《中国新文学大系第八集（诗集）导言》，上海文艺出版社，1935年。

生命便是
死神唇边
的笑。

半死的月下,
载饮载歌,
裂喉的音
随北风飘散。
吁!
抚慰你所爱的去。

开你户牖
使其羞怯,
征尘蒙其
可爱之眼了。
此是生命
之羞怯
与愤怒么?

如残叶溅
血在我们
脚上,
生命便是
死神唇边
的笑。

初读此诗，人们很容易就会被其新奇的意象所吸引，但要深入理解其内在的情蕴，则非得从内在的节奏入手不可。因为从整首诗来看，实际上比较严格地遵守了传统诗歌起承转合的内在逻辑：第一、二节是对人生无常的感悟，第三节为感悟之后的放纵，第四节为放纵之后的反思，第五、六节看似是对第一、二节的重复，实则是自己在反思之后对最开始的生命感悟的怀疑和困惑。这种形式上的重复，带来的不是回环复沓的音乐美，而是体现了对生命思考的彷徨、求不得答案的矛盾和痛苦。带着这种内在节奏的思路去欣赏这首原本晦涩的诗，其内在意蕴就一目了然了。还有就是，在李金发众多的诗歌当中，这首诗章法谨严，可以说与《有感》这一题目意欲表达的理性思索不无关系。

此外，在新诗当中，不同的押韵的方式，也会对节奏产生较大影响。正如龙榆生所说："韵位的疏密，与所表达的情感的起伏变化、轻重缓急，有着不可分割的关系。大抵隔句押韵，韵位排得均匀的，它所表达的情感都比较舒缓，宜于雍容愉乐场面的描写；句句押韵或不断转韵的，它所表达的情感比较急促，宜于紧张迫切场面的描写"[①]。

可见，新诗就算没有了格律，同样可以有节奏感和节奏美的。在自由诗冲破格律的束缚之后，现当代诗坛所面临的一个重大任务就是建立诗歌新的节奏体系，并以此来表情达意。但之前的节奏论一直被诗歌的声韵等外在形式所迷惑，郭沫若的"内节奏"理论又太过朦胧空泛，没有切实可行的依据。在新诗的发展历程上，象征主义作为现代派的先驱，曾起来纠正浪漫主义的偏颇，反对浪漫主义把诗歌作为"感情的喷射器"，认为感情不能直接表达，而应通

---

[①] 龙榆生：《词曲概论》，上海古籍出版社，1980年，131页。

过人的外部感觉、知觉（严格说是变异的感觉和知觉）加以表达。于是有了"像闻到花的香气那样闻到思想"之类的名句。但时至今日，西方现代派诗歌，在许多人看来仍然是个怪胎。那光怪陆离的形象，那乖张晦涩的意蕴，那"不讲理"和非理性的异想，那神秘莫测的追求，都只能败坏纯正的诗的意趣，导致诗与群众结合的传统的被亵渎①。这其实源于象征派诗人往往只注重新奇的意象的创造，这些意象之间也许有内在的联系，但是往往缺乏能够让读者感知的艺术节奏的链接，从而失去了与读者之间的情感共振的基础，理解这样的诗歌往往也就让人不知从何处入手。

应当如何建立意象之间的艺术节奏联系呢？苏轼的"味摩诘之诗，诗中有画；观摩诘之画，画中有诗"②道出了诗歌与绘画是相通的，这也给了我们一些启示，我们想要用诗歌的意象来形成诗歌的节奏，其实可以借鉴绘画当中用以形成节奏的某些方式。我们常说，绘画表现了"冻结的时间"，但我们却在"开放的空间"中通感它们的律动，它的线条笔触的宽窄粗细，变化的顿挫徐疾；它的色彩调节的浓淡厚薄，色调的冷暖明暗；它的构图布局的虚实疏密，层次的均衡匀称；它的质地结构的总体效果，以及所塑造对象间的呼应对比……总之，无论是在平面空间或立体空间，这些形式无不为内容情感的表达而体现出一定的节奏，产生出一种空间的造型韵律③。绘画的通篇节奏效果通过主次、疏密、动静、承接、排列、呼应、开合、让揖、黑白聚散、虚实断续、前依后仰、左顾右盼、向背间隔、单纯繁复、平和奇突等多种对立统一的因素实现

---

① 孙绍振：《美的结构》，人民文学出版社，1988年，第352页。
② 出自《东坡题跋·书摩诘〈蓝关烟雨图〉》。
③ 余笃刚：《声乐艺术美学》，人民音乐出版社，2005年，228页。

的①。这些对于诗歌的意象节奏颇有可供借鉴之处。席勒认为,节奏的审美作用有三种:"第一,节奏的职能是使相互结合的内容上异质的东西同质化。第二,节奏的意义在于选择重要的东西而排除次要的细节。第三,节奏能为整个具体作品创造一个统一的审美氛围。"② 在对绘画经验进行借鉴的时候,基于节奏的这三种审美作用,始终注意把握诗中节奏变化的次序和节奏变化的强度这两个重要因素,就能赋予意象以艺术的节奏,对那些相异不似、断续的部分加以同化,就会发现,在诗歌当中不仅可以"像闻到花的香气那样闻到思想",还可以像看到花的色彩那样引起情思。

(指导教师:吕进 教授)

---

① 张凤铸:《音响美学》,中国广播电视出版社,1997年,第218页。
② (匈牙利)乔治·卢卡契:《审美特性》(第一卷),第226页。

# "兴"与"象征"辨析[①]

林少雄

## 一 "象征"手法的本质

西方的象征一词源自希腊文,是标志的含义,"是古希腊人用以表示木板的两个等分,他们分开这些木板作为友爱待客的誓约信物。后来象征渐被用于指任何的符号、公式、或者仪式……慢慢地

---

① 节选自硕士学位论文《"兴"与"象征"辨析》。全文摘要:兴是中国古代诗歌重要的创作手法之一。这种带着中国文化特征的兴与西方诗歌中的象征是完全不同的。通过研究发现,兴和象征两者的不同点主要集中在创作出发点、艺术功能和创作手法本质三大方面。从中国古代文化性质来看,兴是中国古代诗歌一种独特的创作手法,它实质上是一种根源于古代道德文化"天人合一"核心观念的泛拟人手法。西方象征手法实质是用一个东西去标志另一个东西,用具体事物表现抽象事物(观念),此后逐渐演变成为西方诗歌中独特的创作手法。事实上,兴和象征二者差异的根源是东西方文化的差异性。不同的文化特性必然影响诗歌创作的手法,这些文化差异性决定兴与象征在诗歌创作思维方式上的不同。中国古代文化强调的是整体思维,西方文化强调的是分析思维。因此,将辨析兴和象征作为东西方文化研究的切入点,不仅可以更为深入了解中西诗歌各自的特点,还可以发掘东西方的文化特性、审美观、思维方式和深层文化心理的异同,从而有利于促进中西比较诗学的发展。

这个词扩大了它的含义，最后表示任何通过形式对思想的习惯表现"①。《韦氏大字典》对象征一词作了这样的解释："象征系用以代表或暗示某种事物，出之于理性的关联、联想、约定俗成或偶然而非故意地相似；特别是以一种看得见的符号来表现看不见的事物，有如一种意念，一种品质，或如一个国家或一个教会之整体，一种表征：例如，狮子是勇敢的象征，十字架为基督教的象征。"②在人们约定俗成之后，西方象征（symbol）的含义就是用一个东西去标志另一个东西。这个被标志的另一个东西一般是已经存在的东西，有一种较强的观念性。

德国哲学家黑格尔在《美学》中论及"象征型"艺术时，对象征的含义有具体的阐释："象征一般是直接呈现于感性观照的一种现成的外在事物，对这种外在事物并不直接就它本身来看，而是就它所暗示的一种较广泛较普遍的意义来看。因此，我们在象征里应该分出两个因素，第一是意义，其次是这意义的表现。意义就是一种观念或对象，不管它的内容是什么；表现是一种感性存在或一种形象。"③黑格尔将象征剖析为"表现"和"意义"两个因素，并明确指出象征所"表现"的外在效果是可感的"形象"，而这一"表现"的内在目的，却不停留于形象的"本身"，乃在于"较广泛较普遍"的意义。

所以，在西方诗歌中，象征就是用感性的形象去表现诗人已有的某种情思或者意义。用艾略特的话讲就是为思想去寻找"客观对应物"。艾略特说："用艺术形式表现情感的唯一方法是寻找一个

---

① 柳扬：《花非花——象征主义诗学》，旅游出版社，1991 年，第 64 - 65 页。
② 韦伯斯特：《韦氏国际新词典》，"symbol"条第二项，商务印书馆，1961 年，第 2316 页。
③ （德）黑格尔：《美学》（第二卷），商务印书馆，1979 年，第 10 页。

'客观对应物'；换句话说，是用一系列实物、场景，一连串事物来表现某种特定的情感；要做到最终形式必然是感觉经验的外部事实一旦实现，便能唤起那种情感。"① 实际上，在艾略特看来，象征也是作为一种修辞手法，是作家借助形象生动的"对应物"来表达某种观念或者意义。

朱光潜先生明确地给出象征的定义："所谓的象征就是以甲为乙底符号。甲可以做乙底符号，大半起于类似联想。象征最大的用处，就是把具体的事物来替代抽象的概念……象征底定义可以说是'寓理于象'。"②

总的说来，西方诗歌的象征有两个特点：一是象征体与被象征的本体之间有着前者标志后者的关系，这种关系既可以是约定俗成的，也可以是私人性的；二是在时间先后顺序上，本体一般在先，象征体一般在后，前者标志先就存在着的后者。

为了更好地理解西方诗歌的象征的本质和特点，我们将中国《周易》中的象征与之对比，可以发现它们之间有三个方面的不同：

首先，在时间先后顺序上，《周易》的象征是象征体出现在先，本体出现在后；即象征体预示着本体即将出现。比如《姤·九四》的卦辞："包无鱼，起凶"③，这是说没有包裹的鱼，将要起凶险了。在时间上象征体"包无鱼"的出现在先，本体"凶"的出现在后。西方诗歌的象征时间顺序则相反，它是本体出现在前，象征体出现在后。如法国象征主义诗人波德莱尔十四行诗《不灭的火炬》："它们在我面前行进，这些充满光辉的眼睛／准是有一位智慧

---

① 艾略特：《诗学文集》，王恩衷编译，国际文化出版社，1989年，第13页。
② 朱光潜：《诗论》，《朱光潜全集》（第三卷），安徽教育出版社，1987年，第123页。
③ 郭彧译注《周易》，中华书局，2006年，第234页。

的天使把它们吸引；/它们行进，这些神圣的弟兄，我的弟兄/一路把宝光摇进我的眼中。"① 这首诗是集中表现诗人充满自信心的，清醒的美的追求。诗人先有真、善、美存在于心中，后有象征体"火炬"与之对应，并且象征体出现在后面。西方诗人心中总是先有内在的抽象观念和情思，后在现实生活中寻找与之对应的客观存在。

其次，从《周易》的占卜内容与占卜结果的关系来看，《周易》的象征是征兆必然反映着即将出现的吉凶结果，象征体必然要被所要发生的本体所验证，二者关系是一种命定的必然关系。比如《坤·初六》："履霜，坚冰至"②，这是说踏上薄霜，冰天雪地肯定就要来临。但是西方诗歌的象征则不然，它反映的是象征体和本体是一种标志的关系，如甲标志乙，二者都是已经存在的东西，其关系可以是人们约定俗成的，也可以是完全没有意义的联系。比如里尔克的《豹》："强韧的脚步迈着柔软的步容，/步容在这极小的圈中旋转，/仿佛力之舞绕着一个中心，/在中心一个伟大的意志昏眩。"③ 铁栏里豹子的处境，是人处在无形之社会力量压抑下的心理象征。这二者之间本来是没有意义上的联系，但是诗人敏锐的发现，巧妙地把它们联系在同一首诗歌之中。

如果我们再细致一点研究《周易》，还分析发现《周易》的象征具有双重性。一方面，从卦象与卦爻辞的关系来看，卦象即是卦爻辞所说的即将出现吉凶结果的征兆。在时间先后上，卦象是象征体，出现在前，卦爻辞所说的即将出现的吉凶结果是本体，出现在

---

① 莫自佳、余虹：《欧美象征主义诗歌赏析》，长江文艺出版社，1988年，第68页。

② 郭彧译注《周易》，第11页。

③ 莫自佳、余虹：《欧美象征主义诗歌赏析》，第185页。

后。这符合上述归纳的《周易》的象征第一个特点。另一方面,从卦辞和爻辞二者关系分析,爻辞是预示着后面即将出现吉凶结果的象征,即征兆;卦辞是吉凶结果的文字说明,即本体。比如《鼎·九四》的爻辞:"鼎折足,覆公�。其形渥,凶。"① 这句话意思是鼎足折断了,倾覆了王公的美食。又被大水浸泡了,凶险。我们分析一下便知象征体"鼎折足"在先,本体"凶险"在后。卦辞和爻辞也是符合征兆在先、本体在后的特点。

第三,《周易》的象征是用象来征兆将要出现的东西,比如《小畜·九三》:"舆说辐,夫妻反目。"② 这是说车轮的辐条散脱解体,结发夫妻将翻脸离异。用车轮的辐条散脱来预示着夫妻将要翻脸离异。又如《渐·九三》:"鸿渐于陆,夫征不复,妇孕不育,凶。利御寇。"③ 这意思是说大雁向茫茫陆地远飞,丈夫出征迟迟不归,妻子怀孕不能养育,有凶险。利于防御盗寇。用大雁飞走、孩子出生之后无人照顾象征着将要出现的凶险情况。而西方的象征是用象来标志已经存在的东西(观念)。举个例子来看,比如波德莱尔的诗《信天翁》:

>　　常常,为了消遣,航船上面的海员
>　　捕捉些信天翁,这种巨大的海禽,
>　　它们,这些懒洋洋的航海的旅伴,
>　　跟在飘在苦海的航船后面飞行。

---

① 郭彧译注《周易》,2006年,第266页。
② 同上,第53页。
③ 同上,第281页。

海员刚刚把它们放在甲板上面，
这些既笨拙又羞怯的碧空之王，
就把又大又白的翅膀，多么可怜，
仿佛双桨一样垂在它们的身边。

这个插翅的旅客，多么怯弱发呆！
本是那么美丽，却显得丑陋滑稽！
一个海员用烟斗戏弄它的大嘴，
另一个跷着腿，模仿会飞的跛子！

云霄里的王者，诗人也跟你相同，
你出没于暴风雨之中，嘲笑弓手；
一被放逐到地上，陷于嘲骂声中，
巨人似的翅膀反面妨碍你行走。①

诗中信天翁与天空、海员的关系象征着诗人与超现实、现实的关系。诗人属于超现实的领域，犹如信天翁属于天空。这"碧空之王"在那儿才有自由，才得以显现美的华彩，一旦落实到现实，身被物役，就失去了自由，美竟变成丑，被人嘲笑，变成了悲剧性的喜剧角色。诗人的命运亦如此。

总之，西方诗歌象征的本义即是标志，它是用一种东西来表现另一种早已存在的东西，具有较强的观念性，有时象征体与本体距离较近，有时象征体和本体距离较远，本体往往还是抽象的东西。

---

① 莫自佳、余虹：《欧美象征主义诗歌赏析》，第38页。

## 二 古代诗歌的"兴"与西方诗歌的"象征"的几点不同

我们已经详细探讨了西方诗歌象征的本质及它与《周易》中象征的诸多方面的差异,那么古代诗歌的兴和西方诗歌的象征有哪些不同呢?研究发现,它们之间的不同主要在三个方面:

第一,创作出发点不同。古代诗歌的兴一般是以物象为创作出发点。《文心雕龙·明诗》篇说:"人禀七情,应物斯感,感物吟志。莫非自然。"① 人具有喜、怒、哀、惧、爱、恶、欲七种感情,受到外物的刺激发生感应,有了感应唱出情志来,没有不是自然形成的。这即是古代的"物感"说。事实上,"物感"说中的"物"也并非纯然指自然景物或者其他实物,而是泛指一切外在的物象。当你看到外在物象的种种变化时,内心自然会有一种感受产生。所以朱熹说:"兴者,先言他物以引起所咏之词也。"② "他物"就是诗人所感之物,也就是一般处在诗篇开头的"兴象"。南宋罗大经《鹤林玉露·诗兴》中也说:"盖兴者,因物感触,言在于此而意于彼,玩味乃可识,非若赋、比之直陈事也。"③ 他抓住了"兴"的"因物感触"的特征是非常准确的。现代学者叶嘉莹先生对"兴"的理解也大致如上述,但更具体:"就'兴'之最基本、最原始的意思而言,则私意以为原该只是指一种兴发感动之作用"④;"一般说来,'兴'的作用大多是'物'的触引在先,而'心'的

---

① 周振甫:《文心雕龙今译》(附词语简释),中华书局,1986年,第58页。
② 朱熹、王逸:《诗集传·楚辞章句》,岳麓书社,1989年,第2页。
③ 罗大经著,王瑞来点校:《鹤林玉露》,中华书局,1983年,第185页。
④ (加拿大)叶嘉莹:《谈古典诗歌中兴发感动之特质与吟诵之传统》,《我的诗词道路》,河北教育出版社,1997年,第200页。

情意之感发在后"①。简单说来，感物是创作的前提，起兴是创作手法。

例如唐代诗人王维的《辛夷坞》：

> 木末芙蓉花，山中发红萼。
> 涧户寂无人，纷纷开且落。

这首诗的主题极为简单和平凡，木芙蓉在寂静的山中纷纷自开自落，表现诗人对自然生命循环的透彻参悟。但是这首诗的"兴象"不单纯起着开头的作用，而是成了诗歌有机成分的意象，成了构成诗歌"意境"的意象。这就是独特的"兴"手法。因为根据古代文化"天人合一"观念，外物即"兴象"本身就具有思想感情或者说就能表现思想感情，所以整首诗都可以由诸多"兴象"自然构成含有老庄的道德意蕴和文化精神的意境。从创作的手法角度看，诗人潜在地把诸多外物当作像人一样有情有义，并且这种情意能够自然呈现，正是这种普遍化、隐蔽化而又相对客观化的泛拟人手法创造中国古代诗歌的那种"天人合一"性质的独特"意境"。

恰恰相反，西方诗歌的象征则是以个人情感为出发点，从"意"出发，"意在象前"。即已经有了一种明确的表意，转而去寻找相应的外在形象，这就是艾略特所谓的寻找"客观对应物"。正如黑格尔所阐释的，象征"与其说有真正的表现能力，还不如说只

---

① （加拿大）叶嘉莹：《谈古典诗歌中兴发感动之特质与吟诵之传统》，《我的诗词道路》，河北教育出版社，1997年，第183页。

是图解的尝试"①。"象征"正是在现实世界基础上所摄取的抽象的理念,是对现实世界的图解。这种抽象的理念一方面从感性的世界出发,另一方面又是从理性的情感出发。要完成这样感性世界与理性情感的完美结合,必须依靠想象力。如艾略特光怪陆离的"荒原"意象,"荒原"是第一次世界大战劫后世界的象征。人们在荒原上不生不死地生存着,受着生与死的折磨。由此积压在诗人内心的愤懑和忧伤化成了西方现代诗歌的里程碑《荒原》。总之,从创作出发点来看,古代诗歌的兴是从物象出发,将主体精神投射在物象上,与物象联系极为紧密,并受到物象的制约;同时可以有多种物象共同出现在诗中表达着同一个意思。西方的象征是意象与意象之间的理性标志,为个人的情思寻找现实对应物,一般用一个意象去表达一个意思。所以,古代诗歌的兴与西方诗歌的象征是尤为不同的。

第二,从艺术功能方面来说,兴有烘托渲染,突出中心的功能;象征有比附联想、营造神秘的功能。虽然兴在起兴与"所咏之词"的关系是相对松散模糊的,通常是以描写某种景物或事物造成一定的环境气氛或背景烘托。如《周南·关雎》、《曹风·蜉蝣》、《唐风·葛生》等。但是有些与中心结合紧密,具有时间、地点方面具体统一的特征,达到了一定程度上的情景交融,产生更强烈的艺术效果。以《周南·桃夭》为例:

桃之夭夭,灼灼其华。之子于归,宜其室家。
桃之夭夭,有蕡其实。之子于归,宜其家室。

---

① (德)黑格尔:《美学》第95页。

> 桃之夭夭，其叶蓁蓁。之子于归，宜其家人。①

这首诗是女子出嫁时所演唱的歌诗，前面两句是描写桃花怒放的样子，每一章以"桃之夭夭"开头有烘托渲染、营造女子出嫁时的热闹气氛，突出女子对婚姻生活的希望和憧憬。

又如唐代诗人王昌龄的《从军行》："琵琶起舞换新声，总是关山离别情。撩乱边愁听不尽，高高秋月照长城。"这首诗用热烈喧闹的场面来反衬人物难以排遣的悲怆沉闷的心境。最后一句"高高秋月照长城"可谓是"神来之笔"，在结尾处用兴将整首诗感情、气氛、情调融进无限的"边愁"，总是让人感觉有无穷的韵味，只可意会不可言传。

而西方的象征本身在其表现的意蕴之间有比附联想的关系，有超验的属性，具有一定程度的神秘性。正如黑格尔说的那样，"凡是作为象征的形象……一方面见出它自己的特性，另一方面个别事物的更深广的普遍意义"②。特别是西方象征主义运动兴起之后，象征主义诗学的超验属性使象征直接与另一个世界的观念对应起来，其神秘性突出。"象征在本质上是诗人对形而上的神秘世界的感知与暗示。"③ 叶芝的某些象征主义诗歌就是带有如此的神秘性，如《基督重临》第一节：

> 在向外扩张的旋体上旋转呀旋转，
> 猎鹰再也听不到主人的呼唤，
> 一切都四散了，再也保不住中心，

---

① 《诗经》，中国戏剧出版社，2007年，第8页。
② （德）黑格尔：《美学》（第二卷），商务印书馆，1986年，第28页。
③ 李怡：《中国现代新诗与古典诗歌传统》（增订版），北京大学出版社，2008年，第30页。

> 世界上到处弥漫着一片混乱，
> 血色迷糊的潮流奔腾汹涌，
> 到处把纯真的礼仪淹没其中，
> 优秀的人们信心尽失，
> 坏蛋们则充满了炽烈的狂热。①

整首诗是用奇异的形象来象征信仰的失落来表现基督教的救赎思想。在诗中，"旋体"是历史的象征，随着历史的发展（旋转），人类（猎鹰）再听不到基督（主人）的呼唤。"一切都四散了，再也保不住中心"，第一次世界大战中粗野狂暴的反文明出现了，恶压倒了善，世界末日来临了，而得救的日子也临近了。同时整首诗引入的基督教的思想增加了诗歌的超验性和神秘性。

第三，从创作手法实质上考察，兴手法和象征手法在实质上也是天壤之别的。如前所述，兴手法在本质上是基于中国古代文化"天人合一"观念的泛拟人手法。所以，兴手法和象征手法的区别即是泛拟人手法和象征手法的区别。

首先，我们来看一下拟人手法和象征手法的差别。拟人是给事物以人的某种或某些特征，使其人格化，简单地说就是让事物代替人。中国古代诗歌也有运用拟人手法的。例如李白的《独坐敬亭山》："相看两不厌，唯有敬亭山。"象征的象征体与本体之间只有宽泛的类似性，所以它一般是用具体的东西表现抽象的东西（观念），没有将事物人格化。例如西方诗歌中的智慧、信仰、道义、爱情。总之，拟人手法和象征手法都表示类似性关联，只是各自的类似性关联不同。

---

① 莫自佳、余虹：《欧美象征主义诗歌赏析》，第 341 页。

其次，更为重要的是兴这种拟人手法是独特的，不是通常的拟人手法，而是普遍化、隐蔽化、客观化的泛拟人手法。从文化根源看，则是古代文化"天人合一"、"物我同一"的观念使之然。古代诗人不像西方诗人那样主观地、自由地表现自己的情思，而是借助客观物象来表现特定的情思。换而言之，即只是表现能被客观物象引发的情思。在古代道德文化的意义上，这些客观物象本身就具有道德意义，能够自然显露出来。这就表现为独特的"感物起兴"的手法。因此，古代诗歌在表现道德思想情感时，不像西方那样借助抽象的逻辑思维方式，而是借助直观物象的感悟思维方式。这是兴与象征在创作手法本质上的根本区别。

## 三 文化差异性探源

文化是一个国家或民族不可替代的灵魂，是人们长期创造形成的产物，是文学和艺术的土壤。所以，诗歌的表现手法也是由相应的文化性质决定的。

我们试从文化性质的差异性角度来对兴与象征进行辨析。西方文化的特性是科学性，注重的是主客二分，强调情感的自我性，因此其诗歌创作手法主要是比喻（隐喻）和象征。中国古代文化的特性是道德性，注重"天人合德"、"天人合一"的传统观念，强调以物起情，随物婉转，由此决定了兴手法是基于中国泛道德文化的"感物起兴"的手法，即内在潜伏的情感，偶然被某种事物触发——好像这种事物也有了人的感情——于是只要把这种事物呈现出来也就抒发了作者的情感。这就是兴。

我们知道兴是由《周易》的象征演变而来，那为什么有这种转变呢？主要是兴经历了由宗教神性文化到道德文化的转型。首先，

《周易》的"象征"是神权文化占卜的"象征",当时殷商时期的文化是宗教性的。《礼记·表记》说:"殷人尊神,率民以事神。"可知"商人尊神重巫,体现强烈的神本文化的特色"①。所以"兴"带有早期《周易》中的"象征"性质,保留了一定的原始朴素观物取象的思维方式。其次,周代之后,文化性质逐渐发展为"天人合一"性质的道德文化。晚清王国维说:"中国政治与文化之变革,莫剧于殷周之际。……殷周间之大变革,自其表言之,不过一姓一家之兴亡与都邑之移转;自其里言之,则旧制度废而新制度兴,旧文化废而新文化兴。"② 这种文化转型,就其社会、政治层面看,是将神权政治制度转变为宗法制度和分封制度,并制定相应的礼乐制度;就其思想层面看,则是将商代主要具有神性的"帝"或"上帝"这种宗教文化的本体观念,转变为主要具有道德性的"天"、"天道"这种道德文化的本体观念。在这种文化之下,人与自然万物都被泛道德化,具有了道德性。

这两种文化差异性也决定了"兴"与"象征"在诗歌创作思维方式上的差异性。

中国古代文化强调的是整体思维。"与古希腊哲学不同,中国传统哲学的整体观是建立在整体性的思维方式之上的……所谓整体的思维方式,应该理解为,从整体的角度出发,着眼于事物之间的相互联系和相互作用,进而理解和规定对象的一种思维原则。"③中国古人常常思考的整体性的问题是"天"和"人",并将之具体

---

① 张岱年、方克立:《中国文化概论》(修订版),北京师范大学出版社,2004年,第62页。
② 王国维:《殷周制度论》,干春松、孟彦弘:《王国维学术经典集》(下卷),江西人民出版社,1997年,第128—129页。
③ 高晨阳:《中国传统思维方式研究》,山东大学出版社,1994年,第42页。

化为"天道"和"人道"，但是，从来不逻辑地探讨"天"的形成和"人"的本质。在古人的意识中，"天道"和"人道"是合一的，这也就是后世儒道两家所说的"天人合一"。这种整体思维与古代诗歌的思维是一致的。它将在很大程度上决定古代诗歌的创作方法。整体思维的形成实际上是根据某些自然现象建构起来的。诗人写诗时通过"仰观俯察，远近往还"的观物取象方式来建构诗歌的境界。

先来看唐代诗人李白的《望天门山》中呈现的天门山附近的一段长江景色：

　　天门中断楚江开（高），
　　碧水东流至此回（低）。
　　两岸青山相对出（近），
　　孤帆一片日边来（远）。

这四句写景部分是根据古代诗歌远近高低的整体思维来观物取象的，首句极写长江的威力，仿佛是冲开天门山口滚滚而来，有仰观长江之水"天上来"的气势；第二句是俯察东流的长江在天门山附近转向北流的状况；第三句是写近处两岸青山遥相对峙之状；第四句是远眺一只孤帆从"日边"渐驶过来。诗人从高、低、远、近各视点来描绘天门山附近壮丽的长江景色。

再来看唐代诗人韦应物的《游溪》：

　　野水烟鹤唳，楚天云雨空。（高）
　　玩舟清景晚，垂钓绿蒲中。（低）
　　落花飘旅衣，归流澹清风。（近）

缘源不可极，远树但青葱。（远）

　　这首诗也是中国古代诗歌整体思维方式的很好体现。诗人从多个视角选取意象来表情达意，首联"野水烟鹤唳，楚天云雨空"，概括出天高水低的溪景轮廓，前句强调的是野鹤的鸣声，呈现的是烟雾迷漫的溪水，是由近处向平远方摄取的镜头，后句写楚天晴空万里之色，视点在低处，是仰观的镜头。颔联"玩舟清景晚，垂钓绿蒲中"，点出诗题的另一半——"游"。是从高处向溪面俯瞰，先呈现舟在溪中荡漾，继而展示人在舟上垂钓。颈联"落花飘旅衣，归流潺清风"，是逼近特写镜头，先见落花飘在泛舟者的衣服上，又见溪流在轻风中水波潺潺。尾联"缘源不可极，远树但青葱"，则是将镜头沿着溪流投向水平的远方，只见源远流长，溪水没入一片青葱。全诗展露的，不是从固定的位置，而是从俯仰远近的角度来描绘溪景的全貌。诸如此类的诗还有王维的《过香积寺》、杜甫的《秋兴八首》（第一首）、《登高》和《枫桥夜泊》等，它们都是这种远近高低地观物取象、描写景物。

　　为什么中国古代诗歌只须选取高低远近的物象以并置的方式就能够达到抒情寓意的效果呢？首先，如前所述，这是因为古代道德文化是一种泛道德和泛拟人的文化，诗人实际上把物象当作具有思想情感——那是体现"道"的思想情感；在这种文化意识中，自然万物都被道德化了，因而也被拟人化了，于是诗人的创造就可以用"感物起兴"的方式让物象（兴象）自然呈现，从而能够创造出"天人合一"和"物我同一"的独特境界来。其次，现代学者叶维廉说："即物即意即真，所以很多的中国诗是不依赖隐喻不借重象征而求物象原样兴现的。"① 这句话非常准确地总结出中国古代诗歌创作方式。中国古代诗歌强调的是直观感物的思维,其中的意象都是直观性的,并不像西方诗歌创作那样运用类似联想的思维方式。

而西方科学文化强调的是分析思维。分析思维指通过分析事物的现象,比较、综合其内在联系,最后进行抽象、概括和推理而获取其本质、规律。这种抽象逻辑分析的思维方式必然渗透进西方诗歌的思维之中;因此它对西方诗歌的审美意象和创作方法产生了重要影响,使之呈现出与其他文化诗歌不同的特色。西方诗歌往往聚焦于个别意象,并对它进行深入、细致的描写,往往是以一个突出的意象为中心。因而象征正好也是运用分析思维的诗歌创作的重要手法之一;象征即是用一个具体的东西去表现一个抽象的东西(观念),有较强的观念性,重在对语言的超日常意义的运用。如美国诗人庞德的《在一个地铁车站》:"人群中这些面孔幽灵一般显现;湿漉漉的黑色枝条上的许多花瓣。"② 这首诗以高度浓缩的意象象征丰富的情绪,给人以深刻、耳目一新的感觉,然而这"花瓣"意象本身没有蕴含相关意义,可以说是为意象而意象。当然,像这种独特意象的诗歌还有里尔克的咏物诗《豹》、瓦雷里的咏物诗《石榴》等。这些诗都是运用象征的经典作品。

总的说来,东西方文化性质的差异性是造成古代诗歌的兴和西方诗歌的象征貌合神离的根本原因。

(指导教师:陈本益 教授)

---

① 叶维廉:《中国诗学》,三联书店,1992年,第93页。
② 奠自佳、余虹:《欧美象征主义诗歌赏析》,第365页。

# 90年代新诗"边缘化"现象解读[①]

### 李胜勇

站在 2010 年的门槛上向历史回望,那些曾经喧嚣奔逐的浪头

---

[①] 节选自硕士学位论文《90年代新诗"边缘化"现象解读》。全文摘要:20世纪90年代新诗"边缘化"现象的背后,是整个文学从中心位置向边缘的位移,是从一元向多元的发展,它表征着文学向本体的回归。另一方面,90年代的商业文化语境使得中国文学面临着前所未有的挑战与考验,并开始全方位的转型,而"边缘化"的呼声正表明了人们对新诗转型的忧虑。论文分为五个部分。绪论部分界定"90年代诗歌"和"边缘"的含义,概述两种不同的观点,初步阐述自己的观点。第二部分:90年代新诗边缘化的表现。主要从诗人身份和诗歌地位两个方面,阐述诗人与诗歌从社会文化的中心地位滑落,坠入"边缘"之境。第三部分:90年代新诗边缘化的原因。从历史语境的变迁和人们认知上的思维模式两个方面,分析90年代新诗所处的外在环境;从各种运动对90年代新诗的贬损和新诗自身现代性的追求两个方面,来探究90年代新诗的内在环境。由这一内一外,解读90年代新诗边缘化的原因。第四部分:90年代新诗边缘化的质疑。从诗人们的言说与新诗研究者的言说两个向度,展示他们对于90年代新诗边缘化的质疑。结语部分:对待边缘化的态度;呼吁审美理性的重建。论文以为:在90年代,整个严肃文学的处境都滑向一个边缘的位置;但如果就新诗自身的发展来看,"边缘化"则不能成立。之所以会产生这样的说法,与人们在认知上所形成的思维模式和惯性有关,也与新诗这门现代艺术在自身的发展过程中所展现出来的一些特征有关,"边缘化"的呼声表明了人们对于新诗一些新的艺术特征的不习惯,暴露了人们自身审美理性的欠缺。同时,"边缘化"声音让我们看到了市场化、大众传媒给新诗带来的生机和制约,让我们思考新诗在此境遇下该如何寻求自身抗力的问题。

已然岑寂，那些文化河床上留下的岛屿，亦逐渐清晰。20世纪"90年代诗歌"，是留下的文化岛屿之一。我们看到，"90年代诗歌"，已成为一个包含有特殊意义的文化标本，引发人们越来越多的阐释兴趣。

这与它内中丰富的文化历史意义攸关。作为一个时间上的段落，"90年代"暗含诸多"不同寻常"之意：社会文化全面转型——从精英文化占主流到大众传媒文化占主流；从计划经济逐渐转向市场经济；从理想主义色彩和启蒙、对抗意识的朦胧诗书写到以"叙述"为主、向个体存在和语言本体全面掘进的第三代诗歌书写；80年代末发生的重大政治事件，等等——这些都预示了"90年代"的不平常和某种开端意义。

正因如此，程光炜在《90年代诗歌：另一意义的命名》文章中指出："在我看来，所谓的'90年代'不仅仅铭刻在时间的意义上，或者说，它不只是一个时间的领域，而是远比时间深刻地属于观念上的一种东西。"① 文化历史含意的丰富，使"90年代"从具体的历史时间中抽象出来，成为一个有意味的存在。程光炜在这篇文章中，关注到90年代诗人们写作语境的变化：

> 他们要习惯在没有"崇高"、"痛苦"、"超越"、"对立"、"中心"这些词语的知识谱系中思考与写作，并转到一种相对的、客观的、自嘲的、喜剧的叙述立场上去，写作依赖的不再是风起云涌、变幻诡异的社会生活，而是对个人存在经验的知识考古学，是从超验的变为经验的一

---

① 程光炜：《90年代诗歌：另一意义的命名》，见王家新、孙文波编《中国诗歌：90年代备忘录》，人民文学出版社，2000年，第171页。

种今昔综合的能力。在这个意义上,判断一首诗优劣的不是它是否具有崇高的思想,而是它承受复杂经验的非凡的能力,与之相称的还有令人意外的和漂亮的个人技艺。①

由于时代语境发生变化,诗人置身的文化环境不再是过去的样子,由此诗歌写作发生了变化。由于 90 年代的诗歌不同于 80 年代的诗歌,相应地,我们对诗歌写作的评判标准和要求也必然发生变化。新的时代环境要求我们评价一首诗歌是否优秀,是看它有没有能力承载"知识考古学"意义上的个人存在的"复杂经验",及反映这种经验的"令人意外的和漂亮的个人技艺"。这种转变已经宣告,90 年代的诗歌已转向对个体存在的全面掘进,由"旷野"进入"密室";这种变化似乎也预告了,从此发生在这种转变之上的种种关于诗歌的争论将纷纭不息。

时代语境给诗歌写作以巨大的影响之时,诗歌的"边缘化"亦开始成为一个话题,辗转于人们口头。恰如迷乱带来历史的纠葛一样,诗歌的"边缘化"是一个很复杂的现象——说它复杂,是因为我们看到不同声音纷纷出场,有承认者,有反对者,让人无法适从。论争背后,是各方对新诗现状及其未来走向的深切忧虑和拳拳关怀之心;他们开出药方,或发出严厉的警告,希冀扳正新诗在他们眼中已然歪斜的身子,走上正确之路。

质问人中,不乏曾为 20 世纪 80 年代朦胧诗的出现而摇旗呐喊的诗评家们。他们对续接 80 年代口号之余绪、诸如反文化之类所带来的诗歌写作的混乱局面及其质量的低劣,充满忧虑和不满。孙

---

① 程光炜:《90 年代诗歌:另一意义的命名》,见王家新、孙文波编:《中国诗歌:90 年代备忘录》,第 172 页。

绍振在《星星》上撰文，指出"当前中国新诗显然是处于危机之中"①，旗帜鲜明地向那些"艺术的败家子"发出警告。他在另一篇文章中表达了对后新诗潮（第三代诗）的反思和担忧，认为自己多年前对新诗艺术发展之路的某些隐忧，很快就成了现实，他说："号称后新潮的诗作，不但与我们日常的感觉，我们的肉体和灵魂距离异常遥远，而且连和真正的诗歌艺术的距离也变得遥远了。"②孙绍振反对新诗写作中出现的某种让人担忧的流行趋势，认为它们以"诗歌"的名义，搅乱、败坏了诗歌的名声。

有人著文举例，详列了90年代以来新诗的三大弊病：枯燥与浅薄、粗鄙与恶俗、躁狂与迷乱③。一直被认为是"主流"的诗评家吕进也说，"夸张地讲，从八十年代中期开始，诗逐渐病入膏肓"④，但同时吕进在另一篇文章中提到："中国新诗在80年代末期的沉寂与它的生存环境的变迁相关。"⑤有人从创作学角度入手，指出诗歌的困境原因："当代诗歌艺术的根本困境在于违反诗歌创作规律，片面强调'能指'（口语化、小我化等）或'所指'（象征譬喻等手法的滥用、移植西方宗教文化的拙劣等），在很大程度上造成'能指≠所指'。"⑥也有人瞄准新诗的历史传承，指认"肇始于80年代中后期的'新生代'的游戏诗歌、调侃人生的写作态

---

① 孙绍振：《向艺术的败家子发出警告》，《星星》，1997年第8期。
② 孙绍振：《后新诗潮的反思》，《诗刊》，1998年第1期。
③ 杨守森：《走向沉沦的中国当代诗歌——20世纪90年代以来的诗歌状况评说》，《东岳论丛》，2009年第10期。
④ 吕进：《新诗怎么了？——对一份调查的漫想》，《飞天》，1997年第12期。
⑤ 吕进：《新诗的沉寂年代》，《吕进文存》（第二卷），西南师范大学出版社，2009年，第249页。
⑥ 晓屋：《能指和所指的混乱：当代诗歌艺术的困境》，《艺术评论》，2007年第7期。

度至90年代依然是读者大众接近新诗的最大障碍"①，观点与孙绍振相近。还有人把困境归因于诗人精神上的低俗化，认为："诗人中把写诗当作心灵磨炼的不多，更多的是把诗歌作为某种世俗人性的呈现手段，这种创作理念把当下的诗歌进一步实用化、低俗化、色情化，而精神上的低俗化又使诗歌自身的形象进一步丑陋化、委琐化，使诗歌离诗的精神境界越来越远。"②他们认为以上的诸多原因，造成新诗读者流失，新诗被看低，使新诗在90年代走上了越来越"边缘化"的道路。

意见相反的也有很多人，并主要是诗评家与诗人。诗评家唐晓渡、陈超、程光炜，诗人臧棣、西川、王家新、孙文波、张曙光、姜涛、周瓒等，都有多篇关于90年代诗歌的论文，其总的基调是，反驳新诗的"边缘化"论调③。他们认为90年代新诗相比于80年代而言，无论文本的质量还是诗中所体现出的技艺，都有重大突破和前所未有的丰富，认为90年代是新诗发展的一个新阶段。

海外的中国新诗研究者有自己独异的观点。相比于大陆学界，美国的奚密教授在《从边缘出发：现代汉诗的另类传统》一书中，以一种社会化的大视角对新诗进行了研究，得出与大陆学界不相一致的结论。在她看来，从近代开始，新诗即已与其他人文学科一起，走上了"边缘化"的道路；"边缘化"（她使用的是"边缘性"）是新诗的一种本质属性，是它的"现代本质"，它的"美学和哲学特征"，而新诗正是从这种属性出发，来取得自己的生存空

---

① 伍世昭：《90年代文化语境中的诗歌边缘化》，《当代文坛》，1998年第4期。
② 孙留欣：《衰微与期待——对当下诗歌边缘化的探讨》，《文艺理论与批评》，2008年第2期。
③ 当然他们也对新诗创作中出现的一些弊病进行了严肃的省视和批评，但却并不认为新诗的质量在下降，"边缘化"的呼声里有很多是在否定这一点，而诗人们却力挺这一点，这里有很明显的差异。

间。她是这样来定义"边缘"的：

> "边缘"的意义指向是双重的：它既意味着诗歌传统中心地位的丧失，暗示潜在的认同危机，同时也象征新的空间的获得，使诗得以与主话语展开批判性的对话。①

近代以来传统农业社会的消失，使诗歌丧失了过去的中心地位。而另一方面，现代社会中兴起的大众传媒文化成为了主流，抢占了读者。奚密认为新诗边缘化的原因是：

> 现代汉诗一方面丧失了传统的崇高地位和多元功用，另一方面它又无法和大众传媒竞争，吸引现代消费群众。两者结合，遂造成诗的边缘化。②

荷兰的汉诗研究者柯雷提醒人们，与其在一边对诗歌的现状进行哀叹，莫如去注意一些事实，如此才谈得上了解中国的诗歌现状。相比于 80 年代，现在诗集出版种类、数量的丰富远大于前，一流出版社如人民文学出版社出版了系列"蓝星诗库"③；还有几十种广为流传的精致与非精致的诗歌民间刊物等。柯雷提醒人们，需要省视和拷问自己用以评判新诗的立场，正是立场的偏移带来了结论的偏移：

---

① （美）奚密：《从边缘出发：现代汉诗的另类传统》，广东人民出版社，2000 年，第 1 页。
② 同上，第 2 页。
③ 出版了食指、舒婷、顾城、海子、西川、于坚、王家新、孙文波等人的代表作。

情形的讽刺性在于,正是一直被视作先锋文艺发展的外在阻碍力的官方体制和商品化便成为了评判先锋文艺的标准。否则,有何问题呢?书目、刊物、书店、私人书藏中的诗歌不是呈现出前所未有的多样丰富性吗?①

柯雷指出,除非是责备先锋诗歌没有走进大众的视野,否则,针对文本而指出诗歌的"失败"、"衰退"、"危机"并非易事。他认为这是人们的实用主义在作祟,他在另一篇文章中强调:

即便先锋诗人做梦也别想拥有古典诗歌今天继续满足的读者数量,但先锋诗歌写作本身是一个人数不多但稳定持久的行当,一个有着良好文化品位的小众领域,不少受过高等教育、有着良好社会关系的实践者与支持者汇聚于此。②

柯雷的见地显然更契合诗歌发展的实情,其观点与前述诗人一致,着力点定于诗歌文本(诗歌刊物或诗集)本身。他提供了另外一个观察诗歌的角度和窗口,让人们看到那些被认知的惯性目光所忽略的背面;他置身于与中国不同的文化价值立场的观察所得,里面透出的诸多意味,催人警醒,值得我们深思。

话题至此,我们来就"边缘"一词作些辨析,以便于厘清问题。作为与"中心"相对的一个概念,"边缘"一词在《现代汉语

---

① (荷兰)柯雷:《不理你受不了还是不管你乐逍遥——小议中国诗坛》,张晓红译,《当代作家评论》2003年第5期。

② (荷兰)柯雷:《当代中国的先锋诗歌与诗人形象》,梁建东、张晓红译,《当代文坛》,2009年第4期。

辞典》中是这样解释的：（1）沿边的部分；（2）靠近界线的；同两方面或多方面有关系的。在大陆学界，"诗歌的边缘化"中的"边缘"，用的多是第一意。人们说的新诗在90年代的边缘化处境，即是说在90年代，诗歌已不再处于社会文化的中心地位。

大众传媒的兴起与国家意识形态的关注点向经济建设的转移，改变了整个时代的语境。受人仰慕的纯文学杂志纷纷被"断奶"，被迫卷入市场大潮求生存之道；作家诗人纷纷"下海"，成为时代独有的"景观"；知识分子的精英地位被消解，纯文学面临重大改组，诗人从瞩目的偶像地位跌落，资本家、歌星、影星成为时代的宠儿；诗歌的地位一落千丈，诗集出版困难，读者锐减，诗歌更趋向于小众化、圈子化；诗歌写作借助于新的传媒方式——网络，出现了一路"崇低"和"私人化"的倾向：口水诗、"下半身"和"垃圾"写作等，以拉拢、接近大众的姿态掀起阵阵声浪，但是诗歌的地位却并未因之而得到提升，反而更被人们看低，受到更大的误解；以及迅速到来的读图时代……它们一起形成合力，让诗歌的生存空间变得狭窄、局促；让诗歌的面目变得缭乱。

诗歌"死亡"、"衰退"的呼声开始响起，此起彼伏。

在如此混乱颓靡的现象面前，我们似乎听到了哈罗德·布鲁姆悲怆的警告：

> 诚实迫使我们承认，我们正在经历一个文字文化的显著衰退期。我觉得这种发展难以逆转。媒体大学（或许可以这么说）的兴起，既是我们衰落的症候，也是我们进一步衰落的缘由。①

---

① （美）哈罗德·布鲁姆：《西方正典》"中文版序言"，江宁康译，上海译林出版社，2005年。

文学的整体衰落，看来是一个正在发生且无可避免的事实。然而现状是，人们的意见并不一致，差异很大，一些人对诗歌提出严厉的批评，并在社会上引起一定的反响，但是在诗人们（诗人评论家）的眼中，却对之并不以为意①。喧嚣的争吵要求我们理性地看待其中的纠葛，理性地看待新诗发展的得失，看待其置身的社会文化环境；同时警惕批评中出现的单一的道德眼光。诗歌的批评如果止于道德评价，那肯定是诗歌批评的末路。我们期待批评家们进行贴近时代的历史的阅读，把握住诗歌的时代脉络动向，得出一个结实的结论。批评家的意义，不在于在大众的意识后面亦步亦趋，他应该发现人们所忽视或发现不到的因素，对之进行有理想的探究，他得到的答案应当坚实、催人警醒和让人无可置疑。

对于新诗困境的争论，我们无法排除其中的真诚。但是我们又必须承认，关于新诗的边缘化现象，真正进行深入研究的鲜有，情况如洪子诚教授所言："'边缘化'是什么意思？这个问题、现象怎样分析，怎样看待，好像没有人做比较深入的研究。"② 奚密以一种社会化的大视野，来解读现代汉诗的命运，把"边缘性"当作新诗的本质属性来解读。这种以社会化大视角、基于"纯诗"价值取向而展开的对新诗边缘化的论述，确给人以良多启发。但以此来概括如此复杂、不同时期的中国新诗历史，又并不具有"强大"的说服力。洪子诚对之表示了质疑：

> 无论是从新诗的"现代本质"方面，还是从它在社会文化空间的位置方面，"边缘性"的概括并不能完全切合事实，中国新诗历史也存在连贯的、强大的靠拢、进入

---

① 如林贤治对当代诗歌的批评，及其所引起的臧棣、孙文波对其观点的反驳。
② 洪子诚：《学习对诗说话》，北京大学出版社，2010年，第133页。

"中心"的潮流。①

奚密对新诗"边缘性"的考察,与唐晓渡、臧棣对新诗"现代性"的考察在一定意义上重合。"边缘性"和"现代性",两者都是双方研究中的新诗的"出发点",他们强调新诗的评价标准,只能在它自身性质的"完成"过程中所形成和诞生。柯雷提出,我们在讨论新诗"边缘化"时所站的价值立场有问题,可以重新选择。奚密与柯雷两位学者是目前大陆学界比较首肯的新诗研究者。奚密的新诗研究把时间推向"五四"新诗草创之时,具一种历史纵深的眼光,其研究中所透出的历史意味,让人启发多多,但是她没有对90年代的新诗处境作出具体详细的分析和解读。

距离在某种程度上代表了清醒。柯雷置身另一个文化场域对中国先锋诗歌的打量,倒是得出诸多发人深省的结论。这在某种程度上也应和了福楼拜的话:"一个人对一件事感受得越少,他就越可能按它真正的样子去表现它。"② 另一文化场域的立场,使柯雷避免了诸多文化积习思维因子的纷扰,也许人们在柯雷文中看到的中国诗歌的样子,反而更近于真实。就国内而言,洪子诚在《新诗的边缘化》一文中,归纳了一些现象,却没有作深入的阐述③。此外,还有一些零星的文章,更多是以边缘化现象作为一个引子或出发点,作一些泛泛之谈。

总体观之,涉及新诗边缘化研究的立论有各自不同的倾向,它们表现于:大陆学界多以20世纪80年代的文学情状作背景参照,以此展开新诗"边缘化"的指认,探讨其成因和出路;而诗人圈子

---

① 洪子诚:《当代诗歌的"边缘化"问题》,《文艺研究》,2007年第5期。
② 引自W. C. 布斯《小说修辞学》,北京大学出版社,1987年,第75页。
③ 洪子诚:《当代诗歌的"边缘化"问题》,《文艺研究》,2007年第5期。

及海外学人则多从社会化与新诗自身及其艺术成长发展的角度来展开阐释，为新诗终于获得了自己艺术上的发展空间而进行论证与鼓呼。以上研究各有得失：以80年代作背景，充分考虑到了新诗在80、90年代的社会文化环境中的转变，却没有顾及到新诗作为一门现代艺术的本质属性，这样一来，眼光就为一种庸俗的社会学视野所囿，以"文学运动"的热闹程度来代替对文学本体的认识。这种认识停留于表面的现象之上。如果我们仔细探测，还会发现其中有着微妙的心理动机，即一种在时代环境中的"过气了"的精英心理所滋生出来的失落、怨气和某种不甘，他们不甘于就此被时代所抛弃，期求文学与大众文化争短长。以整个新诗史作背景，其社会化的大视野给人提供了诸多启示，却也必然留下对某些新诗历史的细节叙述欠说服力的遗憾；从中国现代文学诞生之日起，"为人生"与"为艺术"便一直纠缠不清，其辩论一直贯穿于整个中国现当代文学史；这与中国现代特殊的历史环境相关联，与整个中国的历史文化相关联，是"载道"还是"言志"，从来都在磨砺中国文人的心灵，何况我们还有那么长的以"载道"为尊的历史。我们期待，在当下的物质与精神已相对大繁荣、各国文化交融空前的时空隧道中，我们的作家诗人有能力抓住一个契机，去解开这个悬在作家诗人头上的斯芬克斯之谜。以目前来看，未来值得期望，毕竟我们身边可资利用的精神资源有很多；也有人开始在做这方面的工作了。这从另一方面提醒我们，面对一个问题要打开我们的思维，避免用单一的思维局限自己。任何一个单纯的答案都不会简单，文明的发展与价值的多元使它无法处于一个静止的凝固状态，而只能是永远的发散状态。关键是我们要有了解认识它的能力。

笔者以为，新诗在大众心目中的位置的边缘化，从现象上来说是客观存在的事实。但是就新诗自身来说，"边缘化"就是一个伪命题；我们看到，一大批诗人在90年代成名，一大批优秀之作在90年代涌现。如朦胧诗那样充满意识形态对抗和理想主义的写作方式已然失效，诗歌写作开始专注于私人内心与世界的对接，像其他的现代艺术一样，以发掘对事物的新的关系为己任。而人们对这种新的现代艺术的修辞关系并不适应，仍然按照过去认知上的思维模式（二元思维）去理解新诗，按照历来的对"运动"的关注去理解文学、理解诗歌，"诗歌运动"在90年代的沉寂使新诗脱离了人们惯性的视野。这是"诗歌的边缘化"这一说法背后所隐藏着的脉络。如果我们再往前溯源，会看到它背后更宽广的空间中所存在的逻辑出发点，即"为人生"还是"为艺术"的争论纠结的影子。诗人及评论家从新诗在90年代终于获得了自己的相对独立的艺术发展空间出发，否定新诗"边缘化"现象，肯定新诗的艺术获得了大发展；"为人生"的要求使人们只看到新诗与社会人生的脱离，看不到它正获得一个宁静环境所提供的艺术生长空间，当然就会判定新诗已坠入"边缘化"的境地。新诗作为一门现代艺术的品种，它在成长过程中发生偏斜，其实是正常的现象，诞生于它自身体系之上的艺术评价系统会自动纠正这种偏斜，使之回复到"正直"的成长轨道上来，回复到社会与人生的关怀上来。因为艺术是关于人与社会的学问，以表达现实人生为目的，对人类提供帮助或给灵魂以慰藉。评论家针对新诗写作中出现的晦涩、低俗现象提出的批评，呼吁打通"个人历史通道"，建立有方向的写作等，正是其发展过程中的纠偏行为；某种意义上，"边缘化"的呼声也是一种对新诗的纠偏行为，它对新诗写作在"个人化写作"中的走远给予了积极意义上的提示；"边缘化"的呼声也表明了人们对于新诗一些新的艺术特征的不习惯，暴露了人们自身审美理性的欠缺。同时，"边缘化"声音让我们看到了市场化、大众传媒给新诗带来的生机和制约,让我们思考新诗在此境遇下该如何寻求自身抗力的问题。但是,我们不要放大这种"边缘化"观点。比如就此宣布新诗"死亡"、"衰退",则是一种错误的感觉。关键是我们要有一双清醒的眼睛,能够发现对方观点背后的立场、出发点的不同内涵。也只有具备这种认识,我们才能对新诗有正常的期待和评价尺度,纠正自己非艺术范畴的行为,不胡乱地对新诗说三道四。

或许我们应当接受这个事实。帕斯告诉我们,"无论多少,诗的读者向来很难成为一个社会的多数人"[①],而只能是"少数"。然而,真正在文化传承中起作用的,正是帕斯所称赞的那"无限的少数人",帕斯的一本集子题名即是献给"无限的少数人"。此外,"从伟大的象征主义者们起,诗歌成了孤独的反叛,语言或历史在地下的捣乱。没有任何一位开创现代性的诗人寻求大多数的认可,相反,所有人都选择了'蓄意与公众情趣为敌的写法'"[②]。从这个意义上讲,在现代社会,边缘化或许就是现代性的新诗的宿命。如此,我们需要害怕统计得出的数据吗?一如柯雷所强调的,先锋诗歌在中国有一个相对固定的高层次和高素质的圈子(或社区),正是他们在稳步地推动着当代中国诗歌的发展,与世界诗歌发展大势的对话和评论也只能靠他们的努力和能力完成。对当代诗歌的了解我们怎能从市场化入手?那是一个首先就错了的问题。

于此,在这个商业娱乐时代,诗人们需要注意自我的定位。程光炜指出诗歌一个区别于小说创作的特点,就是它的"实验"色彩往往很浓,这就决定了诗坛始终处在一种紧张的状态之中;诗人们总是担心自己落伍,形式感不够先锋,不能继续吸引读者,这往往

---

① (墨西哥)奥克塔维奥·帕斯:《帕斯选集》(上卷),赵振江等编译,作家出版社,2006年,第520页。
② 同上,第524、525页。

使诗人一直要坚持一种强烈的实验性，要让自己的形式不断变化。但小说界就不这样。像贾平凹、莫言、王安忆的创作虽然也在不断变化，但总的说，是一种历史性的"积累式"的写作。即是说，作家在个人大的方向不变的前提下，始终在向更为艰苦、复杂和带有某种综合性的方面发展，如此就使他们最近几年的小说创作无论在历史容量还是思想内涵上，一直是在往上走，显示了当前小说创作的一种少见的高度。然而诗歌呢，仍在那里争论"是与非"、"对与错"的简单问题。一些先进的诗人，把怎样拥有号召力看得非常重，反而不太注意怎样不断超越自己的问题了①。程光炜的警告值得诗人们留心，诗人自我定位的错误，使诗坛风气混乱，也使一部分评论家逐渐远离了诗歌。同一个时代其他文体的发展，给诗歌带来了有意义的启发。

有识之士开始呼喊诗人精神品格的重建。老诗人郑敏指出诗人必须自救。她说，90年代商业主义指派给文化的角色"文化搭台商业唱戏"，对于诗歌创作是致命的。因为诗歌和哲学是一个民族文化的塔尖。而目前我们的诗人们正在吃着一种恶果。它是十年动乱及其后各种更换包装的轻视文化、虐待文化、歪曲文化所馈赠给我们的恶果。今天诗歌界的失调，严肃文学奄奄一息，出版界轻重倒置，低级书报充斥街头巷尾，装帧求助于粗俗的半裸……在这种文化氛围中，严肃诗歌几成讽刺，我们又如何能期望出什么传世之作？郑敏强调，诗人们要想突破这种野草杂蔓遍野的境况必须自救。努力通过自学，进行有计划的中外文、史、哲补课。因为"只有健全的文、史、哲架构才能载起传世佳作"②。谨记老诗人郑敏

---

① 程光炜、张清华：《关于当前诗歌创作和研究的对话》，《渤海大学学报》，2007年第5期。

② 郑敏：《诗人必须自救》，《诗刊》，1996年第2期。

的警告,进行文、史、哲的全面的学习,要敢于丢下那些炫目的诱惑,要勇于承担时代社会所要求的责任,实现如诗评家吕进所说的目标:"诗以它的独特审美通过对社会心理的精神性影响来对社会进步、时代发展内在地发挥自己的承担责任,实现自己的社会身份,从而成为社会与时代的精神财富。"①

我们要正视诗歌的"边缘化"现象。"自80年代末以来,诗歌在当代中国文化空间中的位置已相当边缘化,诗歌的发展一直处于相对完整的'隐形空间'或曰'隐形圈子'之中"②。但同时我们要明白,诗歌自有诗歌的发展路向,它的路向由其发展历史中所产生的一系列审美要求所规囿,我们不必用它的社会意义去要求它的艺术意义,我们要分开去看它的社会意义与艺术意义,不要彼此混淆不分,并让它们相互指责相互要求、制约、指责另一方的发展。历史的教训已足够我们铭记。我们通过对诗歌"边缘化"现象的解读,其目的就是要深刻地理解这种"边缘化"。

诗人周伦佑在《沉默之维》中如是写道:

> 通过我的写作证明,活着是重要的
> 叶芝是什么?萨特是什么?
> 商品的打击比暴力温柔,更切身
> 也更残暴,推动精神的全面瓦解③

---

① 吕进:《三大重建:新诗,二次革命与再次复兴》,《西南师范大学学报》(人文社会科学版),2005年第1期。
② 周瓒:《当代文化英雄的出演与降落(上)——中国诗歌与诗坛论争研究》,《新诗评论》第1辑。
③ 周伦佑:《周伦佑诗选》,花城出版社,2006年,第21页。

商品的打击也许确如周伦佑所说是残暴的，但我们以为，问题的着眼点，是我们对于艺术的态度。有了一个正确的态度，就会正确地理解艺术在生活中的位置，正确地理解和评论我们与文学的关系。林庚有一段关于艺术的话，非常准确、非常有力、非常清晰地向我们传达了这种态度。他是这样说的：

> 艺术并不是生活的装饰品，而是生命的醒觉；艺术语言并不是为了更雅致，而是为了更原始，仿佛那语言第一次的诞生。这是一种精神上的力量。物质文明越发达，我们也就越需要这种精神上的原始力量，否则，我们就有可能成为自己所创造的物质的俘虏。①

让我们努力去培养、去增强、去葆有这种精神上的原始力量。有了这种力量，我们才能在滚滚商品大潮中坚定自我的精神意识，才能正确地去打量身边洪流中的事物，才能如卡夫卡一样去忍受生活中不堪忍受的状态，如此才能在真正意义上实现里尔克所言的"挺住"。

（指导教师：蒋登科　教授）

---

① 《新诗评论》"封底勒口"，2006 年第 2 辑。

# 分离与融合[①]

## ——莱辛、苏轼诗画观比较研究

### 徐若冰

莱辛与苏轼的诗画观在诸多方面都表现出巨大的差异。中西方的语言差异、图像差异以及思维方式差异,是形成莱辛与苏轼诗画观差异的深层原因,正是这诸多方面的差异致使莱辛主张诗画分离,而苏轼却主张"诗画一律"。

## 一 莱辛、苏轼诗画观差异形成之语言原因

西方的拼音语言是对声音的记录,抽象的语言媒介使得诗歌与

---

[①] 节选自硕士学位论文《分离与融合——莱辛、苏轼诗画观》。全文摘要:莱辛与苏轼诗画观的异同表现在两大方面。首先,莱辛与苏轼诗画观提出的时代背景、关系主张、概念范畴、观念提出之初衷、诗画本体论基础以及诗画观念的表述形式等都有着巨大的差异。其次,莱辛与苏轼也存在着异中之同。两者都关注到了不同艺术形式之间的联系,莱辛并未将诗画之间的界限绝对化,认为诗和画是绝缘的;苏轼同样也没有认为"诗即画,画即诗",而是默认了诗画之间也存有差异。中西方的语言差异、图像差异以及思维方式差异,是形成莱辛与苏轼诗画观差异的深层原因,正是这诸多方面的差异致使莱辛主张诗画分离,苏轼却主张"诗画一律"。

绘画的联系失去了内在必然性，从而使两者关系相分离。中国的语言是对形象的记录，属于象形文字，相对形象的语言媒介使得诗歌与绘画之间存有天然的联系。因此，语言是导致莱辛与苏轼诗画观差异的重要原因。

西方语言文字的特性与莱辛诗画观中诗画异质的论点密切相连。西方文字的抽象性、重形式、聚焦性等特征与莱辛对于诗画异质的主张相一致。

（一）

首先，西方的语言是拼音语言，具有较强的抽象性。西方的语言载体失却了原始的形象性，这使得语言符号的能指和所指之间是断裂的。符号与对象之间没有特定的联系，或者说语言的能指和所指之间是相互游离的，这也使得语言的抽象性进一步加强。西方文字从产生到现在，已经发展成为一种与中国的汉字风格迥然相异的拼音文字。从字体的造型上说，西方文字已由原初时期的图画文字发展成了表音的线性文字，在这个过程中它不断加强符号的抽象性，最终它成了几乎是纯粹的符号。西方文字的符号性和抽象性都比汉字强。从字义来说，西方文字也远比汉字抽象。人们几乎看不出拼音文字符号与它们所传达的信息之间有何内在的联系，它的意义主要是受到理性的规定[①]。不仅如此，"声音语言显示了主客关系的断裂，并且保持着远距离的作用。主客体对立使得主体感到悬虚在外，必须自己掌握自己的命运，这就产生了理性"[②]。

其次，西方的语言具有重形式，有严格的形态、格、位等变化

---

[①] 参见韩彩英《中西语言文字的形象与抽象》，《山西农业大学学报》，1998年第4期。

[②] 张岱年、成中英：《中国思维偏向》，中国社会科学出版社，1991年，第194页。

规则。例如在德语中就有性、数、格的形态变化。德语的名词均分为三个属性：阳性、阴性和中性。西方语言的形式具有重要作用，它们通过不同的词形变化来表示不同的语法意义。换言之，形式在西方的语言中具有统领意义的作用。

再次，西方语言的句子构成逻辑体现了特有的"聚焦"法则，有着与绘画相似的异质同构特征。在某种意义上来说，西方语言的句子是一种"焦点透视"式的语言，这种现象可以从句子的形态变化清晰地反映出来。通常来说，西方语言句子的谓语必然是由限定动词来充当的。句子中的限定动词又在人称、数上与主语保持一致，句子中如果出现另外的动词，那么它一定会采取非限定形式以显示出它与其他动词的区别。也就是说，在西方的语言体系中，如果我们抓住句子的限定动词，就等于是抓住了句子的骨干。理解和把握西方语言的句子，只要抓住句子的谓语动词，也就是抓住了全句的灵魂，整个句子格局也就纲举目张了[1]。西方的语言组织方式与西方绘画的"焦点透视"法则也是一致的。整个画面如同句子一样，只有一个"中心"。在西方绘画中，一般从固定的某个视点进行构图，所有的物体遵循"近大远小，近高远低"的法则去描绘，画面所有的物体都有一个共同的"灭点"。这样在西方的绘画中，远景、中景、近景次第呈现，井然有序，整个画面的每一件物体都得到明晰的确定。汉语言则不然，它在绘画上类似于中国画的"散点透视"。这也难怪有人把西方的语言比作是一串珍珠，而"汉语却像一盘大小各异的珍珠，散落玉盘，闪闪发光，灿烂夺目"[2]。汉语言的特质决定了汉民族的思维，进而影响到中国的绘画，同时

---

[1] 陈安定：《英汉比较与翻译》，中国对外翻译出版公司，1998年，第41页。
[2] 同上，第7页。

也是导致苏轼诗画观有别于莱辛的重要原因。

(二)

苏轼诗画观的形成离不开中国语言的土壤。中国语言的"散点"性及汉语言形象性,是苏轼提出诗画一律的重要基础。

首先,中国语言具有"散点"特质。在汉语言中,句子是流动的,不受某个视点的限制,句子中的每一个语词都可以成为"焦点",例如马致远的小令"枯藤/老树/昏鸦,小桥/流水/人家,古道/西风/瘦马。夕阳/西下,断肠人/在天涯"。在这个小令中,每一句话都是一个个的名词构成,甚至是没有动词,它们之间的关系也十分松散,其间可断可连,没有固定的焦点,这与中国画的透视法极为相似。中国画的透视法如宗白华先生所说,是游神太虚,如同是一个人从世外鸟瞰的视角出发,去关照全局整体,体察整个大自然的律动,观者的空间立场是在时间中不断地游弋、徘徊,游目而周览,把多方位的视点、多层次的视像谱成一幅超越现实之物象的虚灵诗情画境。……中国画因为是所谓的"散点透视",它能够移步换景,故多写长方立轴自上至下以揽全景①。

其次,中国语言的所指和能指的结合具有相对稳定性。这主要表现在中国语言具有特别发达的"语象"。在中国文化中,虽然不乏抽象的概念,但却也到处都有"象"的痕迹,"无论是哲学思想领域,还是科学技术园地,抑或文学艺术范畴,几乎无处不有'象'的形影。论天体,讲'天象';说人体,讲'脉象';谈思维,则有想象、表象、意象、印象、具象、抽象等等。至于作为民族文化之典型代表的汉字,更是与'象'存在着深厚执着的意绪与

---

① 宗白华:《美学散步》:上海人民出版社,1981年,第111页。

难解难分的情缘"①。

汉语言的文字具有视知觉意象，这是与拼音文字不同的。如姚淦铭先生在对汉字的心理进行研究时，有一段关于汉字心理的十分精彩的论述。他认为汉字中的"日"、"月"等字，尽管它们已不再像日形、月形，但在人们的心理中这些字是一种仰视的意象。而"田"、"水"等字，则是一种俯视的意象。但是，同样以"水"作为偏旁，"湖"、"泊"、"江"、"河"等字，在心理上带给人们的则是一种横向平面的视知觉。此外，还有一种"水"可以产生由上而下的视知觉心理，如"淋"、"浇"、"泪"、"瀑"等汉字。这种视觉意象的还原，其实暗示出了汉字是由不同的视知觉心理抽象而成的字词。尽管这些还原的意象在人们的心理中存有各种差异。如果是西方的拼音文字，字形上的视知觉的意象心理是很难产生②。中国的文学正是"在这种汉字意象思维的基础上，创造了辉煌的诗、词、曲、赋等"③。

中国语言的形象性或意象性对于苏轼提出诗画融合主张的作用是不可忽视的，因为"形象语言所表达的主客观关系、主客体关系密切相关，没有分开"④。如此以来，在以汉语言为背景的文化中，"意"与"境"、内在与外在、主体与客体、形象与抽象、语言与图像的沟通与融合便成为可能。从宏观的方面来说，汉语言的形象性为苏轼提出诗画一律提供了客观的基础。另外，从主观方面而言，苏轼不仅是一个诗人也是一个画家，语言的形象性对于苏轼而

---

① 王作新：《汉字结构系统与传统思维方式》，武汉出版社，1999年，第17-18页。
② 姚淦铭：《汉字心理学》，广西教育出版社，2001年，第73页。
③ 同上，第137页。
④ 张岱年、成中英：《中国思维偏向》，中国社会科学出版社，1991年，第193页。

言更具有特殊意义。也就是在苏轼的意识中两者更利于趋向融合和互通,而减少两者的分离、断裂之虞。这亦是苏轼"诗画一律"观之所以产生的不可或缺的土壤和背景。

## 二 莱辛、苏轼诗画观差异形成之绘画原因

中西的图像差异也是造成莱辛和苏轼诗画观差异的重要原因。西方绘画注重焦点透视、比例与解剖,强调的是以第三人称的视角看物;而中国的绘画则是以第一人称的视角看世界,这是造成莱辛与苏轼诗画观差异的又一重要原因。

### (一)

西方绘画具有科学性,主要体现在比例、透视与解剖,这三者是西方绘画中的重要方法和手段,不论是哪一种手段都源自于科学的理性分析和观察。科学理性支配下的绘画,重视的是绘画的物理层面,这使其难于与诗歌融合。

首先,西方绘画讲究焦点透视。西方绘画以第三人称的视角观物,称之为"焦点透视",以第三人称观物势必强调客观与外在。莱辛正是在诗歌与绘画的客观层面上来探讨绘画和诗歌的差异的。西方绘画的透视法,基本原理就是,物体在我之外,就像是隔着一块玻璃板看到客观世界的物体和景象,玻璃板后面的物象无论是远、近都映现在玻璃平面上,如果设法将景象在玻璃板上勾画出来,就是一幅合乎焦点透视原理的画。焦点透视是在二维的平面上造成三维空间感觉的主要手段,而这种透视法恰是一种科学的运用。这也使西方的绘画作品布局合理,细部写实、严谨,体面关系清晰准确,引人入胜,人物刻画更是比例恰当、精细入微,整个画面呈现着一种科学与理性的光辉。

其次，西方绘画注重比例、解剖。在文艺复兴时期，画家对物象比例关系的研究十分深入。达·芬奇认为："整体的每一部分必与整体成比例。……我希望人们了解这条定律适用于一切动物与植物。"[1] 解剖对于绘画而言也同样重要。1517年，一位访问达·芬奇画室的人曾写道："这位绅士有关于解剖学的详细著述，用图形描画出四肢、血管、筋腱、肠子，以及男人女人身上可资讨论的一切，其详细程度是前所未有的。我们亲眼目睹了这一切。他说他曾解剖了三十几具各种年龄的男人与女人的尸体。"[2]

莱辛的分析很大程度上也是从物理层面进行的，且明显地受到科学时间观的影响。莱辛在对诗画的论述中认为语言可称之为"时间"的艺术，绘画则是"空间"艺术。如莱辛对于"孕育性顷刻"的分析，就认为绘画应表现时间过程中将要到达顶点但还未到达顶点的那一刻来描绘，显然，莱辛是把绘画的对象作为一个在时间流中的事件来对待的。这种思维方式是科学的思维，并不是艺术审美的思维，在审美的思维中时间并不是物理性质的，而更多的是一种过去、现在、将来的三维的交集。绘画中的时间就像是"宇宙整体承载着过去，也孕育着现在和将来，这就像一棵橡树的果实既是全部橡树的结晶，它沉积着、浓缩着橡树过去的全部发展过程，又孕育着橡树将来要发生的全过程"[3]。在西方绘画的空间中，视点是固定的，空间是封闭的，所有的视线聚焦于一点。依据莱辛在《拉奥孔》中的理论，"绘画由于所用的符号或摹仿媒介只能在空间中

---

[1] （意）列奥纳多·达·芬奇：《芬奇论绘画》，戴勉编译，人民美术出版社，1986年，第134页。

[2] 同上，第143页。

[3] 张世英：《哲学导论》，北京：北京大学出版社，2002年，第42页。

配合，就必然完全抛开时间"①。因此，在时间当中持续的动作，由于它的持续性，就不能成为绘画的对象。依莱辛之见，那些在空间中并列的动作，或者是单纯的静止物体，才能满足绘画符号在空间中的配合。如此以来，在莱辛的理论视域中诗歌与绘画势必彼此分离，难以融合。

（二）

中国绘画与西方截然不同，西方的绘画"要求掌握世界固定的形状，求真，求得现象的完全一致。中国绘画并不求真，而是追求某种关系，加以形象的抽象"②。中国画是在表达一种主体与宇宙的联系，在这个联系的过程中，造型即便有稍稍抽象，但是这种抽象后留下的虚白空间使它更易与诗歌相合。

中国画的散点透视，其实质是以第一人称的视角观物，这样一来注重的必然是事物的内在层面和主体的自我感悟，这与苏轼"诗画一律"的论点内在相通。强调第一人称的视角，也就是从主观的"意"出发进行创作，而在意的层面诗歌与绘画所达到的效果是一样的，都是一种所谓的"逼真幻象"。

中国的绘画与苏轼的诗画融合有两个方面的联系，一是书法与绘画本体的联系，便于在形式上与诗歌融合；二是绘画的空间的"第一人称"性便于与诗歌在意境层面相融合。

作为书法家的苏轼，书法对于其提出"诗画一律"的论点也有一定的联系。画面用笔的书法化是宋元及其之后绘画的一个重要特征。尤其是在元代赵孟頫的倡导下，中国文人画书法化的趋势更加明显。首先，书法作为汉字的书写艺术，在诗歌和绘画的表层物质

---

① （德）莱辛：《拉奥孔》，朱光潜译，人民文学出版社，1984年，第82页。
② 张岱年、成中英：《中国思维偏向》，第195页。

形式结合中具有连接作用。在文人画中，书法既是书写的，是语言文字，又是画面的构成元素。书法既承载着诗歌的内容，又兼具了绘画的构成。书法的这种"兼具"文学语言和绘画造型的特质，决定了书法既连于语言，古代诗歌的书写形式就是书法；又连接着绘画，比如书法点画、运笔、虚实、润枯、干湿等都类似于文人画。书法文字的结构以字立形、相互呼应；笔画的布局与绘画的骨法用笔、构图虚白契合一致。在中国独有的汉字基础上，书法无疑具有特殊的"形象"之美，它天然地为中国文化语境中的诗画融合搭建了一个沟通融汇的桥梁。现代不少日本的书法家摈弃书法的语言性，转而追求书写文字的形象性，这不啻是对书法中造型性因素的高度重视和理解。中国特有的汉字是书法的符号载体，"汉字是借助于带有绘画素质的线条美来进行书写的"①。诗歌的语言（书写出来的语言）就是由书法构成的，而书法本身又具有绘画的因素。这是中国诗歌与绘画走向融合的又一重要契机。

苏轼在绘画方面也颇有造诣，中国画的"第一人称"透视空间，或曰"散点透视"空间，与苏轼提出诗画融合的观念也有内在联系。宗炳所谓的卧游便体现了中国画空间透视特征。"老疾俱至，名山恐难遍睹，唯当澄怀观道，卧以游之。"② 中国画讲究空间的卷收与展放，通常人们可能会从收藏的方面上来思考，认为卷轴的展放或卷起，是方便人们收藏。其实不然，这"在一定程度上，恰恰是中国时间与空间观念的反映，一种延续的、展开的、无限的、流动的时空观念，处处主宰着艺术形式最后形成的面貌。"③ 与诗

---

① 何九盈：《中国汉字文化大观》，北京大学出版社，1995年，第58页。
② 宗炳：《画山水序》，载于俞剑华《中国画论类编》，人民美术出版社，1986年，第583页。
③ 蒋勋：《美的沉思》，文汇出版社，2005年，第222页。

歌相互融合的中国古代文人绘画不同于西方绘画的焦点透视。中国画讲究深远、高远、平远之法，面对同此一片景观，也会有仰看、俯瞰、平望的各种视角。在中国绘画中，人们的视点是变化的、游动的。由近及远、由仰及俯、由高及深，全景式的画面尽现人们的视野。

中国绘画的"第一人称"透视方法既可以人随景动，让观者"走进画面"中去，体味叙述主体的所观、所感之物象。中国画的自由时空观念反映出了中国人独特的生命意识，即以生命为中心的，将时空在心理中统合为一体，这是具有审美意味的统一体。"中国艺术直接将其化为艺术认识方式和意象创造方式，在艺术意象中展开时空合一的妙谛。"①

苏轼对于中国画身体力行的实践促使他深切体味到中国画的内在体悟性特征，而中国画的这种特征与诗歌诗理、诗境自是血脉相连、息息相通的，由此，从中国画这一层面来看，苏轼提倡诗画融合也就是情理之中的事情了。

## 三 莱辛、苏轼诗画观差异形成之思维原因

语言的差异和绘画图像的差异归根到底是由深层的思维差异所决定，中西的思维方式差异是导致莱辛与苏轼诗画观差异的深层原因。西方注重逻辑与推理，中国则偏重感悟思维，中西不同的思维偏向使得两者的诗画观大相径庭。

首先，莱辛的诗画分离观由西方的思维方式所决定。西方以古希腊为代表的艺术思维是相当发达的，但古希腊的思想家除了运用

---

① 朱良志：《中国艺术的生命精神》，安徽教育出版社，1995年，第69页。

艺术思维外,更发展了形式逻辑思维,成为西方传统思维的基本特征。这种思维"主要特征是它们有能力处理假说而不只是单纯的处理客体"①,并且能够只凭借想象或者演绎的事件去同化现实,进而得出必要的认识和结论,从而构成假说即演绎推理。"就是这个对运演进行运演的能力使得认识超越了现实,并且借助于一个组合系统而使认识可以达到一个范围无限的可能性。"② 西方哲学家泰勒斯、毕泰戈拉等人推进了这种思维,后来欧几里德把这种思维运用到几何学中,从而进一步完善了这种思维。

西方思维中注重实在对莱辛诗画思想的形成至关重要。在西方思维中,是以"有"(being)为本"从有到实体(substance),因而在实体与虚空合一的宇宙中只注重实体,把实体从虚空中独立出来进行认识,由此必然会走向形式逻辑。形式(form)就是对实体世界的具体化和精确化,用亚里士多德的话来说,形式就是本体(noumenon)。所以,西方人在这种形式原则的基础上,注重物体的大小、比例以及它们之间的秩序和安排,注重对事物的性质进行种属等级划分,认为形式和内容是契合无间的,形式既是外形又是本质"③。因此,西方思维对于实体的重视,使得莱辛在诗歌和绘画上,也注重表达的精确性和明晰性,这必然致使诗歌就是诗歌,绘画就是绘画,绘画和诗歌不可能结合,更不可能会融合一体。

莱辛在他的时代"摧毁了寓于一切基督教精神中的悖论:既为永恒的逻各斯却同时又通过基督教降生而使这种逻各斯受制于时间。他将基督教的逻各斯从它已经变为历史的奥秘中分离出来,使

---

① (瑞士)皮亚杰:《发生认识论原理》,王宪钿译,商务印书馆,1985年,第52页。
② 同上,第52-53页。
③ 许宁云:《中西语言与绘画比较研究》,《江苏外语教学研究》,2001年第2期。

之成为理性的逻各斯。"① 理性的逻各斯必然促使莱辛朝着诗画分离的方向前行。理性与诗性在莱辛这里显然存在着这样的矛盾，一方面他是在讨论艺术（诗歌、绘画），艺术自有自己的标准与存在依据；另一方面莱辛又以科学的标准去衡量，科学与艺术、理性与感性的矛盾在这里交织，倾向于理性与科学一方的莱辛最终走向诗画分离，而倾向于内在感悟一方的苏轼恰恰走向与莱辛相反的方向，主张诗与画的融合。

其次，苏轼的诗画融合与中国的思维方式相契合。中国的思维方式注重内在与感悟。杨义曾在《感悟通论》中认为，感悟乃是中国思维能力和智慧的传统优势之所在。感悟是在中国丰厚的文化土壤上，所滋生出来的一种诗性哲学。这个诗性哲学滋长的过程借助了印度佛教的内传，也融合儒学心性论以及老庄之道学理论。尤其是禅宗以及理学的思维方式对中国内在体悟式的感知有着十分深刻的影响。在这个过程中，中国的古人们"由哲学、宗教而日常生活化、审美化，骋怀于山川人境，迂回于书画琴棋，从而展开了自己复杂的结构、层次、脉络和功能"②。东西方的思维方式并无高下之分别，"东方的感悟性和西方的分析性，在人类思维史上双峰并峙，可以相提并论、互释互补"③。

另外，苏轼的美学思想是在儒、释、道三家思想基础上发展而来。从时代原因上来说，"苏轼处在经学由汉学过渡到宋学的转折时期。……宋代统治阶级也提倡儒道佛三教合一，以补世教"④。

---

① （美）维塞尔：《莱辛思想再释》，贺志刚译，华夏出版社，2002年，第7页。
② 参见杨义《感悟通论·上》，《社会科学战线》，2006年第1期。
③ 同上。
④ 王世德：《儒道佛美学的融合——苏轼文艺美学思想研究》，重庆出版社，1993年，第4页。

从个人原因上来说,苏轼从小就好读书,奋厉有志;少时读《庄子》,又受到道家思想的影响;苏轼在任杭州通判时曾经聆听海月大师宣讲佛理,也受到佛学思想的影响,尤其是苏轼晚年思想更是归于佛道。佛儒道思想的汇集与吸收势必对苏轼思想产生深远的影响,显然,苏轼在文艺审美思想和表现技巧方面,吸取有儒道佛思想的影响。比如,儒家的经世致用,诗言志,以及抒情、养气、驯辞、交质相济等观点;禅宗的感悟、机锋、兴会、形象启发、妙含说理以及神在象外的思想;道家的自然奔放、汪洋恣肆,巧借寓言、形象比喻、富有妙理和趣味的文采等都汇集融合在一起,使人难分彼此,只感到儒释道的影响在苏轼的美学思想中焕发出了夺目的光彩[1]。

## 结　语

研究比较莱辛与苏轼的诗画观的实质是比较中西的文化艺术以及思维差异。不论是莱辛或者是苏轼,他们在谈论诗画的时候,都没有把两者的关系绝对化,这与诗歌和绘画的本质属性有着内在的关系。虽然诗歌是语言的艺术,但它不可能是纯粹的语言表达,它必然涉及语言背后的语象,最终必然联系于我们生活世界的图景;绘画是图像,它同样也不是纯粹的色彩和线条,它必然涉及寓意的表达,最终也必然指向我们生活的世界。换言之,不论是诗歌语言或者是绘画图像,都不单纯地是它自身,它必然要指向自身之外的事物或景象,这就决定了诗歌和绘画必然有一定的联系,不管这种

---

[1] 王世德:《儒道佛美学的融合——苏轼文艺美学思想研究》,重庆出版社,1993年,第31页。

联系有多么潜在和隐秘,它都是存在的。

　　本文从语言、绘画及思维方式等层面研究莱辛与苏轼诗画观的差异,也仅仅是深入比较研究中西诗画观差异的一个开始而不是结束。莱辛与苏轼分属不同的民族和文化,其中的语言差异、图像差异、思维差异等都有待进一步深入发掘和研究,另外语言和图像之间的关系也极为纷繁和复杂。本文的研究希望能够起到抛砖引玉的作用,也期待更多的同仁和后来者能够从更深和更新的视角关注这两个东西方文化巨人对相同问题的不同回答。

(指导教师:向天渊　教授)

# 内迁诗人作品中的抗战重庆[①]

朱抒宇

国民政府的一纸迁都令将重庆推上了"战时首都"的高位,这座曾经安逸朴实的小城,在陪都的光环笼罩之下开始逐渐显出它光怪陆离的诸多侧面。内迁至此的作家们在此经历了战争带来的各种奇遇,他们也用诗歌的方式记录下了战时重庆的种种。

---

① 节选自硕士学位论文《抗战时期内迁诗人的重庆书写》。全文摘要:绪论部分介绍了重庆抗战诗歌和抗战文学的研究现状。第一部分探寻内迁诗人笔下的自然重庆,选取了"雾"和"山水"这两个意象作为代表:"雾"的内涵是单一而消极的,代表的是黑暗、抑郁、昏瞶和高压,而"山水"则被诗人们赋予了更加丰富的内涵,投射出他们在重庆生活期间对现实的复杂感怀。第二部分探寻内迁诗人笔下的人文重庆,诗人们将"纤夫"视为抗战时期重庆精神的重要代表,他们坚韧乐观的精神使得陪都屹立不倒,透过纤夫团队协作的谋生方式,诗人们也将团结统一抵御外侮的希望传达了出来;在感受到重庆精神的同时,他们更加敏感地意识到自己"异乡人"的身份,因此,他们眼中的重庆又不免带着一丝流离的凄惶。第三部分是关于内迁诗人笔下的抗战重庆,内迁诗人的诗歌主要记录了抗战期间在重庆经历的战争事件、日常生活,以及这段生活经历对他们的影响,因为重庆作为战时首都是非常态的,既有抗战救亡的硝烟,又不乏纸醉金迷的幻梦,战时重庆独有的政治、经济和文化环境作为一种生活体验、创作资源对作家们创作亦有难以磨灭的影响。结语部分分析总结了内迁诗人笔下的重庆以及他们抗战时期的创作和战时重庆的关系。

## 一  直面战火——炸不垮的精神堡垒

陪都重庆深居四川盆地之中，日本政府无法长驱直入攻打重庆，但它也没有放弃过对重庆的攻击。自 1938 年 2 月起，日军开始了对重庆长达七年的轰炸。所有经历过大轰炸的人毕生都不会忘记这一段惨烈往事，而当时在渝生活的作家们用笔记录下了这一段历史。

1939 年雾季过后，日军发动了第一次针对重庆市区的大轰炸，整个过程持续两天，并大量使用了燃烧弹，重庆军民全无准备，撤退躲避不及，山城最繁华的市区瞬间陷入一片熊熊火海，昼夜通明，宛如人间炼狱，商铺街道全部烧成废墟，约有 20 万人在此次轰炸中流离失所。迁都两年建立起来的繁荣市景，毁于一旦。

当时身在重庆的郭沫若便是这段历史的见证者之一。在"五·三"、"五·四"两天大轰炸之后，郭沫若身兼数职，忙于救援，目睹了遭轰炸后的重庆市区处处断壁残垣、死伤者断肢横飞的惨景，愤然挥笔写下《惨目吟》："五三与五四，寇机连日来，渝城遭残炸，死者如山堆，中见一尸骸，一母与二孤，一人横腹下，一人抱右怀，骨肉成焦炭，凝结难分开，呜呼慈母心，万古不能灰。"[①] 重庆初遭轰炸后的惨景从中可见一斑。郭沫若的好友丽尼当时也生活在重庆，《燃烧与埋葬》一诗，就是对这一事件的真实记录：

燃烧罢，城；燃烧罢，山，旷野，和大地！

---

[①] 王继权、姚国华、徐培均：《郭沫若旧体诗词系年注释》（上），黑龙江人民出版社，1982 年，第 240 页。

> 刽子手，敌人，杰作啊，最现代的血的把戏。
> 用达姆弹和毒瓦斯屠杀了我们底兄弟，
> 在这里，
> 用烧夷弹来毁灭我们底城市。

丽尼与家人正是为了躲避战火才由上海逃亡到重庆，而看着轰炸后的山城如一支燃烧的火炬，眼前火光冲天，耳边惨叫连连，他不禁愤怒地呐喊道："杰作啊，用铁和火向中国人索取血祭，用屠杀使中国人向着中国屈膝。/无耻无耻，一百个无耻！/对着流着的兄弟们底血液，对着躺着的兄弟们底尸体，我们中间的血债我们是知道的。"此次轰炸，日军特别选择人口密集、建筑众多的城市商业中心地带，一则该地区房屋建筑异常密集，加上时值春末夏初，天气和暖干燥，江风习习，竹木材质的房屋易燃，一旦着火很难扑灭；二则日军投下的都是可以增加伤亡的特殊炸弹，如诗中提到的"烧夷弹"就是燃烧弹，引燃一间房屋以后，大火随风就势，连绵燃烧，很难扑灭，有的地区持续燃烧长达一周才自行熄灭，而"达姆弹"是一种进入人体后会变形"开花"的炸弹，杀伤力巨大，难以救治，瓦斯弹引爆后则会立即扩散在空气中令周围一定范围内的生物中毒迅速死亡。日寇以如此冷血卑劣的手段对待平民，伤亡人数难以估量，在本质上这难道不是一场灭绝人性的大屠杀吗！

大轰炸对陪都造成的打击是巨大的，却并未如日军所设想的那样动摇人们抗敌的信念，在轰炸中燃烧起来的又岂止是房屋和山河，熊熊燃烧的还有千千万万民众复仇与战斗的决心，丽尼写道：

> 燃烧起来吧，城；燃烧吧，大地，旷野，森林！
> 燃烧罢，每一个祖国底儿子；燃烧罢，千万条血管，

千万颗祖国底儿子底心!

我们不屈膝,我们不要和平。

我们要继续这光荣的战争。

……

——《燃烧与埋葬》①

在抗战期间,重庆燃烧着所有照亮前方战场:大轰炸的伤亡没有使青年们胆怯,重庆还一度出现了参军热潮,冒着敌人的炮火,数万人被源源不断地输送到前线战场上;尽管后方物资匮乏、生产生活条件艰苦、厂区屡遭轰炸,民众仍然节衣缩食以保障钢铁厂和纺织厂的运作,保证前线的军火和日用物资供应;水路和陆路的运输险阻重重,民众也从未退缩。越来越猛烈的炮火助燃了人民越来越高涨的抗敌热情——我们不要屈辱的和平,日寇一日不除,我们就要继续抗争!

郭沫若的《轰炸诗》便写出了大轰炸中重庆人民的心声:

人们忙碌着在收拾废墟,

大家都没有怨言,

大家又超过了一条死线。

——回来了吗?

一位在废墟中忙碌着的中年男子,远远招呼着赶回家的女人。

——窝窝都遭了,怎么办?

——窝窝都遭了吗?

---

① 臧克家主编《中国抗日战争时期大后方文学书系》(第六编第二集),重庆出版社,1989 年,第 1026 页。

女人平静地回问着。这超越了一切的深沉的镇定哟！

人民是不可战胜的！

生命是不可战胜的！①

是的，家没有了，失去的已经失去，生活要继续，抗战更要继续，否则我们将永远没有家，我们的心中将永远是一片废墟！这就是重庆人山一样坚定的意志啊！眼看几次轰炸不但没有动摇士气，反而民众愈加团结奋勇。生存意志格外顽强的人们迅速地适应了这样的生活，他们在一次次轰炸中听熟了警报，摸清了规律，也跑快了腿脚。然而，日军的残暴还是超出了人们的想象，更大的惨剧正在默默的酝酿之中。

1941年6月5日，已经习惯了"跑警报"的人们如往常一样，白天出城躲避空袭，傍晚返家休息。但这天傍晚，人们却遭遇了突如其来的夜袭。防空警报拉响时，许多人正聚集在码头边等待渡江，不得已只能纷纷涌入附近的防空洞暂避，但这一次日军的轰炸从傍晚一直持续到了午夜，并炸塌了较场口大隧道防空洞的通风口。这个只能承受数千人避难的简易防空洞骤然涌进万余难民，缺少必要的通风设施，一个洞口又被牢牢锁上，避难人员无法得到及时疏散，洞内氧气很快消耗殆尽，不断有人传来解除警报的消息，虽不知真假，但人们开始躁动不安往出口涌去，其间拥挤踩踏和堆叠窒息造成大量民众伤亡，洞口尸体直达顶部，场面极为惨烈，仅清理就花费一天一夜。事后多方推测死者在三千人左右，但官方并未公布具体数字，到今天这仍是一个谜。"较场口大隧道惨案"起因虽是日军空袭，但管理不力的国民政府无疑要负起重要责任，而

---

① 王学振：《再论抗战文学中的重庆城市形象塑造》，《文学评论》，2010年第2期。

政府最后连死亡人数都不予以确实公布，实在有掩饰罪行之嫌。那些冤死的亡魂，他们没有死在敌军的枪炮之下，他们没有死在敌机的轰炸之中，他们将性命交付给信任的政府，而他们以身家性命支持着的政府竟没有尽力保护他们的安全，甚至在他们死后都无法明确地给他们及其家人一个交代，实在令人痛心疾首，悲愤难抑！

此案一出，重庆为之震动，大后方为之震动，全国上下均大呼政府不仁！郭沫若写下《罪恶的金字塔》一诗，诗尾注明"这首诗是为大隧道惨祸而写的。日寇飞机仅三架，夜袭重庆，在大隧道中闷死了万人以上。当局只报道为三百余人"。

> 心都跛了脚——
> 你们知道吗？
> 只有愤怒，没有悲哀，
> 只有火，没有水。
> 连长江和嘉陵江都变成了火的洪流，
> 这火——
> 难道不会烧毁那罪恶砌成的金字塔么？
> ……
> 然而，依然是千层万层的雾呀，
> 浓重得令人不能透息。
> 我是亲眼看见的，
> 雾从千万个孔穴中涌出，
> 更有千万双黑色的手
> 掩盖着自己的眼睛。
> ……

一向激情慷慨大声颂唱的郭沫若在这首诗中沉默了，他沉默地悲痛着，只一句"心都跛了脚"，便将心底无法言说的钝重悲愤表达了出来。诗中"火"与"雾"形成了一组对比意象，"火"既是指轰炸机投下的烈焰，又是指沸腾的民怨；而"雾"则暗喻政府黑暗统治下的高压环境。燃烧的火是热烈的，是摧枯拉朽的，是带来人类最初的光明与发展之希望的，房屋与生命被火焰吞噬的时候，火焰也同样吞噬着统治者所拥有的财富，而他们曾经拥有的民心，是一旦被烧毁便永不会回来的了。火的光芒虽然灼热伤人，但也同样能够照清楚眼前的事物，国民政府的黑暗统治如浓雾一般企图遮蔽人们的视线，统治者妄图隐瞒真相，一手遮天，想要以此安抚百姓的情绪，这又何尝不是自欺欺人呢？青天白日之下，当烈火将金字塔底座燃烧为灰烬，自以为安全的塔尖也到了轰然堕地的一天。

诗人们为山城人民吃苦耐劳、坚忍不拔的品格所深深感动，我们或许可以将之理解为民族共同的感情，但在诸多内迁作家中，有一位特别的诗人不得不提，她就是来自日本的绿川英子。

绿川英子求学期间与一位留日学生相恋，抗日战争爆发后，她不顾家庭反对，执意嫁给了这名中国男子并随丈夫回国参加抗战。绿川英子非常明白自己尴尬的处境，她曾经写道："我既无国可回，也不能进入丈夫的国土，就像一只双方都要捕捉的弱小野兔，漂泊在'中立地带'。"① 即便如此，在抗日战争全面爆发之后，她也没有随大批日本侨民回到祖国，而是义无反顾地选择了留在中国继续抗日事业。绿川英子的视野已经超越了国家和民族的界限，她站在全人类的高度去观照这个世界。虽然在中国她多次因为日本人的身份遭人误会甚至辱骂殴打，她也时时牵挂着在日本的父母和兄弟，

---

① 前田哲男：《重庆大轰炸》，成都科技大学出版社，1989年，第116页。

但她对人类的大爱却将她永远留在了中国的土地上。1938年武汉沦陷之后,她和丈夫一起从武汉来到重庆,在国民政府的国际宣传处工作,同时积极参加文艺界的抗战活动。绿川英子在重庆生活的八年期间,亲眼见证了日军对山城人民犯下的罪行,在经历了"五·三""五·四"两天的连续轰炸之后,她内心涌动,写下了长诗《五月的首都》:

> 您,可爱的大陆首都,重庆呦!
> 银翼飞来了,恶魔出现在天空,
> 轰!轰!轰!
> 我的脚下,大地在流血,
> 您的头上,天空在燃烧。
> ……
> 您失去了几千人,
> 留下了那么多可怜的孤儿、寡妇,
> 您哭泣,因为您折断了手,因为您烧伤了……
> 您正处在痛苦中,
> 您满身流血——可是您不怕。①
> ……

绿川英子从一个女人特有的视角去看这次轰炸,她笔下没有了男人们诗中汹涌的仇恨与燃烧的怒火,只是将重庆视作一位母亲,她具有普通人的感受与感情,有每一位母亲都具有的爱与痛,这样,她便能够感同身受地去体会山城所遭受的苦难。日军的轰炸机

---

① 前田哲男:《重庆大轰炸》,成都科技大学出版社,1989年,第117-118页。

被她比作恶魔，残忍地夺走了重庆母亲成百上千的儿女，还留下了许多孤苦无依的寡母与孤雏，而母亲自己也伤痕累累、苦不堪言，但母亲在孩子面前永远是坚强的，她的意志没有被身躯之伤和心灵之痛摧毁，只要还有一个子女活着，她就会勇敢顽强地活下去，继续抵御外侮、保卫家园，继续光荣地战斗下去。绿川英子在重庆生活期间时时刻刻都能感受到中国人和中国政府对敌抗日的坚定信念，也为他们前仆后继的精神所感动，这同时也激励着她为追求正义而坚持不懈地奋斗，所以在诗的末尾，她一改前文温柔悲苦的语气，铿锵有力地表白了自己对中国抗战胜利的信心，"新中国伟大的母亲重庆，不论何时，不管怎样，都会经受住任何考验"！

在陪都时期，重庆用自己的顽强和柔韧书写了中国历史新的一页，作为中华民族的精神堡垒，可谓当之无愧。诗人们见证了重庆的这段历史，更用笔记录了这段历史，他们记下了为全民族独立解放而舍生忘死的重庆人，他们记下了永远炸不垮、烧不毁的重庆城，他们更在心中永远记下了山城展现在全世界面前的永不言弃的奋斗精神！

## 二 浮华乱世——看不清的陪都百态

"下江人"给重庆带来了繁华都市的时髦，也带来朝不保夕的恐慌；国民政府给重庆带来了陪都的繁荣与光彩，也带来了规行矩步的压迫。只是任你如何灯红酒绿歌舞升平也盖不掉空气中的一丝丝火药气。显贵们似乎已经闻到了末日的气息，努力想要抓住一些能够抓住的东西，他们并不以发国难财为耻，只是大肆搜刮却又挥金如土，那最广大的民众连求得一点生存必需的衣食竟也不能够了。陪都的市面渐渐搅成了一滩斑斓丑陋的死水。

陪都虽然山清水秀，但比起上海、南京来，稍显破败。前来避难的达官贵人住惯了宽宅大户，虽是国难当头，也并不愿意委屈自己，就开始了对战时首都的"建设"。一人为之，众生效仿，一些高官和巨贾开始在山间起屋建墅，山头葱茏的花木竟渐渐稀疏起来，有诗为证：

> 杜鹃！
> 杜鹃！
> 多么的鲜妍。
> 几千年的发育滋长，
> 始蔓生了遍山。
> ……
>
> 谁知来了这些大人先生。
> 一座座把洋房兴建。
> 有些是被连根拔去，
> 有些被压得不能见天
> ……
> 我哀杜鹃，
> 我哀杜鹃。
> 我哀国家的金钱，
> 我哀人民的血汗！
>
> ——冯玉祥：《哀杜鹃》[①]

---

[①] 臧克家主编《中国抗日战争时期大后方文学书系》（第六编第二集），第395－396页。

爱国将领冯玉祥居住在重庆远郊，身居高位但生活简朴。得知在如此非常时期还有国民政府的官员贪图享乐，破坏森林大兴土木，浪费国家物资，震怒之下即赋诗一首，将杜鹃拟人化，痛陈贪官的恶劣行径，表示谴责与痛恨。这样的行为是个别、是偶然吗？萍平绘制的《一幅难民写照图》就是通往重庆的路上那绵长的难民队伍的真实写照：相互扶持的一家人，一个一个倒在漆黑的夜里，剩下的人依旧向着重庆的方向去，因为那是没有日本兵、没有战火的所在，那里的土地上都是中国人，是国民政府口中"温暖的"、"自由的"的重庆。当逃难的人们终于到了这里，他们才发现夜晚的重庆都是"热闹的"，只是"温暖"与"自由"在公馆里面，它属于"睡着了的""舒服的人"。重庆的天并不像逃难路上那般漆黑，可那也不是真正的太阳之下的光明。诗人看到的重庆一角，是热闹的浮华与沉默的苦难。

决定来到陪都的人们，在已经沦陷的故乡，在人潮拥挤的逃难路上，已经看了许多悲惨的场景，而在重庆所见的这一幕幕，却仍使他们心中难以平静，诗人们拿起笔，蘸着心酸，蘸着愤怒，留下了一幅幅"百姓受难图"或"官富享乐图"：

> 幻影似的木楼，梦中的，舞台面似的，地狱中的，
> 肩挨肩的酒馆，小吃店，甜食，第四书场，
> 清唱，弦子，檀板……薄木片编的墙壁，纸屏，
> 窗，没有玻璃的空框，竹篾的屋顶，铺上一层
> 泥土的地板，像是结实的地，但鼓一样空……

> 澳洲牛油三十元一磅，鲜虾，飞机货，请看标语：
> "废墟上建立新中国"，青春腺，赐保命，花柳专家，

> 鱼肝油精,四克拉大钻戒,节约建国,巧格力,
> 有奖储蓄券,二十万元,"头彩在此"!
>
> ——袁水拍:《城中小调》①

> 啊,浓雾弥漫的山城
> ——一幅光明与黑暗
> ——曾卓:《重庆,我又来到了你身边》②

交织成强烈对比的油画:这边是敌机轰炸后留下的废墟那边是闪着华灯杯影的高楼;这边广场上传来雄壮的《黄河大合唱》那边大厦中轻飘过来靡靡之音。

声色犬马的生活,是末日前最后的狂欢。这些图景中,谁不能嗅到光彩照人的外表之下肌体已然腐败的味道?

任钧是一位抗战时期颇为活跃的诗人,他的诗歌没有华丽辞藻,没有唯美意象,但他有力的诗歌语言和诗歌本身所传达出的强烈的现场感具有一种悲壮的力量。任钧在抗战题材的诗歌中还注重和民众的互动,努力寻找机会苦中作乐,这个特点和巴人幽默的天性达到了某种契合。另一首同样以大轰炸为题材的诗《他俩》③ 节奏明快,颇具趣味:

> 敌弹使无数的家人父子

---

① 臧克家主编《中国抗日战争时期大后方文学书系》(第六编第二集),第1324页。
② 曾卓:《曾卓文集》,长江文艺出版社,1994年。
③ 臧克家主编《中国抗日战争时期大后方文学书系》(第六编第一集),第482页。

都不能不暂时分离，
……
但也使得许多人
由陌生变成相识
由认识变成知己。

他俩
不久也便由相识
变成相爱。
……
并且——
在一个晴朗的秋日里
在一次最猛烈的轰炸后，
他俩终于由防空洞里跑了出来，
举行那简单而庄严的结婚仪式。

恐怕敌人也完全没有想到过吧？——
他们的屠杀和破坏的炸弹
竟变成了
使得有情人终成眷属的媒妁！

全诗讲述了一对青年男女在躲避敌机轰炸的过程中，在防空洞相识、相知、相恋，最后终成眷属的故事。日军轰炸的初衷是要摧毁城市，动摇人民抗敌的意志，但他们不但没有得逞，反而为青年男女的恋爱提供了机会，怎样艰苦的生存条件都挡不住人们对美好生活的追求，这便是对敌人最辛辣的讽刺。

## 三  人生节点——挥不去的重庆体验

"三年多的歌乐山生活,使我深深留恋,难舍难离。……我留恋这四面青山和一条条在上面徘徊的小径;我留恋热情似火的映山红和呕心沥血蹄声感人的杜鹃;我留恋大天池,我多次在其中投下清癯的影子;我留恋山头上的晴空与彩云;我留恋清晨跳跃在屋瓦上的不知名的鸟儿;我留恋那苍松数株,绿竹千竿……"[①] 诗人们在重庆的生活虽然困顿艰难,但真正到了分别之日,心中却也对这曾共患难的小城深深眷恋。山城改变了他们,也被他们所改变,而这一段生活,总会在他们的生命中留下痕迹。

在来到重庆之前,冰心在文坛已经颇有名气。她尚未大学毕业,但已经形成自己清丽婉约、柔美典雅的语言风格,被称为"冰心体"。1940年冬,冰心一家五口应宋美龄之邀来到重庆,但很快便和国民党政府解除了合作关系,为避开日军轰炸,冰心一家人于次年春天搬到了歌乐山间的一栋土房之中。和其他文人一样,冰心一家人在重庆也面临物资短缺、物价飞涨带来的窘境,在丈夫的劝说下,她开始以"男士"之名撰写专栏《关于女人》。这一次的写作因为隐瞒了身份,冰心的笔风有了极大转变,虽然还是斯文的,却增添了幽默诙谐与辛辣讽刺。后来,叶圣陶先生在介绍《关于女人》系列中的一篇文章时对冰心该时期的创作这样评价道:"……'男士'当然是笔名,究竟是谁,无法考查,但据'文坛消息家'说,作者便是大家熟悉的冰心女士,从提取笔名的心理着想,也许

---

[①] 臧克家:《少见太阳多见雾》,《作家在重庆》,重庆出版社,1983年,第114页。

## 内迁诗人作品中的抗战重庆

是真的,现在假定他真,那么,冰心的作风改变了,她已经舍弃她的柔细清丽,转向苍劲朴茂。"①

在重庆的生活虽然还算安定,但只要战争继续,就会有伤痛和动荡。某日,冰心像往常一样翻看报纸,却意外看到一位朋友逝世的噩耗,加之不断传来的爱国人士伤亡的消息,冰心的内心充满悲愤,写下了《生命》一诗:

> 莫非你冷,你怎秋叶似的颤抖;
> 这里风凉,
> 待我慢慢拉着你走。
> 你看天空多么清灵,这滴滴皎洁的春星;
> 新月眉儿似的秀莹,
> ……
> 你觉得生命投到你怀里不?
> 你寻找了这许多年。

这写于春月的诗却透着丝丝凉意,满是对故友逝去的怀念和惋惜,虽有"温暖"、"光明"这样的字眼,却更加强烈地烘托出了诗中"你"的"深愁"。冰心笔下的诗一向充满了爱,充满了真善美的正面力量,但在如此境遇之中,内心的哀伤与悲愤是真性情的诗人难以掩盖的。另一首以日军轰炸重庆为题材的诗《鸽子》更是将这样的感情表现得淋漓尽致:

> 砰,砰,砰,

---

① 孙善齐:《重睹大后方文坛芳华》,重庆出版社,2005年,第43页。

三声土炮；
今日阳光好，
这又是警报！
……
相迎的小脸笑得飞红，
"娘，你看见了那群鸽子？
有几个带着响弓？"
巨大的眼泪忽然滚到我的脸上，
乖乖，我的孩子，
我看见了五十四只鸽子，
可惜我没有枪！①

这首诗取材于冰心在重庆的真实生活，依然是母爱，依然是童真，却带着那冰冷的咬牙切齿的仇恨。在重庆生活的六年，山城给她的礼物是"成熟'，冰心由柔弱变得坚强，文风也有所转变，在残酷现实的磨砺中，冰心的笔下少了梦幻与怅惘，少了迷惘与苍白，变得更加开阔和明朗，而重庆，也成了她终身的牵挂。

不同于冰心受重庆体验影响颇深，艾青则是对抗战时期的重庆诗坛产生了极大影响。艾青在重庆停留的时间只有短短半年，但他积极的活动和创作为这一时期重庆诗坛的发展注入了活力。他带着长篇叙事诗《火把》来到重庆，虽然抒写的还是大众在残酷斗争中的觉醒与抗争，但却掀起了长篇叙事抒情诗的创作热潮，影响了诸如力扬、王亚平、彭燕郊等一大批诗人的创作。在重庆期间，他创作了《抬》、《城市人》、《广场》、《群众》、《欧罗巴》和《哀巴

---

① 前田哲男：《重庆大轰炸》，第 412-414 页。

黎》等诗，其中既有反映重庆抗战现实的，又有关注国际局势的，
而他善于创造场景，以细节的铺排表现深意的写法，也为当时情感
表达过于激烈以致略显肤浅的重庆抗战诗歌打了一针清醒剂。在高
压的国统区，艾青的活跃很快招来了当局的不满，白色恐怖笼罩了
他，由于不堪忍受国民党特务的跟踪监视，艾青在周恩来帮助下离
开了重庆去往延安，他留给重庆的最后一首诗隐晦而又明白地写出
了他临走前重庆的社会环境："黑色的潭/无底的潭/在紫色的悬崖
下/张开了恐怖//白色的浪/不安的浪/在紫色的悬崖下/叫喊着疯
狂"。

　　此外，还有许多诗人在山城完成了自己的蜕变。王亚平说，
"在重庆的半年生活是值得纪念的"，因为战争使诗人们聚集在一
处，大家有了机会谈论关于诗的一切——不仅仅是诗歌理论方面的
意见交换，还有精神上的鼓舞。他提到，正是在这样的热烈氛围之
中，他开始实验着写一些诗，如《棕色的马》和《火焰曲》等，
虽然实验并不都成功，但他在叙事诗的创作上得到了觉悟。有了
不断失败得来的经验，他才能够创作出《生活的谣曲》、《火雾》这
样的作品。与之相仿，臧克家在重庆完成了他自己称为"英雄史
诗"的《范筑先》（后更名为《古树的花朵》），成为他风格转变的
一个转折点。《范筑先》的不完美是诗人风格变化中正常的现象，
但诗中所出现的语言的口语化和明快节奏，都是令人感到耳目一新
的。《泥土的歌》则是回到了诗人熟悉的题材上，显得真挚而朴实，
虽然与诗人刚出道时所追求的"伟大"有所差别，但却更具有打动
人心的力量。

（指导教师：熊辉　教授）

# 论当代生态诗歌的传播策略[①]

吴 凡

## 一 当代生态诗歌的一般传播形态

### (一) "绿影" 于纸媒翩跹

黑格尔曾说 "存在即合理",生态诗歌的存在不仅仅有其合理

---

[①] 节选自硕士学位论文《论传播学视域下的当代生态诗歌》。全文摘要:本文从传播学角度考察当代生态诗歌,并分析出生态诗歌发展的多元传播方式,可作为生态诗歌研究现状的有效补充。国内对当代生态诗歌的研究多为考察其发展脉络及其诗学价值与意义,从未对它的传播形态与策略进行过探究。生态诗歌传播方式多元化的有效实现,可从外围上为其提供良好的生存条件,同时对生态诗歌的内因症结进行剖析,做到内外因共同作用,大力推动生态诗歌的发展。第一章全面论述作为传播内容的当代生态诗歌。首先,必须了解中国当代生态诗歌的源起及各个发展阶段的基本情况。其次,着重把握当代生态诗歌存在的诗学价值与意义。中国当代生态诗歌从20世纪80年代开始萌动,并于90年代延伸发展,最后在新世纪到来之际,伴随生态的各种呼吁蓬勃发展起来。在此基础上,明确生态诗歌的价值意义,对于审美逆境的突破,诗歌主题的补充及精神价值的吟唱,都凸显了本论文研究主体的现实意义。第二章主要对图像传播时代生态诗歌的传播形态进行了论析。一方面,生态诗歌借助传统传播媒介进行传播,如纸质媒介、网络媒介及视听一体的生态诗歌朗诵活动。另一方面,论文还分析了生态诗歌特殊的传播形态,如结合生态旅游发展兴起的生态诗歌采风征文活动,抑或从生态视角出发的摄影诗歌,又或者一些具备着生态诗歌雏形的诗性生态公益广告。在商业文化的主导下,并结合图像语言的优势,成为生态诗歌在图像传播时代的生命之径。第三章分析了在图像传播时代生态诗歌传播过程中存在的问题。从传播过程本身而言,生态诗歌在传播过程中依旧显现出单一性及滞后性的特点。从传播者而言,生态诗歌借助以追求商业利润为目的的生态旅游进行传播,容易造成生态诗人在生态主题的创建上为迎合 "商业化" 而弱化生态性。诗性生态公益广告因为社会环境教化功利作用太过明显而消散了生态诗歌的部分诗性。从传播内容本身的问题来看,生态诗歌还未发展健全,由于人类主体性的长期盘踞,生态诗人视角的重新端正及生态诗歌的方向把握上都有着一定的难度。通过以图像传播时代生态诗歌的传播形态的解析,从诗学、传播学、社会伦理学的角度为人类的生存、审美乃至精神环境方面开辟了一片清新的视野天地,为当下生态困境及诗歌困境的共同突围,提供一些借鉴之策。

性，更承担着时代使命感与责任意识。生态诗歌走过的二三十年，是一段曲折但依旧不断挣脱束缚努力向前的历程。它用独特的文体优势，书写生态主题。在新诗"边缘化"、诗为"非诗"的大背景下，从社会文化经济政治传媒等综合构成的土壤里，生态诗歌始终奋力成长，力求为人类的心灵带来一片葱郁的绿色，个体生命重新回归到广阔的大自然之中。也为诗歌的自救和生态的挽救提供一条新鲜可行之路。当下传媒环境多表现为多元并存，报纸、广播、电视、网络四大媒体竞争共生的状态。多元的传播方式，带来了多元的话语体系，诗歌在大众传媒的强力冲击下颠沛流离，生态诗歌同大部分诗歌一样，在现代传媒环境中的传播形态多表现为纸质媒介上的书写。主要表现为以下几种方式：

1. 生态诗集的出版发行。例如1998年，江天出版了生态诗集《江天生态环境诗集——楚人忧天》，诗人非马在为江天此部诗集作序时说道："新一代的中国诗人，并不都只在那里关怀小我，喃喃作个人化的独语，他们中间也有张大眼睛，面对社会现实，用良知与生命热情大声发出呐喊的！"江天的短诗精纯完美地书写了一个个生态环境问题，如《搅拌机》、《造纸厂》、《雏鸟事件》、《树桩》等。次年，江天又独力编辑了中国首部生态环境诗歌选集《地球村的诗报告——台港澳暨海外华人生态环境诗选》，并由中国文联出版公司出版发行。2005年，江南潜夫亦通过中国文联出版社，出版发行了个人生态诗集《一草一木都是情》。2006年，华海发行诗集《华海生态诗抄》，同为中国生态诗人团队的诗人阿红也发行了他的个人生态诗集《让太阳成为太阳——侯良学生态诗稿》，由山西出版传媒集团出版发行。这些生态诗集的发行，一方面说明了生态诗歌在新世纪以来已经发展到了在一定阶段的成熟，另一方面也说明了生态诗歌较多依赖诗集的形式为自身提供传播。

2. 杂志对生态诗歌的选登。一些较有名气的文学杂志，有选择性地选取部分优秀生态诗歌进行刊登，对生态诗歌的传播也起到了一定的作用。例如，《诗刊》在2006年2月上半月刊就选登了华海的生态诗歌组诗《澄明之境》；其后在陆陆续续的几年间又选登了他的《自然的回音》（组诗）、《笔架山》（组诗）、《光亮和暗影》、《碧溪》、《雨精灵》等。在《山花》2009年第5期发表了于坚的《便条集》；《人民文学》2005年第1期发表了沈天鸿的《我见过的老虎》；《诗歌月刊》2003年第3期发表了轩辕轼轲的《趁着》等等。

3. 出现了专门的生态类的报纸，或在报刊上为生态诗歌开辟专栏。如《中国绿色时报》作为我国生态文学研究和创作的重要园地，持续不断地发表生态文学作品，其中自然包含生态诗歌的发表，另外还积极介绍国外生态文学研究成果，为我们生态文学的理论构架也给予了极大的促进。另外，一些报刊开辟专门的栏目，为生态诗歌的创作和理论传播提供了积极的平台。如，《清远日报》开设了生态诗赏读专栏，专门为生态诗歌评论和诗学研究成果提供展示的专场。《诗刊》还与华海生态诗歌工作室协办了"闪电花环"诗歌专栏，从2006年开始运作，已经取得了不小的成绩。又如《增城日报》刊发华海生态诗歌的专栏文章等。

纸质媒介作为传统的传播媒体，是诗歌的主要传播方式，它们主要通过报纸、杂志、书籍等载体，对诗歌的内容进行传播。生态诗歌也同样借助了这类传播媒介，由于纸质媒介的持续性与耐读性，也为生态诗歌及其理论的消化理解提供了方便。生态诗歌在纸质媒介上的多元传播也证实了它迅速成长的姿态。

（二）网媒为绿茵增色

计算机网络作为第四大媒体，为图像时代大众传媒的飞速发展给予了极大的推动作用,同时数字媒介的运用更为人们提供了无以比拟的便捷。其特有的及时性与互动性的特点,使得网络媒体在"汉语文学文化中扮演了'消解'和'启蒙'的双重角色。一方面它用不可抗拒的技术力量引发了当代中国文学的转型,另一方面又约束和限定了这一转型的内涵"①。诗歌在这种强势的传媒环境下,发生了不可避免的转型,网络诗歌作为新生诗歌类型,让诗人不再是高高在上的"贵族"。网络传媒也为文学界带来了"俗"风气,快餐式的文化消费成为网络文化的主导模式。诗歌作为个人内心世界的表达载体,被大众文化放逐到角落里,不羁的网络语言更是让诗歌走向"非诗"的境地。生态诗歌在这种传播环境下,积极争取网络媒体的优势之处,扬长避短地利用网络资源,为生态诗歌的传播开拓了另一条新的途径,试图使网络对传统诗歌的巨大挑战变成生态诗歌新生的契机,让网络媒介成为图像时代中国生态诗歌发展的强大动力和有效资源。主要表现为以下几个方面:

1. 网络博客的开发与使用。

博客是网络时代的先进产物,由于"博客"因为谐音"blog"由此为人们所熟识。虽然为个人日志,但因网络传媒的公开性与互动性,博客也成为了网友们展示自己实时动态的平台。人们可以在博客上发表自己的评论以及作品,可以积极地与志向相投的朋友相互探讨。由于网络覆盖面积十分广大,可以囊括全国乃至全世界,网络博客的传播力储备了无穷的力量与潜能。中国生态诗歌在不断挣扎出路的时候,敏锐地发掘了这一点,一些生态诗人或诗人团体借助博客实时地展现生态诗歌的发展成果及动向,将更多的方面展现给全世界。如,生态诗人华海的新浪博客、(生态侯良学)诗人

---

① 欧阳友权:《数字媒介与中国文学的转型》,《中国社会科学》2007年第1期。

阿红新浪博客、厦门大学生态文学研究学科带头人王诺教授的新浪博客等，同时还有中国生态诗歌团队创设的集体博客，在这一系列的博客中，诗人们随时更新自己关于生态诗歌或创作或理论或活动方面的文章，让受众接受到一个个时时变动着的灵动的生态诗歌。有效地促进生态诗歌"圈内话语"与公众话语的沟通。

2. 生态主题网络征文的频繁出现。

近年来，随着生态环境问题的日渐凸显，人们的目光不自觉地转向到生态上来，政府社会团体等纷纷意识到这一问题的重要性与严峻性。为了呼吁人们增强生态环保意识，保护环境保护自然，以生态为主题的网络形式的征文频繁出现在人们的视野中。这是人类生命个体意识的加强，也为生态诗歌的生存发展营造了良好的环境。诗歌作为宣传生态意识的优势文体，在征文比赛限定的文体中多表现为生态诗歌创作比赛。这类的主题征文有不少，如2009年4月，舟山市旅游部门与《舟山晚报》联合推出"环杭州湾生态带环保系列活动之生态诗歌征文大赛"，稿件征集都由邮件形式发送至固定邮箱，最后将比赛结果公布在相关媒体上。这时网络的便捷优势便集中体现了出来。另外，生态主题网络征文表现出区域性向全国性扩大的趋势，2010年1月至10月，中国重要诗歌阵地《诗刊》举办了"绿色伊春——生态诗歌大奖赛"，主要面向全国征集生态诗歌，进行评比；又如2010年5月至8月，通榆县宣传部举办了"人与生态"全国散文诗歌大赛等等。征文范围区域的扩大，也在另一个层面上证明了生态诗歌在中国文学中的重要性不断加强。

（三）青翠之光多元呈现

生态诗集、诗刊报纸的集中传播，网络传播在博客、网络征文等网络资源的利用，让中国生态诗歌在图像时代多元传播体系下形成了一定规模的传播态势。视听结合的大规模生态诗歌朗诵比赛，也为生态诗歌的传播增色不少。图像时代高超的传媒技术使诗歌朗诵不再仅仅是个人化的私语行为，更成为了丰富多样的表演形式中的一种。借助各类光影技术，诗歌伴随相搭配的音乐，抑或相关的影视作品，声情并茂地将诗歌诠释得更加丰富立体。早在抗战时期，"朗诵诗"就作为一个特定的名词概念出现在新诗史上，它不仅指"作为宣传工具和政治活动形式的抗战诗歌运动，又具体指专为诗歌朗诵活动而写作的新诗文体"①。也由此开始，开拓了新诗的多元化传播的又一途径。诗歌朗诵作为诗歌传播的一种重要形式，随着多媒体技术的发展，表现得更为多彩多样。如 2009 年 5 月，太原理工大学举办"山西大学生生态汾河诗歌朗诵比赛"，不仅提高作为国家未来主体力量的大学生的生态意识，又在视听集合丰富的诗歌朗诵表演中，让更多的人体味生态诗歌的艺术魅力。在政府部门生态诗歌朗诵活动也进行的有滋有味，如 2009 年 6 月，为纪念第三十八个世界环境日，进一步浓厚绿色环保的氛围，江山市生态办、环保局等 8 家单位联合举办了"绿色环保山水家园"诗歌朗诵比赛。

另外，图像传播时代生态诗歌创作在各种传播媒介交互叠加的传播下，已经拥有了一定的立足之地。但是要稳固地发展，还需不断加强生态诗学理论的建设。可喜的是，中国生态诗歌理论虽然并未形成权威的诗学体系，但一些相关的学术活动在近年来如雨后春笋般在祖国大地的各个角落绚烂绽放。如 2008 年 5 月，广东省清远市召开了"生态与诗歌暨华海生态国际学术研讨会"，这是我国

---

① 赵心宪：《"朗诵诗"的文体形式及诗学阐释——抗战诗歌朗诵运动的诗学反思之二》，《河北学刊》，2007 年第 6 期。

首次举行的关于生态诗歌理论探讨的活动,大会通过对生态诗人、生态诗歌文本、生态诗学的研讨,推动中国生态诗歌的创作和发展,并构建国际高端学术交流平台;再如,2010年11月,厦门大学生态文学研究团队举行了"阿红生态诗歌研讨会",围绕着阿红新近出版的生态诗集《让太阳成为太阳》展开讨论,重点探讨如何艺术地表现自然物的非人类赋予的主体性、自然本身的美、人主体与自然物主体间的和谐共生、平等交流等生态文艺方向等等。①

## 二 当代生态诗歌的特殊传播策略

在报刊、书籍、网络、广播、电视等大众媒介为生态诗歌提供一片自由翻跹的天地的同时,生态诗歌本身也正以其与众不同的舞姿在令人充满惊喜的视域内摇曳生姿。数字化传媒时代与现代化商业时代同时降临,在主导因素发展转化的前提下,现实便发出了强烈的诉求。生态诗歌必须与商业发展融合,并不是"唯利是图",而是保持相对独立性,从商业与文学共同构筑的天平上找到平衡点,刺激发展获得双赢效果。于是,生态旅游、生态摄影艺术、生态公益广告等传播形式被收纳在生态诗歌行走的路途之中,毋庸置疑地形成了当代生态诗歌在图像传播时代与现代商业时代应时所需的特殊传播策略。这也为其他主题诗歌的发展提供借鉴之途,为改善文学在当代文化体系内的"边缘化",诗歌在当代文学领域内的"边缘化"的窘境取得一定程度上的突破。

(一)蓬勃的旅途:生态旅游对生态诗歌的商业开发

"生态旅游"这一概念出现在1983年。1993年国际生态旅游

---

① 来源:中国文联网http://www.cflac.org.cn/,2010年12月7日。

协会将其正式定义为:"具有保护自然环境和维护当地人民生活双重责任的旅游活动。生态旅游的内涵更强调的是对自然景观的保护,是可持续发展的旅游。"① 一方面,它是以保护生态环境为指要,展现人与自然和谐相处的可持续发展的活动;另一方面,它也是保证当地人民生活特别是提高经济生活水平的一项刺激当地经济发展的商业策划行为。从首要旨归上,生态旅游与生态诗歌始终保持着高度一致,生命共同体的极致追求是二者共同的心声。纵观当代生态诗歌传播的各种传播形态,我们可喜地发现,生态诗歌正积极地与生态旅游靠拢。它正以生态旅游节诗歌征文活动、生态诗歌采风活动、生态旅游广告诗歌等传播形式,与生态旅游实行着"互惠互利"地结合发展。在当代文化背景下旅游文化风行于世,生态诗歌融于生态旅游的发展之中,无疑是为自身发展发掘了一条蓬勃的旅途。

1. 以生态旅游景观特色为主题的生态诗歌征文活动。

21世纪以来,"工业化巨人"正大踏步向前迈进。人类与自然仿佛磁极相同的两块"大磁铁",愈发不断地相互远离。大自然在商业化快速进程中萎靡,甚至遭到了人类的残忍蹂躏。随着人类与冰冷的工业化机器不停地并肩同行,人们的情感日益麻木,人们的审美能力也在日益钝化。于是,一些先行者们恍然觉醒,并试图呼唤更多的人从梦魇中醒来。生态主旨的理性回归,成为了当代社会各个领域最强烈的渴望与诉求。鉴于这一社会文化背景,一些特别是以自然美景为主的旅游景点,积极发展以"走近自然,感受生态"为主旨的生态景区。一方面挽救不断下滑的自然生态状态,另一方面满足当代人的审美愿望及回归自然的呼唤。景区往往与当地

---

① 来源:百度百科"生态旅游" http://baike.baidu.com/view/46782.htm

政府机关合作,创办以当地景色特色为主题的生态诗歌征文比赛或活动。

2011年8月举办的第二届中国秦岭生态旅游节"秦岭最美是商洛"诗词歌赋有奖征文活动,意在诠释山水商洛和人文商洛魅力,用诗词曲赋的形式吟诵商洛的风土民俗、社会经济以及新世纪、新商洛的新形象。将文学文化升华为生态旅游的精髓,无疑是一条可持续的发展之路;将生态诗歌结合生态旅游融会发展,展现生态诗歌除了文学自身价值以外的商业价值,双重价值作用下为生态诗歌提供了一条葱郁的生命之径。

2. 生态诗歌与生态旅游结合的新型方式——诗歌采风活动。

"采风"源于《诗经》中的"风"、"雅"、"颂"中的"风",本意是指宫廷乐府至民间搜集各种口头创作。这一概念发展至今,其内容主要是让人类主动贴近自然万物,与大千世界的千姿百态进行平等的对话,从中汲取与"工业化"背道而驰的审美感受与艺术灵感以达到更高层次的艺术创作。科学技术迅猛发展,人们更多地追求实用性和物质性,在这些因素不断交织与演化下,个体的精神与思想也被不断地遮蔽,物质的享乐让个体灵魂行走在"空虚之境"。纯粹的精神质素被遗忘甚至抛弃,海德格尔也曾不禁慨叹道,在技术化的千篇一律的世界文明的时代中,是否还能有家园。诗歌采风活动的逐渐兴起,为人类个体在喧嚣的世界之外预留了一席之地,沉浸在自然美景的静谧之中,呼唤人类的自然性的回归。在这类创作心理预设下,生态诗歌创作就成为了当代采风活动最好的成果之一。

例如,2011年6月,宁夏回族自治区党委宣传部、《诗刊》社、文联等联合举办的"诗意宁夏·感恩黄河"首届黄河金岸诗歌节采风活动,意在以诗的感觉歌颂黄河金岸的自然风光和建设成就等。同月，由福建省作协、仙游县联合举办的"映像·仙游"诗歌散文采风创作活动，歌颂"仙景·仙梦·仙作"，也为今后举办"映像·仙游大型实景诗歌朗诵音乐会"提供创作文本。再如，2008年9月，首届焦作旅游诗歌节将在焦作市举办，中国诗歌学会将此次采风活动中诗人们的优秀诗篇结集成册，以中英文向国内外公开发行，神农山、青天河、云台山、红石峡等焦作著名景点在诗人们的笔下变得栩栩如生，人类与自然又有了更进一步的贴近与心灵碰撞。这类采风活动的举办，为生态诗歌提供着源源不绝的文本素材与激情灵感，更从另一角度刺激着人类个体精神的空乏虚浮，给喧杂的生活开辟了一方净土。

（二）边走边唱：生态视角的摄影诗歌

摄影是一种视觉艺术，将物体的光线、造型以另一种方式重现于各类视觉媒介，从物体的各个切面作为摄影艺术展示光点，匠心独运地表现作者的情感色彩及艺术主张。而诗歌是一种语言艺术，而且"诗是有节奏的语言"[①]。它通过想象的艺术手段，运用文字的排列组合表现出独特的韵味，表达真情实感。如王向峰曾在《摄影文学的诗性创造》一文中提到，"从摄影文学的构成因素来说是诗画结合，它的可视性表现媒介是画面，但画面中的本质性、主导性的因素却是诗的。并且，在画面中摄影语言有线、形、光、影的可视性，其中包含着文学的诗性，同时也是活脱脱的诗的语言存在，这才有了摄影文学的体类语"[②]。摄影诗歌作为摄影文学的集中体现，凝聚了摄影与诗歌两类艺术"影"与"诗"交相辉映的

---

① 吕进：《吕进文存·第一卷·序言：守住梦想——我的学术道路》，西南师范大学出版社，2009年。
② 王向峰：《摄影文学的诗性创造》，《河南大学学报》（社会科学版），2005年第1期。

"交集"效果。

美国著名超现实主义摄影家曼·雷的一句名言:"我书写我不能拍摄的,我拍摄我无法书写的。"摄影诗歌无疑在书写与拍摄这两根平衡木交叉处找到了平衡点,这种"书写的图像"在当下社会文化中也成为了极富冲击力的新兴文化力量。"智者乐水,仁者乐山"的文化传承驱使旅游活动作为一种文明所形成的生活方式,在人类日益觉醒与自然的距离之余,愈显兴盛。生态主题的摄影诗歌在如上诸多因素的共同作用下,成为了生态诗歌又一特殊传播策略。例如,金殿国的摄影诗集《走过一百座城市》,其中不少著作不失为生态摄影诗歌的典型代表。诗人运用清丽脱俗的光影线条及凝练有力的语言文字共同"书写"下世界上一百座城市的自然美景与民俗文化。诗人作为审美主体,通过艺术的视角审视每一个走过的城市,充分运用想象,进行艺术形象的再创造,并直接转化为高度浓缩的语言文字——诗句。它不是诗歌与摄影的简单相加,而是诗人运用独特的视角记录自己环游的步履,通过影的艺术还原自然客观存在的本真,并用诗的语言巧妙地表现出诗人对这些景观独有的审美感受。

在《走过一百座城市》中我们发现,其中有不少作品不仅仅是对自然美景的体验与感悟,诗人更是将简单情感升华为理性反思。商业化在当代社会文化中进行着无孔不入地渗透,各个城市的自然景观被破坏,并渐渐被商业气息所侵蚀,诗人不禁担忧并叩问道:"一部电影搅破'第一名刹'的平淡与清静,成就热闹非凡、源源不断的功夫经济。……少林寺会如何排除纷扰、坚守自己?"[①] "风

---

[①] 选自金殿国《走过一百座城市》,第11首,《郑州:少林寺》(摄影诗),转引自金殿国新浪博客: http://blog.sina.com.cn/u/1707479332

景旧曾谙的江南,在流淌的诗韵里,在喧嚣的叫卖声里,是否还能保持往日的矜持与恬淡。"① 诗人的"体验"与"忧虑"成为了本部摄影诗集的两大关键词。他以城市为基本单位,将其最原始的风貌展示出来并生成此部摄影诗集的系统。在踽踽而行的路途中,体验自然风光的美好,却也在现代化商业化快速的进程中忧虑着大自然的原始本真将何去何从。随着人类回归自然审美的愿望愈来愈强烈以及当下生态问题的逐步显露,特别是摄影诗歌作为新兴事物,具有蓬勃的生命力以及发展前景,生态诗歌通过摄影诗歌的形式见诸各类媒介也成为了其传播方式的又一有力补充。

除了金殿国《走过一百座城市》外,张林桂2008年8月出版的摄影诗歌100组《鹤立群山》也可以称为生态摄影诗歌的代表之一。此部诗集主要从季节、植物、动物等角度进行创作,作者将自己置身于与自然万物对等的地位,以诚恳的态度与它们对话,从平凡景物摄取不平凡拍摄视角,以平凡语言表达不平凡感悟。如《秋园晨光》、《春日木棉树》、《排山倒海月季开》等。2006年11月,边强出版的摄影诗集《白银风光》,图文并茂地记述了甘肃省白银市的生态风光,用诗的语言引人进入想象的空间,试图激发与读者的强烈共鸣。

(三)绿装的呐喊:生态公益广告的诗性探索

广告跻身于当代文化空间,成为最为强大的符号系统之一。由于广告往往与商业销售直接对接,为此,基于各类消费心理的各式广告在各类媒介上各展风姿,时刻刺激着人们的感官。但公益广告作为广告中的特殊形式,它不以盈利为目的,而是以社会公众切身利益和社会风尚服务的广告,多为解决当下的社会问题和环境问

---

① 选自金殿国《走过一百座城市》,第56首,《乌镇》(摄影诗),转引地址同上。

题。以生态环境为主题的公益广告，直击当下具体的环境恶化问题，往往采取诗意营造或数据揭露的两种方式进行。鉴于广告词的简短凝练及生态公益广告特意的诗意营造，这与诗歌本身有着很大的相似之处；同时作为社会传媒文化重要形态的公益广告往往借助于电视、影视网络等电子媒介进行传播，这种方式无疑是与新媒介力量的有力"握手"。由此，生态公益诗性广告，便成为了生态诗歌传播的又一新颖且具有强烈生命力的传播方式。

例如，2011年由全国绿化委员会、国家林业局、中国绿化基金会共同主办的主题为"同种一棵绿树，共建生态中国"的公益广告活动，与由中国生态经济学会、北京音乐广播、蒙牛生态草原基金共同主办的2011"生态行动，助力中国"大型公益绿色活动联手，创作了不少具有诗性意义的生态公益广告。从诗意的氛围中与直观的动态视频结合，揭示当下生态环境的恶劣状态及每一个人为挽救赖以生存的家园身体力行的方法，试图将"人人皆可生态"的理念推近大众身边。在这系列作品中我们发现，一些生态公益广告有着明显的诗美特性，同时体现着强烈的情感诉求及丰富的内蕴。

> 这是自然的生态，也是人类生存的源泉。
> 这是哺育大地的母亲，也是万物生长的摇篮。
> 这是引人入胜的美景，也是情牵梦系的家园。
> 珍爱中国生态草原，我们生长的天与地，
> 演绎和谐的大自然。

如果摈弃影视媒介的表现形式，单纯从文本来解读这段文字。我们发现它是一组"这是……也是……"的排比句式，并从结构上完成了诗歌要求的语言文字的基本组合排列。吕进曾说过，"诗是

气体"。因为诗"的主要内容是诗人内心情感的直接抒发,它回避精确描绘,客观事物的表现是由诗中所抒之情暗示、折射出来的"①。"源泉"、"摇篮"、"家园"这些意象都是抽象的概念,而非具体时间的具体细节,是"虚"的。此外,它还具有强烈的生态情感诉求,在优美的文字表达下,掩埋着对保护草原资源及人类生态道德回归的强烈呼吁。所以,这段文字不失为一首较好的关于保护草原的生态诗歌。

如果将这个生态公益广告换从媒介方式方面来分析,这种影像形式通过网络、电视等电子媒介传播与图像为主导地位的视觉时代相互吻合。影像符号直观精确地反映客观世界,它"不把言语作为自己的内容,而是把外部世界作为内容。换言之,就是把言语和思维表现的东西作为内容。……不用词语,胜似词语"②。通过与实物最为接近的符号系统即影像来再现中国生态草原在生态系统中的重要性。但是影像却又不得不被镜头所限制,镜头之外的空白就很自然而然地被文字所填补。文字的描述性及表现张力直接提供影像之外的情感空间并引发思索。生态公益广告以其特有的诗意氛围的营造,引领人们通过直观视界与想象进入大自然的美好世界,从而引导人们重视身边的有限的自然资源,一同保护大家赖以生存的家园,影像与文字结合来激起人们在情感上的共鸣。本诗的最后一句说道:"珍爱中国生态草原,我们生长的天与地,演绎和谐的大自然!"直接表明天人和谐、珍爱与人类平等的微小生命、保护自然环境的强烈生态诉求,进一步强化生态责任意识。

生态公益广告的诗性探索,不仅仅为生态诗歌的发展路途另辟

---

① 吕进:《吕进文存·第一卷·第一章"什么是诗"》,西南师范大学出版社,2009年,第39页。

② 王长潇:《电视影像传播概论》,中山大学出版社,2006年,第6页。

了一条蹊径，同时也为在这被工业化、机器化麻痹了人们审美神经的"非诗时代"或"缺诗时代"，在先进的传媒技术之下为生态公益广告策划提供了一种思维启发。生态诗歌只有同先进的电子传媒力量有力结合，才能在新型的文化格局下绽放出独特的"时代之花"。

（指导教师：梁笑梅　教授）

## 音乐文学研究

**主持人语（童龙超）：**

流行歌曲很大程度上是一个关于流行的问题，流行问题很大程度上是一个关于传播的问题。从传播学视角研究流行歌曲及其歌词，应该说，是适应流行歌曲自身特征的一个必要而有效的视角。在本质上，任何一种艺术类型都有其传播问题、接受问题，但流行歌曲这一点上与其他艺术形式有所不同。流行歌曲的传播具有突出的群发性、潮流性特点。流行歌曲以大众为受动者、接受者，反过来，大众也成为流行歌曲主动的参与者、创作者和表演者。从风而动，群起而上，口耳相传，大众以一种"物美价廉"的娱乐方式体验着他们在群体生活中的个人存在。流行歌曲是大众的家园，是属于大众自己的艺术，是大众集体发声、集体表演的操场。所以说，流行、传播的问题是流行歌曲立足自身，并通向流行歌曲内部的一个基本问题，很值得关注。

本期"歌词研究"栏目选登的《流行的颓废情怀：论林夕歌词的传播》一文，是作者硕士论文的一个节选，其中可以看到还有一些截取的痕迹，但它的传播研究视角使该文自成一体，打开了我们走进林夕这个流行歌词大家的一扇门，相信读者从中会有不少新的发现。另一篇文章《王独清前期诗歌对魏尔伦诗歌音乐性的接受》主要探讨了王独清前期诗歌在灵活多变的诗行、丰富的押韵方法、主旋律的运用三个方面与魏尔伦诗歌音乐性的相似性，从比较文学影响研究的角度为王氏诗歌音乐性特征的形成找到了原因。

# 流行的颓废情怀：论林夕歌词的传播

黄笑愉

歌词问题的特殊性在于它是"为传唱而作的词"，它最突出的文化特殊性就在于它必须依靠歌众来完成其流程，没有得到传唱的歌词是未完成的文本①。林夕的歌词有着一丝颓废的色彩，他的歌词亦因大众所喜爱而广泛流传。他的歌词并非"未完成的文本"，而其歌词能广泛流传的原因亦应是值得关注的。

## 一 林夕歌词的传播语境及传播方式

### （一）林夕歌词的传播语境

任何信息的传播都是在一定的语境下进行的，传播语境有可能对信息的传播有促进作用但也有可能对信息的传播起消极作用，因而，在探讨林夕歌词传播的时候便不能不先阐释它的传播语境。

林夕最早创作的是粤语歌词，众所周知，粤语是香港人日常使

---

① 陆正兰:《歌词学》，中国社会科学出版社，2007年，第257页。

用的语言，粤语歌词无疑是比较符合港人的审美乐趣，毕竟粤语歌是香港乐坛的主流。粤语歌曲产生于上世纪四五十年代，但在当时却没有形成主流，一直到了 60 年代，随着港人"本土意识"的出现，港人开始认同香港本土文化，粤语歌曲不再被认为是"老土"的，此时的粤语歌曲才算得上是真正的发展。而到了 80 年代，香港创作粤语歌词的词人也越来越多，粤语歌曲也成为了香港文化消费的一部分，粤语歌词地位的提升，对于创作粤语歌词的词人而言确实是一件好事，林夕在此时进入词坛，对他的歌词的传播无疑是有益的。

林夕歌词的传播除了得益于香港粤语歌曲地位提升这个客观条件之外，还得益于港人对通俗文学的包容以及内地对香港流行音乐的接受。

林夕的歌词是流行歌词，虽然说歌词是诗歌的一个变体，但是歌词并不像诗歌那样一直处于象牙塔之中，可望而不可即。歌词比诗歌更亲切，这是源于歌词的通俗易懂。从某种程度上来说歌词应当属于通俗文学，既然歌词属于通俗文学，那么流行歌词作为歌词的一种自然亦是属于通俗文学的范畴，而香港正是一个对通俗文学非常宽容的地方。"在香港，一切艺术都要走通俗路线，这不一定好，也不一定坏。通俗艺术可以很好，也可以很坏。"[①] 金庸可谓是一语道破了香港文艺的"天机"。在香港，一切艺术都要走通俗路线，在这个生活节奏快的都市中，人们似乎没有过多的时间和精力慢慢欣赏那些情节沉闷的书籍，通俗与高雅之间，确实很难有准确的划分。"大部分的香港人都依靠流行曲、电影、专栏、流行小

---

① 金庸：《"香港文艺"的民主性》，转载自朱寿桐主编《汉语新文学通史（下篇）》，2010 年。

说甚至广告等文化产品来吐露心声,寻找共鸣和实现梦想,香港文化几乎是普及文化"①,在这样的传播语境之下,流行歌词之"俗"使它有了一席之地了,而林夕所创作的歌词也在这样的语境下得以传播。

林夕歌词的传播地并不局限于香港,他的歌词也传到了内地,林夕歌词之所以能进入内地也是得益于当时的客观条件。林夕刚出道时创作的主要是粤语歌词,而到了上世纪 90 年代初,他进入了音乐工厂,开始大量创作国语歌词,并准备打入内地市场。而这个时候的内地正是改革开放之后,流行音乐兴起的第三波。改革开放之后,随着香港与内地的交流逐渐放宽,香港与内地的交流也日益频繁,不少香港流行歌曲进入了内地,这些清新活泼的流行乐曲正好迎合了人们的需要。而内地的流行音乐自上世纪 80 年代兴起,发展到 90 年代已经形成了比较完善的体制,流行音乐也越来越被大众所接受,这样的传播环境使得林夕的歌词得以在内地传播。

(二) 林夕歌词的传播方式

任何信息的传播都离不开媒介,歌词亦是如此。歌词的传播很大程度上依赖歌曲的传播,当歌曲流行的时候,歌词也传入了人们的耳中,换句话说,歌曲流传的两种载体也是歌词传播的载体。所以探讨林夕歌词的传播方式实质上就是探讨歌曲传播的方式。根据陆正兰《歌词学》中对歌曲流传的阐释,歌曲的流传有两种载体,一种是物质载体,另一种是语境载体。物质载体可以比较长久流传,例如磁带、唱片、CD 等,语境载体是临时的,例如现场演唱会、电视剧、电影等②。因此,在探讨歌词的传播载体时也能从这

---

① 陈清侨:《情感的实践:香港流行歌词研究》,香港牛津大学出版社,1997 年,第 29 页。

② 陆正兰:《歌词学》,中国社会科学出版社,2007 年,第 265 页。

两个方面进行阐述。

物质载体有磁带、唱片、CD、VCD、DVD、MP3等，随着科技的进步，网络也成为了歌词传播的新途径。

语境载体主要有现场演唱会、电视剧、广播节目等。现场演唱会、电视剧、广播节目都是传播歌曲的一种载体，与物质载体相比，这种载体具有临时性的特点。但是，这些语境载体也能让歌曲流行得更加广泛。特别是电子信息时代，光纤等信息技术的不断发展，我们可以在网上看电视剧，听广播节目。可见，歌曲的传播是越来越广泛的。

林夕歌词之所以能广泛传播亦是得益于歌手对他歌词的演绎。歌手也是歌词传播的一个重要媒介，歌手既属于物质载体也属于语境载体，歌手在歌词传播上有着特殊的意义，这不仅体现在他们是歌词的载体，也体现在他们与歌词流行的关系。词人与歌手的关系十分微妙，林夕面对不同的歌手时通常会根据他们自身不同的气质而填写不同的歌词，"当然歌手的形象是相当重要的，例如为新人和旧人填词的做法将会是完全不同的。"（林夕《从写新诗到填词》）歌手对歌词的诠释与歌词的传播有着深刻关系的。由于歌手自身的气质和经历都会对歌词的诠释有着影响，所以词人在创作的时候不得不考虑歌手自身的因素，不同类型的歌由不同类型的歌手演唱会产生不同的效果。而在香港的词坛中，林夕与歌手的关系亦是属于十分微妙的那一种，林夕与王菲、陈奕迅、杨千嬅等歌手的关系，并非仅仅是词人与演唱者的关系，很多时候林夕会为某个歌手"特制"歌词，这些歌词与歌手的气质相符，因而在演唱中更能深入人心。

林夕的歌词除了上述的传播方式之外还有文本传播方式。虽然说，歌词要依靠歌曲而传播，但这并不代表歌词没有自身的独立性，歌词作为一种独立的文体，也能依靠文本进行传播，特别是电子信息技术发达的今天，我们都可以从网上找到相关歌词的电子文本，林夕歌词亦能通过网络上的电子文本传播开去。

## 二 受众对流行歌词的需求本质

流行歌词摆脱不了其商业性，这也就是说流行歌词需要依靠满足受众的需求来生存。那么，受众对流行歌词有什么需求呢？一切能满足人需求的文学首先是要给人以愉悦感，唯有先达到这一点，受众才有兴趣对文本进行细读，感受蕴含于文本背后的深层意义。受众对歌词最直接的需求就是愉悦。大众不要说教式的歌词，而需要轻松的、富于娱乐性的歌词。"流行曲世界并无必要讨论太严肃的问题，因为要倾听的新闻已经有，洗脑式的灌输不有答案，最多是提高听众意识，但做得太过火又未必适合。"① 对于受众而言，说教式的君师姿态是不符合他们对流行歌词的需求的，大众所需的是娱乐，从这个角度来看，受众的需求是"俗"的。因为那些富于娱乐性的歌词往往会缺乏一般的文学美感，语言俚俗，浅白直接。受众的这一个需求本质，使得词人在进行歌词创作的时候注意到了歌词的娱乐性。但实质上，受众的愉悦并不是停留在"欢笑""娱乐"这样浅白的字眼中。"心理愉悦的心理内涵，既包括愉快、喜悦、轻松、和谐等所谓快感，也包括悲愁、哀怨、感伤中获得一种精神上的感受。"② 在文学接受中，心理愉悦不仅是生理层次上的快感同时也是情感层次上的愉悦。而在流行歌词中，情感层次上的

---

① 陈清侨：《情感的实践：香港流行歌词研究》，第14页。
② 钱谷融、鲁枢元：《文学心理学》，华东师范大学出版社，2003年，第376页。

愉悦亦是必需的。受众在享受歌词所带来的愉悦感的时候，也同样注意歌词背后包含的思想内容，流行歌词并不一定都是用完即弃的。陈清侨在《情感实践：香港流行歌词研究》中引用到学者费里夫关于听者在消费流行音乐时的四个特点：（1）创造认同，（2）经营感情，（3）组织时间，（4）巩固自我意识。受众在消费流行音乐时所呈现的这四个特点恰好说明了流行音乐在受众的眼中不仅仅是一种享乐，而是有着更多指向心灵的功用。可惜的是，被视为市场的受众，很多时候他们的审美能力都是被低估的。

不过，不管受众的审美能力多高，流行歌词的商业特性都是无法摆脱的，受众即市场，词人在进行流行歌词的创作时绝对不能忽视市场。林夕早年的歌词创作有着新诗的痕迹，例如创作于1982年的《雨巷》。这是一首参赛作品，林夕亦坦然这首词的灵感是来自于戴望舒的《雨巷》。由于此时的林夕尚不是专业词人，填词仅仅是出于兴趣，所以将歌词当作新诗来写亦无不可。然而，当他成为专业词人之后，将歌词当作新诗来写很明显是行不通的，诗与词之间的区别林夕本人是相当清楚的："歌词的听众却是难于估计的。虽然一般以为流行曲是属于年轻人的，但我以为每一首歌除了买的人以外，收音机的不断播送，收听的会是什么人那是难与预料。这是写诗和填词的另一个分别。"① 歌词的创作要考虑到听众问题，也就是说歌词的创作要符合听众的需求，由于这些听众不是词人所预料得到的，因而"填词人的做法往往是针对歌词的需要"。"歌词的需要"说白了就是歌词要满足市场需要，林夕虽然不把市场看作歌词的唯一需求但也不得不承认这是填词的一个"硬件"。而与

---

① 林夕：《从写新诗到填词》，张美君、朱耀伟编《香港文学@文化研究》，香港牛津大学出版社，2003年，第469页。

市场密切相关的则是广大的受众,因而,词人创作歌词与受众的需求有着密切的关系。

既然词人创作歌词要满足身为市场的受众,那么这就可能牵扯词人自身的个性问题,甚至是"媚俗"的问题。"媚俗"一词带有贬义,在这个贬义词的背后似乎让人看到一个毫无个性的创作者,媚俗者所创作的作品应该是无法经历岁月的洗礼的。我们很难断言林夕歌词中的颓废色彩是否有媚俗的成分,不过作为流行乐坛的词人,林夕从来都没有否认自己进行歌词创作是以大众、以市场作为指标。林夕对流行歌词的商业性有着清楚的认识,他曾坦言:"流行歌词仍洗不掉商业产品的身份。但不要误会苏东坡定然比现代词人清高许多,双方不过都是用切合自己时代的表达模式来创作而已。"① 流行歌词作为商品不得不遵循商业化的要求去运行,这是一个不争的事实,词人要做的不是去改变流行歌词的商业化特质,而是思考如何在这个运行机制下创作出优秀的作品。流行歌词要生存就不得不依靠广大的受众,但这并不意味着流行歌词中没有高质量的作品,优秀的词人往往可以创作出一些既优秀又满足大众需求的作品。

## 三 歌词的颓废色彩与受众的接受

任何信息的传播都是双向的,传播者在发出信息的同时还需要接受者接受信息。如果传播者发出的信息得不到接受者的认可,这种传播是不成功的。受众既是一种社会情境的产物(造成共同的文化兴趣、理解和资讯需求),又是对于特定形式媒介供应物的一种

---

① 林夕:《一场误会——关于歌词与诗的隔膜》,《词刊》,2005年第8期。

回应①。因此，林夕的歌词可以依靠媒介发出但是假若他的歌词得不到听众的认可，他歌词的传播也不能算是成功的。

**（一）林夕歌词颓废色彩下的人文关怀**

林夕歌词中蕴含着颓废色彩，但这并不意味着他的歌词就是消极的、堕落的，他只是在解剖悲伤，唯有知道悲伤之所在才能更好地治愈悲伤。因此，尽管他的歌词中带有颓废色彩，但在这些歌词的背后可以感受到深厚的人文关怀。

**1. 一个城市的情绪**

林夕歌词中颓废色彩所表现的人文关怀首先体现在其歌词展现的是一个城市的情绪。

林夕于上个世纪80年代进入词坛，他入行后的第一首获奖作品是《吸烟的女人》，这首作品是在当时难得一见的"非情"之作，歌词中塑造了一个孤独、绝望、颓废的女性形象。歌词中"吸烟的女人"实质上是港岛都市人的缩影，歌词中对"她"的心理描写无不是指向都市人内心的孤独与寂寞、苦闷与抑郁。孤独可以说是城市综合症中的一种，对于香港这个繁华的都市而言，在喧嚣的城市空间下陷于孤独的个体并不少见。林夕的笔触也捕捉到了这些孤独的个体，或是《杯中冷巷》中酒精所带来的自我麻醉，或是《低调感觉》中那份冷漠的情感，或者《寂寞是》中的无奈，这些歌词无不有着港人的影子。林夕的这些歌词也许是港人越物质越寂寞的内心世界的一个反映，林夕的爱情词渗透着悲观的情绪，这与他的个人经历有关，但更重要的是，"林夕的爱情词传达出香港都市人内心的贫瘠与空洞，林夕歌词中的爱情不是一般的爱情感悟，

---

① （英）丹尼斯·麦奎尔著，崔保国、李琨译：《麦奎尔大众传播理论》，清华大学出版社，2006年第324页。

而是香港本土人的内心世界,越物质越寂寞"①。临近"世纪末",港人的不安与迷茫在林夕歌词上也有反映,此时林夕歌词的颓然气息与香港的氛围不谋而合,当然当这样的气氛消散之后,词人也不会再沉溺其中。

林夕歌词中的颓废色彩与香港这个城市有着莫大的关联,林夕在迎合市场需求的同时利用歌词来展现一个城市的情怀,他的歌词中所蕴含的颓废色彩应当是一个城市的写照。林夕歌词所展现出的一个城市的情绪也许就如沈胜衣所言:"当张国荣在重重心事后幻灭无常,当王菲在恍惚间里自演自唱,当黄耀明在奇异世界中春光乍泄,林夕都在他们之中,就像他们每个人的精神镜像,我中有你,你中有我。他的歌词在包装明星形象的时候,何尝不是香港集体情绪的烛照?"② 沈胜衣的这句话针对的是林夕那些带有"末世情怀"的歌词,但实际上,他的这句话同样适合林夕的其他歌词。林夕以"非情"之作进入词坛,他的作品带着独特的香港韵味,他从来都是将香港当作自己创作的一个灵感源泉,在表现一个城市情绪的同时他亦表现出对这个城市的关怀。

2. 个体生命的感受

人生体验是一种个体对人生的思考,这源自于个体的生活,交织着个体对生命的感悟。林夕歌词之所以能被人广泛接受,不仅因为他的歌词写出了一个城市的情绪,而且还体现在他的歌词中有着独特的人生体验。林夕以其敏锐的眼睛,观察这经历着的人生,歌词所带的颓废色彩不是词人的无病呻吟,而是词人对生命的感受和认知。

---

① 傅莹:《林夕歌词的"香港性"》,《文艺研究》,2007 年第 7 期。
② 同上。

时间意识是词人生命感受的一个方面。时间意识是一种生存体验，是一种对生命的感受，存在着的人都不可避免地被放逐在时间的洪流中，美好的光阴总会逝去，韶华消逝，人在时间中的无能为力，展现在林夕的歌词中是《夕阳无限好》的伤感，《催眠》的宿命，《电光幻影》中"歌者与歌终须掠过"，《太阳出来了》中那总要醒的美梦。时间在摧毁着一切美好的东西，体验着人生的词人写出了人在时间中的不能自主，这些带有颓废色彩的歌词，难到不正是个体对生命的一种感知吗？

意义的缺失则是词人生命感受的第二个方面。艾略特在谈及《荒原》的时候曾说道："我们有过经历，却错失了意义。"艾略特的《荒原》写出了现代文明精神枯竭，意义的缺失，现代文明给予了人巨大的物质享受，但是亦给现代人带来了巨大的精神痛苦。我们虽然有过经历但意义却早已缺失，这痛苦也展现在词人的歌词中。林夕笔下的"另类情爱"虽然看似是爱情的感悟，但写的却是现代人爱情意义的缺失。无论是《传奇》的古今对比，抑或是《知己知彼》中渐次失落的爱情，又或者是《哭墙》中所谓的地老天荒，歌词中的个体都错失了爱情的意义。如果说失恋是爱情给人所带来的痛苦的话，那么，茫然地游荡在爱情游戏中不明爱情真正意义的人又算是什么？而这份意义的缺失不仅表现在爱情中，亦表现在亲情和友情中。亲朋见面的交谈犹如一条既定的公式，依照这样的公式固然是可以获得想要的结果，但是这公式本身却毫无意义可言。

个体的迷失是词人生命感受的第三个方面。"在香港这个繁华璀璨的都市中，城市人常感到迷失，究竟繁华背后，除了虚幻的物质生活，还有什么？"① 香港这个璀璨的都市，繁华而美丽，然而，在这份繁华和美丽底下的个体缺失迷失的，林夕的歌词不乏对迷失在城市空间下个体的展现。然而，林夕笔下聚焦的不仅是迷失在香港这个大都会的个体，而是迷失在人间的每一个人。这是在《四月雪》里疯狂人间的荒唐，这是《心中有鬼》所蕴含的恐慌，这是《幻听》所特有的混乱，个体的迷失、焦虑与不安不仅是一个城市的症结，亦是人类的生存困境。

歌词是一种文化现象，不管词人处于什么目的进行创作都无法否定他的文化构建者身份。林夕歌词中的颓废色彩不仅是一个城市意绪的表现，还是对人生的反思，这份人生反思使得他的歌词有着更特别的一面。或是人在无情消逝时间中的无能为力，或是意义缺失所暗含的凄凉与无助，或是个体迷失在人间的迷茫和焦躁，这一切一切，是词人在一个文化空间之下引申而来的，但这份颓废色彩中所带有的人文关怀却是感染了听众。

（二）受众对林夕歌词颓废色彩的接受

传播是双向的，传播者发出信息，接受者接受信息。如果传播者发出的信息得不到接受者的认可，这种传播是不成功的。关于林夕歌词的传播，上文已经有过阐述。歌词通过不同的媒介传播，但是却并不是所有传播都能赢得受众的接受。林夕的歌词大部分都依靠歌曲来传播，在传播的过程中，听众接受歌曲但并不等于也接受歌词。在音乐明星等包装下的专辑，歌词的意义会被削弱，甚至是等于零。所以，纵使林夕的歌词流传到听众的耳边，但由于听众只被歌曲吸引而没有注意歌词，这也不能算是听众对林夕歌词的接受。只有注意到歌词，体会歌词所表达意义的听众才称得上是接受

---

① 陈清侨：《情感的实践：香港流行歌词研究》，第65页。

林夕歌词的受众。

受众对林夕歌词的接受并不仅仅是获得歌词的信息,而且还包括对歌词的信息做出反馈。在传播学中,反馈是指受传者对传播者发出的信息作出反应,传播者根据反应,检验传播的效果,并据以调节后续的信息内容、信息的符号形式,排除信息传递中出现的干扰,以加强针对性,进行更有效的传播①。受众在获得歌词信息的同时亦对歌词的信息做出反馈,这就意味着歌词与受众有着一种召唤与被召唤的关系。文学作品的召唤性体验在文学作品从语言学到心理学的各个层次上,最终体现在这些层次结合成的整体上②。虽然歌词的创作需要依靠受众这个巨大的市场来进行定位,这看似是受众影响歌词,但实际上,歌词与受众的关系亦并非如此被动,歌词如其他文学作品一样与受众有着召唤关系。而歌词能否与受众产生召唤,其关键不单单是歌词本身是否吸引而且还要看受众自身是否拥有相关的情感体验。

林夕歌词中的颓废色彩并没有引起受众的反感,相反,受众对他歌词中的颓废色彩是接受的。这不仅是因为林夕的作品词风优美,而且林夕的词作写出了他者的体验,投射出他者的影子,这些影子与受众的情感体验相一致,使得受众可以在心中建构起一个摹本,摹写出种种自己的情感体验。戴安娜·克兰在《文化产生:媒体与都市艺术》中说道:"如果一个文本的话语符合人们在特定的时间阐释他们社会体验的方式,这个文本就会流行起来。"③ 林夕歌词不仅流行,而且还得到受众的反馈,归根结底都是其作品符合

---

① 陈道德主编《传播学教程》,武汉测绘科技大学出版社,1996年,第77页。
② 朱立元:《接受美学导论》,安徽教育出版社,2004年,第180页。
③ (美)戴安娜·克兰著,赵国新译:《文化生产:媒体与都市艺术》,译林出版社,2001年,第98页。

人们在特定时间下的社会体验方式,林夕歌词虽然有着颓废的色彩,但是这份颓废色彩并没有掩盖他歌词的人文关怀。林夕歌词包含了一个城市的情绪,他的歌词写出了港人的体验,是港人生存状态的观照,这使得受众可以从歌词中读出自己的意绪,林夕歌词带有的这份香港特质自然能为香港人所接受。然而,词人歌词的传播绝不仅限于香港,林夕的歌词亦为内地的听众所接受,这就说明了他的歌词不仅展现了一个城市的情怀,他歌词中的颓废色彩亦是人类普遍的情感体验。词人那些带有颓废色彩的歌词,字里行间虽然带着阵阵苦楚,令人听着胆战心惊,令人听着绝望,但是又有谁能否认林夕那些犀利的字句不是我们的人生经历的种种?歌词中颓废色彩如若只是感伤的话可能就演变成无病呻吟的矫情,林夕歌词中的颓废色彩绝不是矫情,而是一份份撕裂的悲伤,血肉模糊地展现在每一个人的面前,纵使不敢去面对亦总归要面对。而受众在"读"他的歌词时,往往可以找到自己的影子,召唤出过往的情感经验,因而也乐于对歌词的信息进行反馈。"文化活动场所中的呈现是如何影响内容本身的呢?或许最明显的影响就是反馈效果促成的对一个话题或问题的进一步发挥。"① 受众对歌词的反馈主要在于传唱,传唱能使歌词有进一步的传播。受众对歌词的传唱是非盈利性且带有自身的情感和喜好,这与歌手的传唱不同,受众传唱歌词时会根据自己的认识再造歌词的意义。"一些最具有感染力的文化符号,由于在不同种类的媒体上多次曝光,就失去了它们的原初意义,获得了新的内涵"②。虽然林夕的歌词在不断传唱的过程中

---

① (英)丹尼斯·麦奎尔著,崔保国、李琨译:《麦奎尔大众传播理论》,清华大学出版社,2006年,第34页。

② (英)丹尼斯·麦奎尔著,崔保国、李琨译:《麦奎尔大众传播理论》,第41页。

可能失去了它们本来的意义，因为受众的接受不是被动的，受众是意义的构建者，但是，受众对林夕歌词反馈的这个过程可以使歌词得到更有效的传播，同时也是歌词流传成功的一种体现。歌曲的传唱除了依靠歌手还依靠受众的传播，唯有这样歌曲才能传唱不衰，歌词也是如此，虽然歌词有文本传播，但是，如果一首歌词没有与受众产生互动，那么这首歌词是失败的。如果说媒介可以使歌词在空间上有广泛的传播，那么，受众对歌词的接受与反馈则能使歌词在时间上长久的传播，这些看上去"用完即弃"的流行歌词，也有着长久流传的一面，流行的并不一定都是昙花一现，只要是写出了人类普遍情感体验的歌词都可以有长久的流传。

## 王独清前期诗歌对魏尔伦诗歌音乐观的接受

聂 兰

保尔·魏尔伦（1844—1896）作为象征派的先驱诗人，其标志性诗风是他对诗歌语言音乐性的强调。"音乐，永远至高无上！"[①] 他的诗韵律和谐，如行云流水般具有流动感和音乐美，他的很多诗在当时就被音乐家谱成曲子，在人民中间流唱。王独清作为最早介绍魏尔伦到中国来的人，不仅深深喜爱魏尔伦的诗歌，也是其"音乐至上"理论的追随者。他宣称自己最倾心的是魏尔伦说的"De La musique avant toute chose"（音乐高于一切），这种对音乐的注重从法国象征主义者到中国象征派诗人是一脉相承的。

中国新诗在经历了以胡适为代表的写实派（或称自由派），以郭沫若为代表的浪漫派，以汪静之、冯雪峰等为代表的湖畔派以及以冰心和宗白华为代表的"小诗热"后日渐衰微。无论是写实派、浪漫派还是风靡一时的小诗，都不注重诗的语言和形式方面的追求。就像周作人所说："一切作品都像一个玻璃球，晶莹透澈得太

---

① 黄晋凯：《象征主义·意象派》，中国人民大学出版社，1989年，第241、242页。

厉害了，没有一点儿朦胧，因此也似乎缺少了一种余香与回味。"①这是中国早期新诗发展的一个致命的弊端。所以，宗白华的《流云》刊出后，小诗热开始退潮，新诗跟着也中衰。正是在新诗日渐中衰的20年代中期，强调诗歌语言和形式的象征诗派就应运而生了。李金发的诗集《微雨》经周作人推荐在北新书局出版，是象征主义传入中国的标志性事件。几乎与此同时，后期创造社的王独清也从浪漫主义转向，加入象征主义的阵营，他与李金发、穆木天、冯乃超一起组成了中国早期象征主义风景线。

## 一　灵活多变的诗行

王独清最倾心于魏尔伦的"音乐先于一切"，把音乐视为诗的生命，并认为这正是代表象征主义的最高的心向。魏尔伦喜欢长短结合的诗行，长短相间，节奏舒缓，既灵活多变又流动自如，读起来抑扬顿挫，朗朗上口。他的很多名作都以这种长短相间诗行写成，比如《屋顶的天啊》以7个音节和四个音节的诗行组成，《不知为什么》由7个音节、9个音节和15个音节三种奇数音节构成。他尤其喜欢短句，其优秀之作大多由短句写成。试看他的《秋歌》（许渊冲译）：

　　秋风萧瑟，
　　琴声呜咽，
　　余音长；
　　单调无力，

---

① 杨匡汉、刘春福编《中国现代诗论上编》，花城出版社，1985年，第130页。

令人悲戚，
心忧伤。
暮色茫茫，
晚钟凄凉，
人无语；
往事多少，
涌上心头，
泪如雨。
无所事事！
随风忘之，
如落叶；
秋风无情，
东西飘零，
伤离别。①

在一开始，作者就用小提琴呜咽表示萧瑟的秋天，化抽象为具体，既表达晚秋的萧瑟又表示诗人内心浓郁的悲伤，为整首诗埋下感情的基调。从形式上来说，整首都是三音节四音节交替出现，音节的急促转化为心灵的不安。由于诗句短，中间很少停顿，产生一种具有暗示性的共鸣效果。全诗由三节六行诗组成，前面两节的句子结构基本相同。但第三节后半段由一个关系从句结尾，就犹如狂风骤起，将枯叶席卷而去。这一切把节奏减慢，形成忧愁不安的气氛。

王独清也喜爱长短诗行交间使用，用他的话来说，即"长短断

---

① 辜正坤编《世界名诗鉴赏辞典》，北京大学出版社，1990年，第447页。

续的写法"。以《威尼市》第八章第二节为例：

> 你这月下的歌声，月下的歌声，
> 把你底
> 忧郁和放肆，
> 交给这冷风向四面
> 送扬，
> 就尽管这样忽高忽低地
> 诉出许多的往事，
> 使人底心尖，
> 在个被迫害的摇动中受着重伤，
> 我，我在夜半的 Rio 底桥头立定，
> 沉迷着这就要入眠的 Canaval 底歌声。
> 唵，这真像是堕在了梦中，
> 不过我底前胸，在痛，在痛……①

这长短不一的诗行，节奏明快、旋律动人。各个诗行没有相同的音乐节奏，字数也不一样。这一节诗最长的不算标点有 13 个字，最短的只有两个字。结尾强调"我底前胸在痛，在痛，在痛……"余音不绝。这种长短结合的句式，在当时来说是极具创新性的新诗写作技法，确实给诗篇增添了一种由于诗的长短而出现的参差的节奏感。纵观我们今天的诗歌，这种影响还是随处可见。正如他在《威尼市·代序》中说得那样："我把这几首短歌重新读了遍，我自己也不觉吃惊……你看我对于音节的制造，对于韵脚的选择，对于字数的限制，更特别的是对于情调的追求，都是做到了相当可以

---

① 王独清：《威尼市》，创造社出版社，1928 年，第 51 页。

满足的地步。"①

## 二 丰富多彩的押韵方法

魏尔伦从来不写自由诗,他主张诗歌要押韵。他创造性的使用奇数音节,打破法国传统诗歌中诗句以偶数章节为正统的做法。同时,他灵活地运用亚历山大体,使之具有音乐性。传统的亚历山大体有四个停顿,魏尔伦将其三分,即三个停顿。魏尔伦注重诗歌的押韵,在创作时,喜欢叠韵,特别注重元音的作用。有时,他的押韵方式别出心裁。试以《泪水流在我的心底》(飞白译)为例:

泪水流在我的心底
恰似那满城秋雨
一股无名的愁绪
浸透到我的心底

嘈杂而柔和的雨
在地上、在瓦上絮语!
啊,为一颗惆怅的心
而轻轻吟唱的雨!

泪水流的不合情理,
这颗心啊厌烦自己。
怎么?并没有人负心?
这悲哀说不出情理。

---

① 王独清:《威尼市》,第3页。

> 这是最沉重的痛苦,
> 当你不知它的缘故。
> 既没有爱,也没有恨,
> 我心中有这么多痛苦!①

全诗共四节,他创造性地使用押韵手法:让每节的第一、三、四句押同一韵(即 AbaA 式的回旋韵,但译者在这里使用的是 AabA 式,所以译文看起来是第一、二、四句同韵),由于韵的重复出现而使全诗具有强烈的节奏感。其中,第一、四句不仅同韵,而且同字。这是违反诗歌押韵规则的,但用在这里,反而增强了诗歌的节奏感。这首诗暗示给读者的是苦闷无出路的心情,说不出来的痛苦才是最沉重的痛苦。"虽然他的情调是感伤的,但他用的不是感伤主义的直白或浪漫主义的夸张,而是流水般的和声,是如梦如雾缭绕萦回的暗示。"②

所以说,魏尔伦的诗是真正的诗"歌"。

王独清在加强诗的音乐性方面作了很多尝试。他把"音乐高于一切"奉为圭臬,但是同时又觉得难以做到,"特别是中国底语言文字,特别是中国这种单音的语言与构造不细密的文字"③。他认为好的作品应该尽可能用很少的字数奏出和谐的音韵。《我从 cafe 中出来》是他在这个信条下奏出来的典范:

> 我从 cafe 中出来
> 身上添了

---

① 飞白编《诗海:世界诗歌史纲·现代卷》,漓江出版社,1989 年,第 945 页。
② 同上,第 935 页。
③ 杨匡汉、刘春福编:《中国现代诗论·上编》,第 104 页。

中酒的

疲乏

我不知道

向那一处走去,才是我底

暂时的住家……

啊,冷静的街?

黄昏,细雨!

我从 cafe 中出来

早带着醉

无言地

独走

我底心内

感着一种,要失去了故国的

浪人底哀愁……

啊,冷静的街?

黄昏,细雨!①

从引文可以看出,这首诗两节的第一句与最后两句都是相同的,奏出一种回旋美。并且两节都是第二行与第五行押韵、第三行与第六行押韵、第四行与第七行押韵。与魏尔伦的《泪水流在我的心底》有异曲同工之妙,这就保持了诗句平缓的音调。"用不齐的韵脚来表作者最后断续的,起伏的思想"②,他以平缓、感伤的情调唱出一个没落官宦子弟的飘零和苦闷。诗人身处异国,有远离故

---

① 王独清:《独清自选集创造社作品专辑》,上海书店,1989 年,第 12 页。
② 王独清:《独清自选集创造社作品专辑》,第 105 页。

土的悲哀，混迹于酒吧咖啡馆之间，过着颓废散漫的生活。诗中并没有多少概念化的语言，用街灯、黄昏、细雨以及酒醉后的具体意象，海外游子"失去了故国的，浪人底哀愁"就展现在读者眼前，也不见得有多浓烈，平缓的音调奏出的是淡淡的哀伤。这类抒情短诗比起《吊罗马》那类煊赫一时的作品，更能显示出王独清象征派诗风的特点。

## 三　主旋律的运用

象征派注重语言，诗歌的音乐性依赖语言体现出来。在象征主义诗人那里，语言是为诗歌的乐感服务的，变成了预示情感强弱的工具。《烦闷无边无际》（飞白译）全诗共六节，其中一、二小节在诗中各重复一次：

> 烦闷无边无际
> 铺满了原野
> 变幻不定的积雪
> 闪烁如沙砾。
>
> 天穹一片昏沉
> 古铜凝着夜紫
> 恍惚见月华生
> 恍惚见月魄死①

---

① 飞白编《诗海：世界诗歌史纲·现代卷》，第947页。

烦闷无边无际的反复吟唱，为全诗的定下了主旋律。烦闷如铺满了积雪的原野，无边无际。诗人携着烦闷飘向天穹，迎着"酸风"，俯视瘦弱的狼群、疲累的乌鸦，所见的都是不祥的景物，暗示诗人的烦闷难以消除，最后还是回到主旋律"烦闷无边无际"。在这首诗里面，"虽说有风景画的形象，但其中实指的或再现的成分等于零，没有描述，没有明喻，也没有暗喻，所有的意象主要起着音符的作用"①。

王独清受魏尔伦启发，对主旋律的反复吟唱加以自己的改造，在诗歌中大量使用叠字叠句"我觉得这是一种表人感情激动时心脏振动的艺术，并是一种激刺读者，使读者神经发生振动的艺术。"②《但丁墓园》是他在这方面的实践中自认为写得比较好的（限于篇幅，不引），这首诗共两节，每节十一行。每节第一行是完全相同的叠句，第二、七、八、九、十行以及句末的外文，又都是主要字意相同，略作更动的叠句。诗行、诗节、字句的重复出现，交织成一片哀伤的诗情。再看他的《威尼市》中的一首小诗：

> 天气是像要下雨也不肯下
> 你唱完了轻歌在整着头发
> 你好像是不愿和我说话
> 我正要想写话来问你
> 你却只是把你底眼睑低压……
> 哦，你，你坐下，坐下！

---

① 飞白编《诗海：世界诗歌史纲·现代卷》，第938页。
② 杨匡汉、刘春福编《中国现代诗论上编》，第103页。

天气是像要下雨又不肯下
　　你露出了一种有病的疲乏
　　你唱歌时声儿用得过大
　　我斟满了一杯酒给你
　　你却只用唇儿轻轻地一呷……
　　哦，你，你坐下，坐下！①

就上面所引的诗歌而言，句句押韵，两节诗的第一行和末行是完全相同。都使用叠词，同时又构成了重复的叠句。而且，两节诗的第二、三、四、五句式完全相同。纵观全诗，韵律和谐，是一篇"水晶珠滚在白玉盘上"的诗篇。读起来清新中略带苦涩。可以看出，和早期的李金发比较，王独清的诗更多的已经摆脱了单纯的摹仿，而追求音乐和形式美的完整性。

对于象征主义，王独清并不是照单全收。尽管他声称他爱上了"象征派底表现手法"，但他身上还保留了不少浪漫派的气息。就拿上面那首诗来说，诗中更多的是真实的描绘，少暗示的特征。浪漫气息更浓于象征特征。在象征主义最看重的音乐性上面，王独清保留了足够的自我意识。还以上面引文为例，正如他自己所说："对于音节的制造，对于韵脚的选择，对于字数的限制，更特别对于情调的追求，都是做到了相当可以满意的地步。"② 从他这颇为自得的分析中，可以看到，他接受魏尔伦的"音乐高于一切"并不是如魏尔伦那样，把诗提高到音乐本身，让诗富有音乐的暗示性，而是主张从外部比如韵脚、音调的运用上来达到诗歌音乐性的目的。当

---

① 王独清：《威尼市》，第45页。
② 王独清：《威尼市》，第3页。

然，值得肯定的是，他的这种努力对于纠正当时新诗发展的"散文化"的"粗糙"、"作诗如作文"的弊端有一定历史贡献。然而，却失掉了象征主义最看重的音乐暗示艺术。

在魏尔伦看来，强调音乐性，是希望使诗通过自身音韵达到与音乐相似的暗示性的效果，换句话说诗歌的音乐性是为顺利实现诗歌语言暗示性服务的。王独清作为中国象征诗派早期的领路人，看到了这一点，"诗是最忌说明的，诗人也是最忌求了解"①，但是从他的诗歌创作来说，在这一点上，他失败了。"没有达到法国象征主义所谓的由诗的语言的音乐性出发达到诗的暗示的效果。"② 可以说，王独清的诗歌理论与写作存在着某种失衡：他在理论上触及了诗歌的暗示性、音乐性等关乎象征主义诗学一些实质性的方面，但是他的诗歌写作实践却不能不说与真正的象征主义诗歌还相差太远。

通过上文的分析，我们可以看到王独清诗歌的音乐性，但是这个音乐性没有如象征主义所提倡的那样为诗歌的暗示性服务。值得注意的是，他本人曾在一次演讲中明确谈到诗歌音乐性最适于表达诗歌的暗示性："音乐是最能起那种使人一瞥间忘却眼前现实的作用的，同时，又最适宜于传达'不明了'的或'朦胧'的心理状态，这便使象征主义底艺术获得了理想的成功。"③。"音乐，最适宜于传达'不明了'的或'朦胧'的心理状态"，使诗歌最近于法国象征诗派的暗示性的艺术，这与法国象征诗派对音乐性境界的要求是相符合的。但是他的实际写作情况却没有达到自己对象征主义的提倡。这不能不说是一种遗憾。

---

① 杨匡汉、刘春福编《中国现代诗论上编》，第106页。
② 陈太胜：《象征主义与中国现代诗学》，北京大学出版社，2005年，第94页。
③ 王独清：《如此》，上海新钟书局，1936年，第101—102页。

综上所述，王独清作为中国早期象征主义的代表人物，勇敢地接受了魏尔伦有关诗歌音乐性的理论，并积极运用在创作实践中。他的诗摆脱了简单模仿的痕迹，为中国象征诗派的创作实践作出了一定的贡献，影响了中国新诗其后的发展。至于其在诗歌写作与诗歌理论方面的失衡，我们不能过多苛责，"恰恰是这种现象体现了新一代诞生于浪漫主义氛围的诗人的艺术命运：艺术追求与艺术实践的背离"①。

---

① 陈太胜：《象征主义与中国现代诗学》，第4页。

## 重庆诗人访问记

**主持人语（吕进）：**

本期我们推出对诗人何房子和雨馨的访问记。比起前几期的受访者，这是两位比较年轻的诗人，他们带给我们的是别具新意的诗歌美学。对诗人梁上泉的访问，去年就已进行。但采访稿还需加工，上泉最近忙于他的选集的出版，无暇他顾。于是商定，搁到下期去。此外，本期原计划还准备安排有受访者，但由于他们没有时间接受采访，给我们造成了遗憾。重庆之所以成为中国的新诗重镇，原因之一，显然就是这里的创作和评论的双轨发展，重庆的新诗理论在国内外都具有重大影响。因此，下期的"重庆诗人访问记"，我们会组织几篇对重庆诗评家的采访。

# 谁此时没有房子，就不必建造
## ——诗人何房子访谈录

刘 艾 徐小峰

访谈时间：2012 年 5 月 27 日
访谈地点：重庆市渝中区解放碑某咖啡厅

受访者简介：何房子，本名何志，本科就读于重庆大学电机系。后来又怀着缪斯之恋，弃工从文，考入西南师范大学中国新诗研究所，潜心研究现代诗学，现供职于《重庆晨报》。何房子的诗歌创作开始于上个世纪 80 年代读大学期间，90 年代中期曾经中断几年，90 年代末重新提起诗笔。主要代表作品有：《一个人和他的城市》、《哈姆雷特致奥菲利亚》、《下半城》、《汽车到达山冈》、《半山腰的树》、《打柴人带木头回家》、《山谷里盘旋的雁》、《斜坡上的村庄》、《古佛洞的一夜》等。何房子是重庆诗坛的活跃分子，但忙碌的工作使他没有时间对自己的诗稿进行整理。人们期待他不负众望，能挤出时间尽快编辑出版诗集。他是分管《晨报》采编工作的副总编，我们很感谢连晚上都没有睡觉时间的他，抽出时间接受我们的采访。

## 循迹开花之路

何房子于1985年以优异成绩考入重庆大学电机系,第一次离开自己的家乡湖北黄冈。地理的变迁,让何房子对诗歌有着特殊的情愫。读大学期间恰逢第三代诗歌和校园诗歌的兴盛,重庆又是现代诗歌发展的重要阵地,年少时对诗歌的梦想使得何房子踏上了诗歌之路。

重庆大学在历史上是一所文理并重的著名综合大学,50年代院系调整后就成了一所纯粹的工科类大学。但是久蓄于校园的人文传统和浓厚的文化积淀使这所大学里始终闪烁着诗歌的光芒,重庆大学校园诗歌的蓬勃并不比任何一所文科大学逊色。当时在校园诗人里已经享有全国知名度的第三代诗人尚仲敏,就是重庆大学81级的学生,诗人李元胜和王琪博分别是79级、83级的学生,何房子则是85级的学生。有意思的是,他们是重庆大学同一栋宿舍楼走出的诗人,且都是来自于电机系。1936年建系的电机系是重庆大学最具学术影响的王牌系,考进这个系是很不容易的。从1979年到1985年,思想解放的精神谱系几乎在当年中国的每一所大学里都培育出了独特的语言之花,重大亦不例外,有趣的是,重大的诗歌路径是沿着单数展开的:1979,1981,1983,1985。

80年代的诗歌爱好者可谓见证了80年代那个中国当代诗歌的高潮,人们对诗歌的热爱相当炽烈。仅在重庆大学就有11个诗社,基本上每个系都有自己的诗社,每一个诗社都有自己的油印刊物,何房子任重庆大学《蓝语》诗社的社长。在重庆大学读书期间,学校图书馆的文科阅览室给何房子提供了一个广阔的阅读空间和思维天地，他在此阅读了大量的现代诗歌、当代诗歌、西方诗歌，为自己今后的诗歌创作打下了坚实的基础。同时，重庆大学是校外诗人、校园诗人云集之地，经常会有外地、外校的诗人到重庆大学交流，借此机会何房子结识了许多第三代诗人，有些人此后还成为了多年的朋友。

重庆大学正门口的茶馆就是诗社活动的主要地点，那时一群爱好诗歌的人围坐在一起，听着茶馆里说书人的故事，喝着茶水，写下了自己的青涩的作品。何房子创作的第一首诗《故事》，就是在这种情况下创作的，只可惜没有留下诗稿。早期的诗歌作品随着诗人人生的变化，许多诗作都没有整理收集，都散落了，可谓是一大遗憾。

对于80年代的诗歌，现在诗歌评论界有着不同的解读。在何房子眼里，80年代是一个辉煌的年代，是一个人性复苏的年代，是一个个性解放的年代，是一个启蒙的年代，当然也是浪荡主义盛行的年代。浪荡主义由法国诗人波德莱尔提出，"浪荡主义是一个过渡时代的产物"，是在社会还没有成型的时代的产物，浪荡主义颓废的情绪、忧郁的情怀以及一种病态的宣泄和表达，甚至还有一种偏执的对诗歌技艺的热爱，都会使得这些物质上非常贫穷的诗人在公众场合宣称自己精神上的优越，这是中国历史上非常特殊的时代。我们知道，后来的商业主义就完全摧毁了这样一种精神上优越的可能性，但是，至少在那个时代由于有这样一批浪荡子，他们身上的一些品质，精神追求上的一种卓尔不群，追求人群中的唯一，追求一种语言行为的即时快感，等等，这些都给我们勾勒出一幅那个时代特殊的图像。也像波德莱尔所说，"醉是每日必需的"。这里的"醉"有两层意思，一种是酒精的醉，另一种是对诗歌的沉醉。在那个时代，个人的天赋得到了完全的展现。现在回过头看，再经历了二十年重商主义笼罩之下的社会，80年代的诗人当年不可思议的行为和表达，现在看来充满了童真和孩子气。那是一个狂热的时代，也是干净的时代，诗意的年代。

  80年代的经历赐予何房子最宝贵的两样财富，一是诗歌写作的目的是什么。很多人一辈子写诗都没有真正地解决这个问题，或者说是不停地在摇摆。在诗人看来诗歌写作的目的除了诗歌本身，别无目的，这是诗人自己感受到的，这也是他后来诗歌创作的原则。诗歌带来了些什么？它带来了另外一种幸福，在忧伤的人生之中，能够开出语言之花，能给诗人一种特别的幸福感，这种诗歌之花的独创性，对汉语表达的贡献，正是通过诗人的写作来完成的，诗歌本身就是目的。这也就是马拉美所说的，"一个诗人一生的目的就是打造一座语言自身的世界"。这种快乐是秘而不宣的，它是不足与外人道的，也是说不清道不明的，但是这对一个人精神的成长却是很好的精神养料。第二个启示是，一个人独立的思考写作是多么的重要，也就是说写作是私人性的，80年代诗歌此起彼伏的山头主义，这是在何房子以后创作中所摒弃的。何房子身处第三代诗歌的尾声，以其特有的参与者和观察者双重身份体验第三代诗歌。在这样一个过程中，可以体会到个人写作、思考的价值。80年代的山头主义和90年代的商业主义这两个紧挨着的时代，给我们提供了真正观察时代的两个角度，提供了一种诗人自我转型的契机，当代诗歌反思的契机。这种契机就是，在原来喧哗之后，真正的人生真相是什么，每个人都是孤岛，而写作是人生最好的慰藉。

  何房子大学毕业后分到湖北十堰，可是他的诗心怎么会甘于这样的人生呢？工作一年后他又回到了重庆，做起了"无业游民"。那时在重庆大学还有很多热爱诗歌的朋友，大家聚在一起讨论诗歌，讨论中国往何处去，组织一些文学沙龙，虽然有的时候连吃饭都没有着落。这是精神上富裕、物质上贫穷的值得怀念的日子。

一年后，思来想去，何房子决定投考诗歌专业的研究生，中国新诗研究所当然成了第一选择。于是，何房子回到湖北老家，做考前准备。但作为一个工科学生，要考上文科的研究生，其难度可以想见：诗歌创作毕竟与研究生考试不搭界啊。他参看各个版本的文学史，系统地了解中国文学史的发展，对不同版本文学史的钻研，让何房子收益颇多，为之后的学习和工作做了铺垫与积累。最终他于1992年考取西南师范大学中国新诗研究所的研究生，师从当时已经名满全国的吕进教授，方向是中国现代诗学。学习非常紧张，吕进老师对学生要求极为严格，列书单，读专著，写笔记，搞课堂讨论，组织第二课堂，研究生生活忙碌且充实。何房子至今还保留着读研时期的读书笔记。回想起读书的日子，不禁感慨吕老师的悉心教诲和治学态度，也当作是诗人自己人生的一种备忘录。吕老师还记得，何房子在第一个学期的暑假从十堰给他写的信，从这封长长的信里，感受到何房子对生活的感恩，也感受到这个学生的诗人气质和良好的文字修养。那个时候，海峡两岸交流不太多。一次，台湾一家报纸副刊的主编、诗人刘菲先生来信，希望吕进组织一个介绍西南师范大学诗歌的版面，吕进把这个重任交给了何房子。报纸出来了，整整一版，通栏大标题《西南师范大学诗群》，并配上学校大门的照片，好漂亮！吕进给校长看，并说，这是一个叫何志的研究生编的，校长很高兴。也就是在读研期间，高密度的理论话语让何房子的创作一度陷入了迷茫阶段，遂中断了诗歌的创作。对于创作和理论这对矛盾，导师吕进先生则以过来人的身份告诫他：诗歌创作和理论密不可分。没有理论高度,创作就是画地为牢;没有创作实践,理论就只是学院派枯燥的条条框框。停笔两年后再度创作的时候,他自己也惊异于他的诗的巨大变化,笔下的诗有了更为深厚的底蕴,具有了叙事和抒情融合的品格。

　　三年研究生毕业,获得文学硕士以后,何房子就职于《重庆晨报》,转眼就过去十七载。何房子现在的身份不再单单是位诗人了,他也是一个新闻人,而且是重庆新闻圈里的知名新闻人,他是《重庆晨报》改革发展的主推手之一。可以这么说,《重庆晨报》的每一步拓展、每一个成功都含有他的汗水和辛劳。由于工作性质的特殊,他不得不通宵工作,只为能在次日的晨曦里看到《晨报》的顺利出报。再忙、再累,何房子却始终守望着他对诗歌的钟情与爱恋,始终珍惜自己诗人身份的确认与光彩。

　　在他人眼中,诗人何房子简直是个传奇人物,由工转文,由文入新闻,什么都能干得风生水起。其实,这个"房子传奇"里面有梦想、有坚持、有放弃、有进取啊。

## 窥探绚烂之色彩

　　敬文东写过一篇《撤向源头——何房子诗歌阅读札记》,其中提到何房子的诗歌有很强的人文关怀。何房子把"诗歌是对人生的洞悉"这一想法作为诗歌创作的基点。如果没有对人生进行洞察,去谈诗歌的语言、技术,其实都是舍本逐末、无源之水。在何房子看来,人生是没有绝对胜利的,人生的不断挫败感是诗歌的酵母。现代社会被成功学包装起来,到处宣扬着个人成功主义,何房子感受到的却是不同的声音。正如里尔克所言"哪里有何胜利可言?／挺住就是一切。"这里的"挺住"就是一种人生的姿态,同时这种姿态是一种质疑式的，也是内在的反对式的。诗从来都不是顺从的，任何伟大的诗歌都可以从中寻找到反对的诗心。当然这种反对并不是那种世俗的反对，它来自诗歌内部精神的力量。要反对诗歌的陈词滥调，就必须自我创新，形成自我的语言。只有秉承着反对的理念，才能找到创新思维的空间。只有明确了精神反对的方向，才能塑造出诗歌独立的品质。敬文东在文章中提到："唯有在时光中被打败的人类，才是一切艺术最伟大的主题。失败的人类才是人最终和最深层的命运。记录我们的失败，记录我们对失败的感受，从各不相同的失败样态中窥见命运的蛛丝马迹，是一个有智慧或走在智慧之路上的诗人必修的功课。"所以何房子一部分诗歌的主题就是"失败"，当然，这里说的失败不仅仅指诗人自己的失败，是指万事万物的失败。请读他的《墙上的木刻：鱼》

> 在白天，它是暧昧的。鱼刺卡住木头的喉咙
> 木头一直在用力
> 咽下桐油、钉子以及一小块墙壁
> 鱼倒挂。与客厅的一面墙相比，它是忧郁的
> 挤干了水分的鱼鳞趋向木纹
> 它的不规则正如空气的不规则
> 到了鱼尾，缺氧的船队一字排开
> 蚊子紧随其后，这袖珍的吸血鬼
> 在盘旋，在立秋之日扑向墙上的木刻
> 可惜，用力过猛
> 蚊子头破血流，它的江山已经皮之不存
> 鱼的江山呢？木头的江山呢？
> 它们结合得如此深刻，我一眼看出了破绽

没有江，鱼头就只有向下低垂
没有山，木头就只有方方正正
现在看来，蚊子、鱼、木头聚到一起
不是出于偶然，而是那四颗钉子
这一天，堵住了东西南北，堵住了它们的来和去

在这首诗中，木刻这个抽象的、非生命的标致呈现出来的同样也是"失败"。

与"失败"相关的是"后退"，后退也是何房子诗歌的一个重要主题。诗人思索了这样一个问题：人生真的是否在不断前进？对此，诗人提出怀疑。随着时代的迅速发展，每个人都想拼命赶上时代的列车，然而那些没有赶上时代列车的人成为了这个时代的看客。那些置身列车的人们反而看不到自己的目的地究竟在何处，恰恰是置身时代之外的这些看客能够看到时代与人生的病根在哪里。通过不断后退的方式，让自己回到了诗歌的一种"纯真"状态，处在这种状态下洞悉人生与时代，就会看到不一样的东西，就会了解时代与人生的秘密，成为时代的记录者。

何房子的诗歌创作在1995年之前，一直坚守着抒情诗歌的路数，在诗人看来诗歌就是一种歌唱。这种抒情路数认为诗歌就是一种自我的表达，是一种对美好事物的向往憧憬，以及对一种歌唱的诗歌调子的偏爱。这是一种青春的写作，同时也是一种青春疾病的自我诊疗。在他看来诗歌和很多种病是联系在一起的。青春疾病和中年疾病在诗歌中是有不同表达的。诗歌是极端状态下的从容表达，何房子前期的诗歌是抒情的歌唱的诗，也可以说是单向度的诗。1995年以后，随着社会经历的增加，诗歌不仅仅是对自我的洞悉，更是对人生的洞悉。随着人生阅历的增长，不难发现，抒情

不是人生的本真状态，抒情也不会是这个时代的基本状况，这个时候诗人就必须转变。这个世界变得如此的复杂，作为一个诗人你该如何去表达，这成为一个难题。80年代很多校园诗人放弃写作，何房子认为这与没有找到适当的转型有很大关系。永远写青春诗歌的人无法长大，中年就意味着节制，意味着控制和智力上的成熟。而洞悉世界需要智慧，不可能仅需要情感，这个时候诗人就开始让生活场景的进入其诗歌。生活的场景万事万物都会涌向他的诗歌，在这个诗歌语境中，诗人惊异地发现奇迹出现了，一些普通的词获得了一种另外的力量，它获得了一种意想不到的诗意，所以让现实的场景融到诗歌虚拟的情景，在虚与实之间产生一个广阔的诗意的空间，这比青春的写作更具挑战性。同时这样的创作更能表达一个诗人对这个世界的态度。何房子后期的诗可以称为中年的诗、后退的诗、智性的诗，也是成熟的诗。

> 嘉陵江上，帆船一动不动
> 帆影点点，雨水点点，礁石上的人一点，又一点
> 数峰清苦，数峰在对岸，绕着江水盘旋
> 只有帆船一动不动，斜排在嘉陵江面
> 从洋人街看过去，春天是肉欲的，像倒立的房屋
> 高耸在山头，相当大，相当多的人经过
> 我在中间，不，我离人群十米之遥
> 那花伞，那淋湿的短袖，仿佛和我隔了几百年
> 书生解甲归田，他的心中藏着几头幼兽
> 他拿江水喂它，拿帆船送它到生活的下游
> 它不长，不死，我和我古代的三两个朋友感同身受
> 穿蓑衣，戴斗笠，斗地主，无所谓前途

无所谓动与不动。洋人街近似虚构，停在晚风中
　　是一艘更大的帆船，它显然已到了目的地
　　忙着和花花绿绿的世界彼此交换定情的信物
　　我也没有闲着，我一直在看江上的动静
　　天色已暗，暗中的帆船好像一叠又一叠的纸
　　又好像天地间的几个错别字。足矣，足以安慰我心

这首诗以常见的几个场景组建在一起，构成一个广阔的空间，如痴人说梦，如低声喃喃自语，但是表现出来的却是诗人对这个世界的态度：矛盾与冲突，这种相成的两个方面构成一个世界，这种相对构成诗歌内在的推动力。

　　打柴人带木头回家
　　打柴人不曾躲避过冬天
　　他行色镇定　　上山就是一次赶集
　　他要把淋湿的木头带回家中
　　屋内的火苗上升　　打柴人
　　能听到木头在林中的叫喊
　　一截被锯断的木头　　它还需要
　　搬运和劈开
　　打柴人的手上有歇脚的扶杆
　　它也曾是被大雪围困的木头
　　但后来被开掘　　被精心制作
　　远离了火　　打柴人整个冬天
　　就搭上了一个不知疲倦的兄弟
　　打柴人不得不说

另外的木头有另外的命运

在幽暗的山林和亮膛的炉火之间

打柴人来回奔走

他瘦长的身影

适合登高

适合在一堆灰烬中分别梦想和严寒

《打柴人带木头回家》这首诗是何房子的代表作之一。这是诗人1999年去金佛山游玩，在大山深处路遇到一个打柴人，有感而作的诗。在偌大的山林中，你能感受到的是生命的默默存在，不招摇，不绚丽，但就切切实实的存在着，这样的生命同样值得敬重。"梦"与"严寒"使得眼前的风景获得了新的生机与力量。生命可以这样默默生长，即使他的生长被世界屏蔽了，但是你不能否认他的生长。这些与大山为伴的人，他们也是在顽强的生存着，他们的生命力也是值得我们敬重的。打柴人也是有梦想的，有一种常人不能理解的高度。"梦想"和"严寒"是相反相成的两种事物，这就是这个世界的组成。眼前的风景放进诗歌，诗歌就获得了力量和新的生机，我后期的诗歌都是与现实密切相关，但是不能简单说这是现实主义的诗歌，与现实相关是当代诗歌要呈现出的一种姿态。

对于传统，何房子也有自己的看法。在他看来，传统是一个在不断形成的东西，而不是一个已经固化的东西。在时间的流逝中，诗人对汉语的贡献会加入到传统之中，因此诗人就是在创造传统。这个过程是很艰辛的，首先诗人要了解熟悉这个传统，然后深入思考阅读。中国诗学的传统中也有一些现代的东西，比如颓废主义是一个很现代的东西，在南北朝时期的一些诗歌，也是很颓废的，从另外一个意义上是一个很现代的东西。艾略特的《传统与个人才能》中有一句话是非常重要的——"诗歌不是表现情感,而是逃避情感。"何房子认为这句话是现代诗歌非常重要的观点,青春诗歌都是表现情感,诗人的能力不是表现在抒发情感,而是表现在对诗歌的全面的控制力上,这种控制力需要更多的智慧,包括对语言技术的控制,诗歌节奏所选择的词和物的控制,纳入诗人范围必须贴上诗人自己的标签。传统还包括西方的传统,自波德莱尔以来也形成了一个现代传统,《恶之花》是对浪漫主义的反叛,它更深入到人性的幽暗之处,更深入到事物的幽暗之处,揭示出完全不同的真相。现代主义更愿意从细小之物去看看这个世界有多么幽暗荒谬。现代主义也构成传统,每个诗人都在选择融合。比如姜夔,姜夔是古代对中国诗歌传统创造得很好的例子,姜夔词的形式感可能是最好的,每一个词每一个字的力量感,他用到了极致。

何房子对语言的要求也很高,在他看来诗人一辈子都在学习如何遣词造句,诗人终其一生需要解决几个问题:首先是语言问题,即如何运用语言确实是评价诗人高下的一个标准;第二要解决词与物的关系,从词到物有很多种通道,诗人搭建的走廊是否有创见,这也是诗歌的关键;三是要解决我和事物的关系,这就不简简单单的是"诗到语言即止",人和事物的关系就是诗人的诗歌态度、诗歌哲学的问题。

随着现代科技和社会的发展,网络逐渐成为诗歌发展的一个平台。何房子是最早发起网络诗歌的一员。1999年《界限》作为中国第一家大型诗歌网站,经过长时间酝酿,在重庆诗人李元胜、马联、吴向阳、李钢、欧阳斌、大车、沈利等多人策划下,由何房子命名,亮相诗坛。"界限"这个网站名称,源于不论是人生亦或是人与人的交往都是有界的,不可能没有界限。做这个网站的目的就是希望能够提供一个平台,展示诗人群所认同的现代派诗歌的创

作。在《界限》群诗人里,都倾向诗歌创作的现代性。在现代诗歌
传播史上,《界限》网络的建立是一个不容忽视的事件。网络建立
初期,何房子花了许多精力和事件参与网络的建设。随着自己的工
作日益繁重,他很少再有机会到网站漫游,这是他的遗憾。

　　作为《界限》的创始者之一,经过了这些年的实验,何房子有
了更为深入和成熟的一些想法。他认为,网络诗歌向时间和空间进
军,在改进诗歌的传播、拉近诗歌与大众的距离上,在鼓励自由创
作上,都有着不可忽视的作用。但是网络诗的水平参差不齐,网络
的即时消费主义特性,与诗歌写作是一种持久的、永恒的练习有内
在的冲突。网络诗歌传播的平面化,诗歌之间的不断模仿和嫁接,
使得作品没有中心,没有诗歌的中心,使得诗歌创作在时间和空间
上缺乏深度。网络这个手段让我们感受到诗歌的碎片化,优秀的诗
歌很难在网络空间找到落脚之地。从审美意义角度讲,网络平台的
搭建使得诗歌成为一个群体的审美活动,然而与诗歌写作个体独特
的审美会形成冲突。诗歌写作作为一种古老的技艺,不适合网络的
即时消费。当然,何房子说,网络作为诗歌传播的一个现代方式还
是有积极的一面,这需要给予积极的评价。

## 附　记

　　在访问即将结束的时候,我们八卦了一下诗人名字的渊源:为
何要取"何房子"这样一个笔名呢?原来在读大学期间,他总觉得
"志"有"诗言志"、人言志之意,青春的叛逆,使他总感觉"志"
不能够展现自己的独特之处,于是想改掉这个字。当读到里尔克的
《秋日》的"谁此时没有房子,就不必建造,/谁此时孤独,就永
远孤独"时,很受震动,诗歌的这种决绝表达恰好和自己当年青春

的所追求的一致，于是取名房子。房子不是物质载体，从而成为一种人生归属的象征。

何房子把诗歌带给他的幸福感以花的形式展现在我们面前，好像冥冥之中诗歌就如生命的一部分，不骄傲，不低调，默默地绽放着绚烂的颜色。我们期待着诗人诗集的出版。

# 瓷器和密林的舞动
## ——重庆诗人雨馨访谈录
### 荆宏侠　郑慧婷

访谈时间：2012 年 6 月 9 日
访谈地点：雨馨家中客厅

受访者简介：雨馨，诗人，媒体编辑，现居重庆。于 1996 年 12 月出版个人诗集《水中的瓷》，2007 年 1 月出版诗文集《被天空晒蓝》。曾获台湾薛林诗奖、重庆文学奖等，曾参加第十七届"青春诗会"。《诗刊》、《人民文学》、《星星》、《诗选刊》、《诗歌报》、《美文》等多家刊物都曾刊登过其作品，作品还曾入选《四川新时期诗选》、《中国新诗选》、《世界华人诗选》等。

和雨馨老师的访谈是在她家里完成的。那个温润的下午，热情好客的重庆美女诗人雨馨老师开车把我们接到家中，我想我可以称那里为世外桃源吧！一片远离世俗喧嚣的净土，正如她的诗歌一样,像一个童话般纯真的世界,又带有浓烈的异域之风,让我们瞠目结舌。雨馨老师的家里摆满了各种国内外带回的瓷器。瓷器,这个中国古老、雅致、包容的意象,在她的诗歌以及生活中占有重要的位置,我不敢用华丽的词藻去粉饰她,担心会破坏了她的原生态……

问:雨馨老师,您好!首先,非常感谢您在百忙之中抽出时间接受我们的采访。读您的诗文感觉语言和画面都很美,从吕老师口中和其他一些材料中得知您是非常懂得生活、非常爱美之人,能请您谈谈您对于"美"的看法吗?还有在现实中,您真实的生活状态是怎样的呢?

答:那种对美的向往大概是天然的吧。我觉得美来自于内心的充沛洁净。每个人理解的美也许都不一样。热爱生活是美,在庸常、琐碎、单调的日子里化腐朽为神奇是美,发现诗意,用心观察是美,体会是美,去面对,去付出,温暖而真诚地生活是美。什么是美?美是发现。最开始,一般是直观的美的现象抓住你,但当你仔细欣赏时,它就会和你的情感相融合,你就会由这个直观的美的现象联想到一些让你心仪、感动的事物,如果没有这种潜意识的流动,那这种美往往会比较肤浅。我曾经采访过一个在台湾做美容的女企业家,她数十年的周末都在坚持做一件事情——花一个上午来插花,每次完成后,她都觉得每一朵花都是有表情的,都在和她交流,它们将色彩、情绪、美传递给她,使她感受到对生命的热爱。因为鲜花也是有生命的,虽然很快就会凋谢,但是在插花的时候它们已将美的能量传递,形成永恒。可见不写诗的女人对美也是有感悟的。美还是漫长的生命劳作中晶莹的汗珠和泪水,逆境也是一种能量。感谢诗歌让我懂得了如何持久地劳作,平心静气地对真善的人性和自然天籁保持恭谦之心,以及童真和密林般的洁净,让我的内心有了与众不同的温和宁静,写诗做人都真实熨帖。此外,对于丑的事物我接纳它。我觉得有句话说得很好:丑到极致也是一种美。对于丑的东西,我很担心会写不好,我觉得写美很容易,但写丑却很难,如果以后写小说的话也许会涉及吧。

问:是什么机缘让诗歌走进了您的世界,又是什么促使您手握诗笔坚持写作?

答:说与生俱来可能有点玄乎,可也许就是与生俱来的。不知从什么时候起就莫名地喜欢上那支笔,从童年的《格林童话》、《安徒生童话》、《泰戈尔》、《日本民间故事》……走到了今天的诗歌王国。我从17岁就开始参加改稿,自己写诗时,总觉得头脑中意象十分密集,于是我就跟着感觉走。在我的第一本诗集《水中的瓷》里,记得是这样诠释的:"一只鸟误了一个秋天,一轮明月误了一个湛蓝的夜晚,一支歌子误了一只鹿的命运,我努力把自己深埋进夜,无声无息地走进森林,我走进森林,长成一棵朴素的树。""如果说茉莉选择南方是错,落叶选择秋天是错,我选择诗歌是错。"写这些话的时候我没什么阅历,有点少年不知愁滋味。后来做媒体十几年,断断续续地写,断断续续地中断,但诗歌的体验真正开始沉淀、淘洗、锤炼。一点点逼近生活的本质,开始对个体价值与社会环境,人性与生存有了现实意义上的突围与思考。真正的写作应该是有良知和尊严的坚守的,于是我开始抵触虚无缥缈的纯情绪化的语言泛滥和肤浅的华丽吟唱,我更愿意直面现实中的残酷与卑微,将视线聚焦在喧嚣物质时代对人性、对灵魂的毁坏、悲悯、救赎和拷问上。把诗歌的笔放置在公众之中,不拒绝尘埃,不拒绝城市噪音,学习一只瓷器,以平常心清水洗尘,素面朝天地过日子,观照生活,与读者产生共鸣,渐渐地内心沉实,眼神中有暖意,笑容里有童真,被真挚的感情浸润,从容而珍惜地活着。因为诗，让人常常心存感动。

**问**：在小虫老师为您的《被天空晒蓝》所作的序言中有这么一段话："她是一个诗歌的异类，在喧闹的物质世界和人们的价值观念漂移不定的时候，在城市的边缘行走的雨馨，极可贵地一直遵循着自己一如既往的诗歌信仰和难以移动的心灵目标。"在这个诗歌的无名时代，您如何定位诗歌与现实的关系，在艺术的自主性与艺术反映生活之间您是如何做出选择或者平衡的？

**答**：我从不否认自己的边缘化写作和边缘化的诗歌历程。诗歌与现实的关系，我觉得就像诗人与她的日常生活的关系吧。诗人，首先是一个寻常人，要有一个健康的心态。诗歌是明心见性的，我总喜欢读者在自己的诗歌里感受到那种素面朝天的沉稳和光泽，常常在做这样的努力。我从未觉得自己的特别，如果说有一点与众不同的话，那一定是诗歌带给我的。曾有一段时间我中断了诗歌创作，当时我在想即使有一天不写诗了，但骨子里那种诗意地面对生活、享受生活的状态是不会放弃的。所以我很感谢诗歌，它让我至少可以诗意地面对人生，诗意地活着让我从未放弃热爱，让我懂得了人生有时需要做减法，有时需要慢下来，体会劳作的过程。

**问**：在您今年5月10号的博客中有一首诗《牙疼》，这和您先前写的《牙疼记不住》似乎有些重合，但《牙疼》的艺术创作似乎发生了一些超越或变化，是什么原因让您发生了这种超越或变化呢？

**答**：呵呵，你真是个有心人，竟在两篇诗稿中发现同一题材的无意识重合。有时，可能我自己都没有注意到。诗歌创作更多的是一种意识流从内心碾过，不同时期的心境、环境、体验有共性和差异，但主体对客观事物的感性概括、审美态度甚至感受会潜移默化在叙述之中，借《牙疼》的小叙事折射内心世界，也思索着人与疾病、与环境是矛盾冲突、对抗还是妥协。"牙疼"是一种情节，是有感而发，虚实交错，也许看似随意的诗语来自对心灵深处生命低谷的担当。

问：读您的作品感觉其中蕴含着比较强烈的女性意识，能否请您谈谈您是如何看待女性创作者的女性意识的？

答：首先，我所理解的"女性意识"是一种独立的女性精神世界。这种女诗人的个体生存经验和女性意识，在表达上，一定是别人或读者直观感受到的，而不是自己给自己的。80年代中期的中国诗坛，就曾出现过一些惊世骇俗的女性诗歌作品，她们的作品中都在努力建立一种成熟的女性诗歌视角，她们更多地关注女性自身对历史、命运、价值的认识，语言也极尽女性特质。从真正意义上的写作开始，我并不否认自己一开始是顺其自然地归属于自己的女性角色的，从女性生命、情感出发，以本色的女性视角、话语和笔触在进行创作。诗歌中女性意识的自然流露能让我的诗歌清澈见底，真诚袒露。我觉得独立和自觉的女性话语让诗歌有了歌者的灵魂，有了对女性心理更充分直截了当的表达和创造。最近，我常常在思考一个问题：现在都市女性在高压的生活环境里常常处于一种亚健康状态，而且有一些不好的生活方式，最终导致身体出现了各种问题。在都市女性的生活空间里，因为我自己也身处这样的环境，所以就常常会想到社会对身边女性的伤害、掠夺，不知哪一天一双无形的手就将她们的乳房、子宫摘除，生活被抽空了一部分的她们该怎么办？想要在诗歌中表现这些，这也算是审丑吧，我从来不反对审丑，我觉得这个丑就是社会生活真实的一个常态，它有残酷性的一面，我一直在思考如何表达这类题材。最近在读郑晓群所写的一些反应底层打工女性生活的诗歌，写她们无法左右自己的生活，有创伤、疼痛、悔恨，她们虽卑微地活着，但还是相信生活，向往着阳光。构筑一个追求内心独立、自尊、热爱生活、敏感、渴望、深沉、轻盈、简约、纯净、真实质地的女性精神世界应该是我的初衷，但这仅仅是一个诗人内心世界的一小部分。女诗人们应该走得更远，冲破些什么……在日渐成熟的创作中，摆脱自身性别符号，冲破自身束缚，把自我的情感放大到更加开阔、宁静。翟永明说："女性诗歌"应该有两个标准：第一是性别意识；第二是艺术品质，这二者加在一起才是女性诗歌的期待目标和理想写作标准。

问：《水中的瓷》是您的一部诗集，一般诗人为诗集取名常常会选用代表诗作之名，您却别取一名，而且还将诗集分为"稻草心"、"月有衣裳"、"玻璃旅行"和"避难埃及"四个部分，想来其中定是别有用意的，您能谈一下为什么会为诗集取这个名字以及诗集各部分之间有什么样的关系吗？

答：我是个非常念旧的人。《水中的瓷》基本上是在小城北碚时写的，我的童年、少年都是在这座宁静的小城度过的，美丽的梧桐街、红楼图书馆、嘉陵江边的河滩、松竹洗耳的缙云山也许都成了我诗集中每个部分的情感承载。我特别喜欢梧桐街，"雨馨"这个名字就是走在雨后撒满落叶的梧桐街时想到的，希望自己写的诗歌能够带给人们犹如雨后清新的空气一样舒适的感觉。《水中的瓷》原本也是一首诗的名字，后来我的老师、刚刚过世的诗人何培贵先生看了整本诗稿，说：小雨，诗集就叫《水中的瓷》，比较符合你的心性和气质。我欣然应允。在诗歌的道路上，不得不提及吕进老师、何培贵老师、傅天琳老师等对我的真诚鼓励、帮助，他们的人生就是一首诗，常常让我感动，在倍感温暖的同时也倍感惭愧，如若鞭策。

问：在该诗集中您似乎有一些固定的意象，如树叶、窗、伤口等，它们有什么意蕴吗？是不是在现实生活中它们曾带给您别样的感受？

答：意象只是随意捕捉或朝花夕拾的语言符号。在我的潜意识里，有很多奇怪的意象对应，它可能是与一些图形、一些数字、一些温度、一些气象、一些音乐相对应，又由一些偶然的情绪触发而自然生成，诗的语言天生是有色彩、节奏、形状和音韵的。我所做的努力，是希望在诗歌的花园里，相信一杯水变成葡萄酒的奇迹。

问：从您的博客以及《水中的瓷》的自序《镜子的风景》中，我能感受到您不仅是懂得生活之人，更是热爱生活、珍视生命之人，但是在诗集中您却常常选用冷色调的词语和意象，如寒冷、黑暗、沉默、冰花、雪花、冰雪等，而且我感到这些诗作中总是弥漫着几缕淡淡的哀愁、忧伤，不知道我的这种感觉是否准确，如果准确，能否请您谈一下这么处理的原因，如果不准确还希望您指正。

答：我记得《水中的瓷》刚出版不久，有人说那是三十多岁的人写的，可当时我才二十出头，我开始担心：难道写诗会使人变老吗？后来我意识到可能是自己不够积极吧，把一些小忧郁、小感伤放大了。在生活中，我也许是个痛苦的完美主义者。但生活也给了我不小的教训，如今，已为人母，几近而立，才感叹其实不完美的人生才更真实可靠。我乐于从头做起，学会做人生的减法，从遗憾中正视自己，学会向一个孩子、一朵鲜花、一个春天、一只昆虫学习生活的智慧，我想，我还来得及。

问：在《水中的瓷》中常会出现一些具体的数字，如：《我歌唱冬天那一只透明的耳朵》中"倾听十二种声音的雪"；《一方水域》中"那十三种色彩之外"；《柔软的梳子·之一》中的"十三个女儿"；《我是鹿》中的"我在二十一朵玫瑰花下"；《七十二朵玫瑰》中的"七十二朵玫瑰"、"第十三棵树下"；《茉莉姻缘》中再次出现的"七十二朵玫瑰"；《失语的鸽子》中的"我跑过十三座长廊";《避难埃及》中的"走过十三座城堡"、"我的十三颗银铃"、"十三颗月亮不识字";《纸器》中的"我数着七颗玛瑙"。这些数字,尤其是"十三"有什么特殊的含义吗?

**答**:十三是我的吉利数字。我曾经大病一场,历尽艰险住进医院的病床是十三,幸运楼层是十三……别人忌讳的十三,却成了我的幸运数字。说不太清数字在一首诗中有什么特别。也许有些第六感是可以用数字来表达的。在广阔的诗歌范畴里,也许这也是90年代对诗歌语言、技巧与形式上的某种尝试。

**问**:"瓷"不仅是《水中的瓷》这部诗集名字中的关键词,而且是诗集中的一个重要意象,但是在诗集即将收尾处您创作了《纸器》这首诗,对于"瓷器"和"纸器"您有什么不同的感悟?从"瓷器"到"纸器"是否体现了一种思想认识上的转变?

**答**:"瓷"是一种古老宁静典雅的暗喻,和人的品性、生活态度以及作品是否真诚息息相关。瓷器这种东西很中国、很古老,对于它的整个制作过程我觉得有一种说不出的亲切感。总觉得瓷器是有生命的,因为它一旦破碎就无法复原了,它和人的生活仿佛冥冥之中有某种相通之处,所以,每次外出旅行我总会不远万里带些瓷器回来。"瓷器"和"纸器"这两个意象确实有不同的寄托。少女时代觉得瓷器很唯美,在经历了一些事之后,认识有了一定的转变,觉得人和社会不是对抗的,所以就注意到纸器的那份从容。《纸器》中蕴含着对生活的理解和包容,那是人性与自然、人与城市的心灵史。当时,对亲情、爱情、友情的珍惜、怀念,对万物和众生的敬畏已经撼动在心。朴素成为一种动力,让我冷峻地抱紧每个汉字,脚踏实地地咀嚼阅历,所以我真的很感激生活。

**问**:这个问题可能会很冒昧,但我还是很想知道,在您所创作的诗歌中,您最喜欢的是哪首?这首诗是在怎样的背景下诞生的,其中有没有能和我们分享的小故事？

答：最喜欢的永远是下一首吧！抱歉我小小地不低调一次。

问：您认为您诗歌创作的核心主题是什么，又是什么原因让您对该主题进行反复书写？

答：是热爱，是发现，是自然与生命万籁俱寂时的冥冥相通。我骨子里有很强烈的田园山野情结，天然地对草木、丛林、山脉、大地有归属感和通灵之脉。自然真的是个魔力无穷的世界，和自然在一起我就会特别放松，仿佛回到了人类的最初，不再那么自我。人在大地上渺小如尘沙，我愿以阅读和创作的姿态对抗外在世界的喧嚣和物欲横流。我觉得诗歌不是一种逃避，不是拯救，更不是世故、名利、生活的伪装和粉饰，它必须是向善和真挚的，真实而鲜明的，所以我要直面生活、倾吐真情。现在我越往前走，自我的感觉越小，从某种意义上说，诗歌应该让别人感受到生活之美和希望。现在的社会越来越物质化，诗歌就是把人的心灵拉回到情感的丛林，人类最珍贵的还是情感，情感饱满就会有很多力量。

问：从《水中的瓷》到《被天空晒蓝》以及当下的创作，您觉得您的创作心理以及创作风格都发生了哪些变化，又是什么原因促使这些变化产生？

答：这两本集子相隔了大概10年，10年，一个婴儿也已长成一个小小少年，一颗种子也已抽枝发芽，亭亭玉立。这十年间我有坚持也有停顿和中断，但诗歌之笔越来越像自己背负的脊梁骨，与日俱增地提醒我。我觉得转型是个视野问题，与阅历、心灵能量的储备有很大的关系。诗歌当然需要技巧，但我越往前走越觉得内涵更重要。年轻的时候追求形式，想让语言饱含张力，希望能够出奇制胜。现在当然也会注意形式，但觉得那背后的内涵、那种诗歌的能量更重要。去年从鲁院回来，就好像是一个爆发，写出了一篇一千多行的长诗——《无论我汹涌还是幽暗》，是有关城市的，写得心力交瘁。我以前写的多是女性方面的抒情诗，没涉及过城市题材，这次写的就和重庆这个城市的地域、风物、人文、历史、自然形态、环境等等有关，是个综合体。写这篇长诗，有人觉得我应该是在歌颂主旋律，其实不是这样的，它只是讲了我与这个城市的感情，其中也有我的忧虑和思考。我很喜欢写北碚的那段，对白鹤梁的书写就表现了我深深的忧虑，因为它已深埋水中，而我还未来得及去看它一眼。它不是一个简单的存在，它承载着历史的内涵。在以前，人们觉得石鱼露出水面就是丰收的好兆头，但因为三峡节流，它便要永远地深埋水中。石梁上的一些碑刻虽然用现代化的手段切割下来送进了博物馆，但我觉得那仿佛是将一个巨兽分裂，心中有说不出的痛，觉得那是种罪过，于是就写出了这一节。这样写，也许有不少人会不理解，但我觉得诗人应该说真话，至少能给后人留有一些反思吧！在写这篇长诗时，我常常会写得泪流满面，以前我不敢触碰长诗，觉得自己驾驭不了，很多准备都不够，但从鲁院回来后我觉得有种内在的力量一直在鼓动着我，催我提笔。这篇长诗也算是个转型吧，我希望不再重复自己，之前的中断也是因为这个原因。对于诗歌，写，我疼痛，疼痛而欣慰；不写，我如坐针毡，更痛苦无法释怀。于是，我选择了继续，哪怕数量骤减，哪怕继续之后总是自己觉得不满意，但我仍愿意在生活的某个角落与诗为伴，以笔为锄，学会温和而宁静地默默劳作。

问：从您的博客和创作中可以看出您去过很多地方，丰富的旅行经历对您的生活和创作产生了哪些影响？其中有什么趣闻可以和我们分享吗？

答：也许是职业的缘故，我爱上了旅行，旅行让我以简单的方式获得一种诗意的恒久的关照。诗成了我旅途中的影子，无所不在,有时透明有时黑暗阴沉。诗意的旅程让人内心潜沉。一路上我会遇到很多细节,很多大起大落的风景,形形色色的人,这都是我诗歌的一部分,也是我创作视野拓展和厚积薄发的一部分。感谢旅途,让我多了一些靠近诗歌,与诗为伴的机会。最好的诗歌永远在路上——这话我肯定赞成。

问:我们知道您的创作除诗歌外还有散文,诗歌和散文在您的创作中各担当着什么样的角色,也就是说您是如何对它们进行分工的?

答:散文也是近年来我喜欢的一种创作文体。当诗歌这种体裁不能完全表达自己内心情感时,我会选择散文,用散文的笔触,说话或写信一样娓娓道来。散文和诗歌一样,是一对令人信赖的好兄弟。

问:近年来,诗坛出现了像"梨花体"、"羊羔体"、"口语诗"、"废话体"等诗歌样式,而且每一种新样式的出现都会在社会上引起不小的反响,您是如何看待这些诗歌样式的?在您看来,它们是否可以称得上是诗呢?

答:任何时代、任何社会背景下都会出现各种文学思潮和"某某主义"、"某某流派"。我赞成诗人们尝试新的写作领域和形式,包括语言的形式、创作的技巧。但如果形式大于内容,为了形式而强调形式地剑走偏锋,我认为是没有多大意义的。文学是人类的情感载体,诗歌是为人性、自然和真善美而抒怀的,如果脱离了诗歌本质意义上的灵魂内核,纯粹地夸大形式感的创作和尝试也许很难经得起时间的淘洗和岁月的锤炼。

问:在当下似乎存在着这样一种现象:写诗的人多,但真正读诗的人却很少。您是如何看待这一现象的?在您看来现在的诗歌创作存在哪些问题以及诗歌的前景会是怎样的?

**答**：诗由心生，这话适用于写诗和读诗的人。有的人诗意地活着，但一辈子也不知道自己和诗歌的关系，不读诗，但有诗人情怀，对生活充满了热爱。我的祖母就是这样，一个平凡的老人，信奉上帝，长长的一生都快乐地为家人、为生活奉献，上善若水，无疾而终。祖母将她的善良传递给我，让我明白不抱怨生活是最伟大的哲学。在祖母过世后，我只要了那本她随身携带的《圣经》。也许是受祖母影响吧，宗教感总是在我的诗中自然显现。在我们身边有很多这样朴素生活着的老人，我敬佩他们身上那种对生活从不抱怨、从容应对、豁达乐观的态度和智慧。祖母从来没有读过我的诗，但我诗歌里有太多从她那里继承过来的人性的光芒和弱点，它们伴随我的写作、生活、快乐和痛苦，成为我诗歌的一部分。

**结语**：默默行走在城市边缘的雨馨老师，她的创作总是闪烁着一种智者的忧郁，包括她对人生的感悟、思索，以及对美的执著追求和对生命的虔诚热爱。真的很感谢雨馨老师在百忙之中抽出时间热情地接待我们。这次访谈收获很大，让我们真正体会到了什么是生活中的真善美、乐观、豁达、包容，什么是诗意地栖居，也被雨馨老师独特的人格魅力所折服。再一次感谢她带领我们走进城市的"密林"，同时也祝愿雨馨老师在春天洋溢着诗歌的路上越走越远。

## 诗学序跋

**主持人语（张立新）：**

经济全球化、文化多元化的时代，诗人的身份往往也更复杂多元，而诗人身份的不纯粹，对诗歌创作反而会有意想不到的启示和收获。本辑选录吕进先生的两篇诗学序跋，就是为两位享有盛名的"跨界"诗人的诗集所作。正是慧眼发现了"跨界"诗人诗作的别样精彩，吕进先生给予了热情的肯定和彰显。

何为诗人，何为诗？这事关诗学本体性的问题。吕进先生在《兵气拥云间——朱增泉三部诗集总序》中诗意地言说道："诗人是这样的人：似僧有发，似俗无尘，做梦中梦，悟身外身。他是本真生命的言说者。"和平年代的将军诗人朱增泉，身兼作家、学者、军人的多重身份，其诗歌在历史与现实、社会与人生的多重对话中，熔铸了诗人纯正的诗心，旺盛的诗情，深邃的诗思。在看似闲笔的漫谈中，吕进先生指出朱增泉诗歌迥异于建国后精致委婉的军旅诗风的阳刚之美——雄豪大气、浪漫洒脱，更重要的是，"军旅诗人应该有怎样的现代襟抱，这就是朱增泉的诗篇所致力展现的"，这就点化出了朱增泉诗歌的当代意义。同时，也正是"化外在为内心，化事件为感情，化经验为体验"，使读者能体悟到朱增泉诗歌的"兵气"中"云集"的诗意。

同样有过军人身份的诗人黄亚洲同时也是影视剧编剧，小说家。吕进先生在《诗人黄亚洲——序黄亚洲〈没有人烟〉》中，开篇就从诗的言说方式入手，去论及黄亚洲的诗人身份和他的诗，指出《没有人烟》随处是"诗家语"，是"精致的讲话"，是诗人以大手笔抒写人生的感悟和人事的感伤。诗人的小说家、编剧身份，使其诗歌多带有叙事成分，"叙事因素使得黄亚洲的诗更厚重：情有所依，思有所据"。吕进先生由此及彼，从对诗与散文各有倚重的辨析，进一步指出，"叙事时惜墨如金，抒情时用墨如泼，这是诗的黄金定律"，从而肯定了黄亚洲在诗歌叙事功能方面作出的有益探索。

　　看似"无法"的没有任何凭借的序跋文体往往最能体现出序跋作者的真识见、真性情，在自由开放的言说空间与有所规范的文体张力中，吕进先生见微知著、纵横关联，彰显了其严谨缜密而又情思交融的序跋艺术功力。

# 兵气拥云间
## ——朱增泉三部诗集总序

吕　进

案头上翻开的是朱增泉的三部待出的诗集：《朱增泉抒情诗》、《朱增泉政治抒情诗》和《朱增泉军旅诗》。

这三部厚厚的诗集，这几天带给我奢侈的艺术享受，可以说，朱增泉是优秀的抒情诗人，是郭小川之后最有影响的政治抒情诗人，是李瑛之后最好的军旅诗人之一。这三部诗集也带给我暖暖的回忆，我和朱增泉相识于1991年，算来已经是21年的老朋友了。

1991年，我到石家庄参加河北诗人刘章的研讨会。同时，那一年我的儿子考上了北京大学，按照当时的规矩，北京大学和复旦大学的新生在跨入校门前，得先军训一年，北京大学的新生是到陆军学院，地址也在石家庄。于是，我又是去开会，又是去送儿子，到了石家庄。我主编的《外国名诗鉴赏辞典》是河北人民出版社1989年出版的，这部辞典销量超过万册，还得了北方十八省市的图书奖。我还从来没有去过这家出版社，听说我到了石家庄，从未谋面的社长和主编们就坚持要请我吃饭，第二天又用出版社的车把我的儿子送去陆军学院。

研讨会期间，诗评家张同吾告诉我，朱增泉想请我们几个人去玩。我在《解放军文艺》和其他什么地方读过朱增泉，留下的主要印象，这是一位老山前线的将军诗人，其他的不甚了了，这时才知道朱增泉担任政委的27集团军已经回防石家庄。

朱增泉来车在晚上把我们接去，下车一看，哇，这个军人怎么这样儒雅和英气呀！让我想起大学时代读过的一部苏联小说，作家写到主人公跳出坦克那一瞬间时，用了一句非常漂亮的俄语："哦，我的军神！"于是就闹出了诗歌界一时传为笑柄的故事。我问："朱政委，你是哪所大学毕业的？"朱答："早稻田。"我说："啊，留日的。"朱增泉大笑："我早年在稻田啊！"后来才知道，他1959年在家乡江苏无锡参军时，文化程度并不高。靠着自学，以优异成绩取得大学学历。再后来，这位博览群书的将军，就不止于什么大学学历了，不信请读读最近推出的5卷本的《战争史笔记》。

这部140余万字的巨著，全程回顾了中华民族波澜壮阔的千年战争史，给我们带来的准确消息是：朱增泉从一个将军完成了华丽转身，不但转身为诗人，不但转身为作家，而且现在又转身为学者了。《孙子兵法》说："兵者，国之大事，死生之地，存亡之道，不可不察也。"《战争史笔记》有史有论，有粗有细，史家胆识，兵家眼光，诗家情怀，我看很多博士生导师就未必写得出来，至少我是绝对写不出来的。我读后的最强烈感受是："天下虽安，忘战必危。"另一个强烈感受是：我的这位朋友，武可统兵，文可治学，令我从心眼里佩服。作为他的"铁哥们儿"，也从心眼里感到自豪。

其实，在我的记忆里，无锡本来就是个出人才的宝地。民间有个说法："唯楚有材"，似乎有些井底之蛙的味道吧？

这里出画家：东晋时期的大画家顾恺之、民国时期的大画家徐悲鸿都是无锡人。这里出文艺家：明代写《徐霞客游记》的地理学家、旅行家、文学家徐霞客，创作《二泉映月》的民间盲人音乐家阿炳，新诗的先行人刘半农也均出自梁溪。另外，荣氏企业的创始人荣德生、当代计算机技术的开创者王选、国学大师钱穆，还有被我们这一行称为"学术昆仑"的学者钱钟书都是朱增泉的老乡。所以人杰地灵的无锡出了一个朱增泉，何足怪哉！

化外在为内心，化事件为感情，化经验为体验，这就是诗的生成过程。诗人是这样的人：似僧有发，似俗无尘，做梦中梦，悟身外身。他是本真生命的言说者。内化是写诗的基本功，诗人对物理世界没有兴趣，他视于无形，听于无声，对客观世界进行主观的内酝酿、内加工，使外在的一切露出它的本象和本义，成为诗的美妙世界。所以，王国维在《人间词话》里说："一切景语皆情语"，"以我观物，故物皆著我之色彩"。

朱增泉的诗，无论抒情诗、政治抒情诗、军旅诗，不一定都是在写军旅生活，但是都是在写军人，他写的都是戎马军人眼中的时代与世界。从把群山看作戴钢盔的士兵方阵的成名作《钢盔》开始，可以说，在朱增泉的诗的世界里，无论什么题材，一切皆著军人色彩，或显在，或潜在。

翻开三部诗卷，兵气迎面扑来。阿尔泰的桦树林，在披上黄金甲，"参加一年一度的阅兵盛典"；至于黄河冰凌，干脆就说："黄河冰凌，兵也。"即使"夜读"，诗人的感觉也是：

> 书籍如列队的兵甲
> 在四围排排肃立
> 等待我检阅

真是"夜阑卧听风吹雨,铁马冰河入梦来"。我想起李白《从军行》里的句子:"笛奏梅花曲,刀开明月环。鼓声鸣海上,兵气拥云间。"朱增泉诗篇的兵气的确是"拥云间"的。而且朱增泉后来转战到航天前线,为开辟天路付出心血,他的确到了"云间"。

显然,爱国主义和英雄情结是支撑起朱增泉诗歌世界的两块基石。兵,就是两块基石的体现者:

打过仗的人就像混泥土中的石子和钢筋
注定要由这些人充当人群中的坚硬成分

其实,这两块基石从《诗经》开始,就支撑起了中华民族自古至今的军旅诗,也支撑起了建国以后的现代军旅诗。和既往的现代军旅诗不一样,朱增泉雄豪大气,浪漫洒脱,与建国以后逐渐流行的精致委婉的军旅诗风相映成趣,丰富了军旅诗苑。但是,朱增泉给中国新诗带来的震撼主要并不在这里,他的贡献是,出现在他的诗笔下的,是一位穿军装的当代人,他的更加广阔的心灵世界:对战争的思索,对军人命运的思索,对文化渊薮的思索,对时代的思索,对世界的思索。"战争最响亮的口号是和平",在"享受和平"的岁月里,军旅诗人应该有怎样的现代襟抱,这就是朱增泉的诗篇所致力展现的。诗人言在耳目之内,情寄八方之表,倚马挥洒,上天入地,铺开了崭新的艺术视野和道德深度,这样,他就纵身跃过了建国以来的军旅诗的跳高标杆,成就了今日朱增泉。

1999 年我应重庆出版社之邀,编选了一部 3 卷本的《新中国 50 年诗选》。这部诗选的编选条例是:一位诗人原则上入选一首。但是,朱增泉的好诗实在太多,最后确定破例选两首:《莫斯科红场的黄昏》和《昂纳克走向法庭》,都是国际题材。埃里希·昂纳克是两德统一之前东德的统一社会党总书记,也是最后一位东德领导人。朱增泉写他在柏林墙推倒后,受到审判的情景。昂纳克啊,"席卷世纪的风暴\已凝聚成满脸皱纹……","你耳边是否重又响起那首歌\要去作一次最后的斗争?"诗的结尾一节是这样的:

> 我的同情心未曾泯灭啊
> 原谅吧,昂纳克
> 我不能赐予你同情
> 同情崩溃,这不是我的使命……

太妙了!这里有世纪忧患,这里有侠骨柔肠。历史感,诗人心,都带了一股兵气。的确,昂纳克们留下的是一部需要后人回味和研究的书,也许要经过几百年以后,历史才会发言。但是,"同情崩溃,这不是我的使命……"

国无法则国乱,诗有法则诗亡。当然,诗其实是有法的,它摆脱的是外在的僵硬的"法",心灵的世界是最不能忍受枷锁的。不过,诗总是有自己文体的艺术规则。新诗只是中国诗歌的现代形态而已,它也得遵守中国诗歌的"常",守"常"求"变"。读朱增泉,就会使人想起"善医者不识药,善将者不言兵"这句话。他是有自己的艺术套路的,但他不爱谈诗歌理论,他是懂得藏拙的。当然,如果把发现诗美的能力和表现诗美的能力两相比较,朱增泉发现诗美的能力的确更强。比如《朱增泉抒情诗》的《飞向宇宙》一辑,他在西昌这座月亮城,在发射塔,在乌兰察布草原,都发现了诗,这很厉害,说明诗人的感觉系统确实敏锐。但是在《发射塔》这样的诗篇里,诗人遇到了高科技,在表现上,显然就在超越世相获取诗意上不够自如,叙述多了,事理多了,这就影响到了诗的纯度。

朱增泉得过鲁迅文学奖，这在中国诗坛是一个很高的荣誉。那是鲁奖的第二届，评委会主任李瑛就是军旅诗人。在北京香山武警政治部招待所评了3天，先后3次投票，才决出5部获奖诗集，朱增泉的《地球是一只泪眼》是第1次投票就通过的。满布汪洋大海的地球被想象成一只泪眼，这个意象真是神来之笔啊，诗人的忧患之心、悲悯之情全在这个意象里了。评奖后，作为评委，我负责为全票通过的杨晓民的诗集《羞涩》写获奖评语。我说，晓民给诗坛带来了陌生的新质，但以后得注意把握内敛和节制的"度"。就是说，晓民有些"过"，过于内敛和过于节制，这样就可能和读者产生距离，出现"隔"。而在朱增泉这里，我觉得，似乎刚刚相反，他得在大气磅礴、汪洋恣肆的抒发诗情的时候留心内敛和节制，也就是要注意清洗，把叙述成分、说理成分最大限度地清洗出去。这样，朱增泉的诗就会更纯，诗意就会更浓。当然，前提是保持自己的个人风格。这也是我读完三部诗集后提出的一点苛求吧！

《朱增泉抒情诗》、《朱增泉政治抒情诗》和《朱增泉军旅诗》的出版，是中国诗坛，尤其是军旅诗坛的一件盛事，我愿意向朱增泉将军寄去一个老朋友的欣喜与祝贺。

# 诗人黄亚洲
## ——序黄亚洲《没有人烟》

吕 进

对"诗是语言的艺术"的说法似乎没有争议,但是,何为"语言"?这就有歧义了!我们可以遇见古今两种常见说法。第一种是诗与散文使用同一种语言;第二种是诗使用自造的专属语言。

其实两种说法都是门外谈诗。

诗就是由普通语言组成的不普通的诗的言说方式,它来自散文语言又不是散文语言,它来自独创又不是专属语言。诗情体验和普通语言碰撞,诞生了诗的言说方式,而普通语言一经进入了这个方式,虽然还保持着原有的外貌,其实已经质变,从外视语言、办事语言变成内视语言、灵感语言,实现了在散文看来的非语言化、陌生化和风格化。

作为艺术品的诗是否出现,取决于写诗者对于诗的言说方式的把握程度。

诗无非就是一种言说方式而已。如何言说,这就是判断真假诗人的标尺。诗人是世界万物的重新命名者。在诗人这里,世界被心灵的太阳照耀，重构成诗意饱满的世界。"我爱你"，这句话说得很准确，具有交际价值，它的意义第一，务求通向听话者。这是典型的散文语言。而在诗人笔下，却是：

> 如果我是开水
> 你是茶叶
> 那么你的香郁
> 必须依赖我的无味

这是台湾诗人张错在洛杉矶写的《茶的情诗》的第一个诗节。

这种言说已经不具备交际价值了，谁这样和情人说话，多半会被骂成神经病的。它没有实用意义：交际价值最大程度地下降，抒情价值最大程度地上升。意义后退，意味走出。诗人言开水，说茶叶，求爱被诗化了，味之无穷的诗情触动着人们的内心。"我爱你"说了千百年，情诗却能永远年轻，秘密正在于斯。

翻开黄亚洲的《没有人烟》，你会确信，这是诗，它的言说方式就是黄亚洲诗人身份的证明。他写印度女人："印度女人与世界的距离/只是一层轻纱"；他写印度人李中的妹妹："李中的妹妹就读医学专业/将来可能为战争切除阑尾"；他写雨中的婺源宏村："我举着一把雨伞/半湖莲叶，都学着我"；他写绍兴的"旧警察"："看来他们把面目的狰狞都留给电视剧了/今天我只看见满脸的敦厚与友善"；他写今日汶川："房屋，已经像经典诗句一样，不会散架"；他写北川："难道天地磨牙之后，要长长久久/留一些残渣"。精炼，别致，情思含量很高，在散文里绝对是遇不到这样的语言的。

到医院去挂号，这经历人人皆有，但是"挂号"在诗里却去掉了外层符号的性质，挂号的场景，挂号者的心态，全化为诗的言说方式：

  争先恐后
  把半颗心、半只肝、半尺肠子
  一叶肺，甚至一粒右眼球
  塞进窗口

  这就是诗了！诗人并不在乎世界本来怎么样，而在乎世界在诗人看来怎么样。肉眼只能看见病历本，写诗的时候，诗人是"肉眼闭而心眼开"，诗笔下的世界是"心眼"看见的内视世界啊。这不是日常的讲话，它披上了诗的光彩，用宋人王安石的说法，就是"诗家语"，用老外的话就是"精致的讲话"（意大利作家薄伽丘）。《没有人烟》随处是"诗家语"，是"精致的讲话"，所以耐读，笔外之韵，篇外之音，味外之味，给人非常舒服的读诗享受。
  黄亚洲是位诗人。1970年开始写诗，立刻就有作品发表在《解放军文艺》上。他后来也同时涉猎散文领域，取得骄人成绩。电影《开天劈地》、电视剧《上海沧桑》、长篇小说《建党伟业》等等都闻名遐迩。就是说，黄亚洲有两支笔：诗和非诗文学。除却诗，他的长篇小说、他的电影和电视剧的剧本，都具有知名度。也许正是这样，我们轻易就可以发现，黄亚洲诗歌的言说方式别有风格：不少诗章都带有叙事因素。《升旗》开头两句：

  泪水下来的时候
  旗帜就上去了

这一"下"一"上",真是有诗情的张力。再读下去,到最后两行:

> 现在,把泪擦干,把举起的手放下
> 虽然昨夜上访归来,但我,认同这个祖国

啊,原来是个上访者!虽然上访,对具有"北斗的品格"的五星红旗却忠贞如故。像一幕电视剧,像一个电影的特写镜头,催读者泪下。

《小笼包》就是一个小故事,人物,场景,独白,全都齐备:

> 吃小笼包,要弄只醋碟
> 不是讲究,生活本来就酸
> 这是小小的匹配

读到后面的诗行才知道,说话的"叔叔"是个打工仔,每天"干十二个钟头",仍然贫穷,家事也坎坷。遇见寒冬里素不相识的卖花女,他自己舍不得,却掏钱请小女孩吃小笼包。听听"叔叔"对小女孩说的话:

> 包子的馅儿真稀
> 这个老板不厚道
> 可是天下老板又有几个厚道
> 他们举牌子捐灾区的钱
> 都是从我们头上刮去的

再听听"叔叔"的最后嘱咐:

>叔叔先走,你吃完自己离开
>不过,花别卖了,没人买
>这个时代
>冷得太早

在"上访者"和"叔叔"的背后,是诗人对草根阶层的深深的理解与柔柔的同情,叙事因素使得黄亚洲的诗更厚重:情有所依,思有所据。

诗歌添加几许叙事成分,是一个现代潮流,西方早有"诗歌戏剧化"的说法。而这,恰恰是黄亚洲的强项。当然,在运用叙事技法的时候,诗人得有警觉。诗终究是诗。诗和散文(即非诗文学)都有自己的文体可能。诗偏向音乐,散文偏向绘画;诗体验世界,散文叙述世界;诗以它对世界的情感反应来证明自己的优势,散文具有较强的历史反省功能;诗披露内心世界的精微,散文显示外在世界的丰富。在散文止步的地方,诗才真正开始。所以,哪怕叙事诗,诗人的旨趣也并不在事,他要摆脱事的拘束,寻求情的空间。这涉及诗的纯度了。北朝的《木兰诗》,正面写木兰代父从军其实只有30个字,从"万里赴戎机"始,到"壮士十年归"止。遇着叙事,诗显然在跳着前进。而落墨于怎么从军、怎么回乡,诗却慢步迂回了,甚至出现"阿爷无大儿,木兰无长兄"这样的黑格尔所说的典型的"废话"。叙事时惜墨如金,抒情时用墨如泼,这是诗的黄金定律,不然就会拉长篇幅,冲淡诗意。黄亚洲在这方面的探寻值得留意。

散文天生和大题材亲近,这是散文的优势,黄亚洲的散文作品很多都是大题材,有人甚至称他为"主旋律作家"。但是,对诗来讲,外在世界的大题材往往不在文体可能之内,它不善于正面表现卷舒的历史风云。诗的大题材是在历史里、时代中的人生、人情、人道、人性,是诗人的人文情怀。所以,诗往往着眼"小"题材,崇尚大手笔。《没有人烟》给人的印象,就是在散文领域的大题材高手黄亚洲的另类面貌,诗人黄亚洲在以他的大手笔抒写人生的感悟和人事的感伤。这是他的智慧,他知道诗是什么。他写离开故土的"这些孩子",他抒发在热带避寒的心绪,他再现印度女性的纱丽,他咏唱女山湖的螃蟹。但是,在世间的林林总总中,他得到的是诗的感悟。《这些孩子》的结尾两行:

  稍微有了一点民主
  我们,就开始缺钙

这就由"小"向"大"升华了。从一些艺人的去国,升高到一个更加普遍的哲理。诗的外壳是言说方式,它的深层则是宗教和哲学。有了深层,诗才耐人咀嚼,耐人寻味,读者才会有所震动,有所共鸣,有所净化,有所提升。诗人背对时代,时代就必然背对诗人,时代不需要只关心自己的一己悲欢的诗人。人们为什么需要诗人呢,就是因为人们需要更丰富的感觉系统,更深邃的思维方式,更敏锐的审美的眼睛。通过诗人的眼睛,人们对世界的了解会更深入,会更聪明,会更人性。

  黄亚洲的诗也有大题材,透过这些作品,我们也会感受到思想者的风采。他的《金门炮战:1958年的棋局》是怎样写当年厦门和金门的炮战呢:

于是，一九五八年，钢铁的声音和喇叭的声音
　　开始辩论社会制度谁低谁高
　　辩到口渴时，喝几口血
　　辩到激烈时，烟雾蔽日，全球难辨
　　何处金门岛，何处厦门岛

事过半个多世纪了，在硝烟散去以后的这种回头，披露了诗人人性的痛苦，暗含着诗人的嘲笑与评判。从人的视角，人所未言，我自言之；人所难言，我易言之；人所畏言，我敢言之；自不俗。这就是大手笔！

《拜谒胡耀邦陵园》一开篇就叙说，胡耀邦为什么不把自己最后的位置选在北京。耀邦是1987年去世的，1990年安葬时，对他的评价还在等候历史的发言：

　　北京的血管常会"搭桥"，有些复杂
　　虽说，那是心脏

人们知道胡耀邦陵园是在江西省德安县的共青城，这是当年少共国际师的诞生地，胡耀邦曾长期担任政委。同时，在建国后胡耀邦也长期是共青团中央第一书记。陵园的墓碑是直角三角形旗帜。诗人唱道：

　　真的是一面大理石的旗帜，但是
　　一阵最微弱的风，也能使它噼噼啪啪飘扬

诗人就是社会的良心啊，他和山河天地对话，对一切进行"诗

意的裁判"（恩格斯语）。《没有人烟》充分体现了诗人的思想者身份。他在用诗的言说方式表达社会的意愿，好像在轻轻说话，其实好多时候都是轻声说重话，直指社会软肋。

和关在屋子里用下半身或口水话写诗的人不同，喜欢"一身军便装，一只黄挎包，一双旧军鞋"的黄亚洲不但和普通百姓保持血肉联系，而且他是一位行吟诗人。南中国的雪灾、汶川地震、上海世博园、红军长征路，到处都有他的身影。这正是他的诗歌的艺术力量和思想力量的源泉。

我喜欢《没有人烟》。这本诗集即将出版，我愿意表示我的喜悦和祝贺。

是为序。

图书在版编目（CIP）数据

诗学. 第4辑/吕进，熊辉主编.—成都：巴蜀书社，2012.11
ISBN 978-7-5531-0167-5

Ⅰ.①诗… Ⅱ.①吕…②熊… Ⅲ.诗歌研究—中国—当代
Ⅳ.①I207.22

中国版本图书馆 CIP 数据核字（2012）第 252810 号

## 诗学（第四辑） 吕进 熊辉 主编

| | |
|---|---|
| 责任编辑 | 潘伟娜 |
| 出　　版 | 四川出版集团·巴蜀书社 |
| | 成都市槐树街2号　邮编 610031 |
| | 总编室电话：(028)86259397 |
| 网　　址 | www.bsbook.com |
| 发　　行 | 巴蜀书社 |
| | 发行科电话：(028)86259422　86259423 |
| 经　　销 | 新华书店 |
| 照　　排 | 成都完美科技有限责任公司 |
| 印　　刷 | 成都翔川印务有限责任公司 |
| 版　　次 | 2012年11月第1版 |
| 印　　次 | 2012年11月第1次印刷 |
| 成品尺寸 | 210mm×148mm |
| 印　　张 | 10.125 |
| 字　　数 | 260 千字 |
| 书　　号 | ISBN 978-7-5531-0167-5 |
| 定　　价 | 26.00 元 |

本书若出现印装质量问题，请与工厂联系调换